乗り

名探偵音野順の事件簿

北山猛邦

金塊を祭る金延村に怪盗マゼランを名乗る人物から届いた『祭の夜　金塊を頂く』という予告状。実際は金色に塗っただけの石なのだが、それが知れると観光客が来なくなると危惧した村の有力者の娘は名探偵音野順と推理作家の白瀬白夜に監視を依頼する。しかし、警戒する二人の前で起こったのは密室殺人で……空飛ぶ舟や湖の巨大生物が目撃されるこの村で何が起こっているのか？　大胆なトリックと切実な動機が胸を打つ表題作のほか、事件の影響で祭が廃止された村で観光客の遺体が発見される「マッシー再び」など4編を収録。引きこもりがちな名探偵が活躍する人気シリーズ第3の事件簿。

天の川の舟乗り

名探偵音野順の事件簿

北 山 猛 邦

創元推理文庫

SAILORS ON THE MILKY WAY

by

Kitayama Takekuni

2021

目次

天の川の舟乗り

名探偵音野順の事件簿

人形の村

1

「初めに断っておくが、怪談めいた話になるぜ」

私の友人である旗屋《はたや》千一《せんいち》はもったいぶって前置きすると、いかにも大仰《おおぎょう》な風呂敷包みを我々の目の前にそっと差し出した。

晩夏の夕暮れ。我らが音野《おとの》探偵事務所は仄《ほの》かな薄闇に包まれつつある。我々は灯《あか》りもつけずに、風呂敷包みを囲むように顔を寄せ合った。私の隣でぶるぶると震えているのが名探偵の音野順《じゅん》。私は彼の助手で、白瀬《しらせ》白夜《びゃくや》。ミステリ作家でもある。

「まず君たちに、こいつを見てもらおうか」

旗屋は一拍置いてから、バッと風呂敷包みを剝《は》いだ。

中から姿を現したのは、髪が異様に長い日本人形だった。

音野が「ひっ」と息を吞む。

その反応に旗屋はにやりと笑う。

「なかなか不気味だろ」

「かわいい……」

私は思わず呟《つぶや》いていた。

「おい、なんでそうなる。ここは怖がるところだろ。探偵を見ろよ、酸欠の魚みたいになってるぜ」

「何云ってるんだ、かわいい人形じゃないか。こんな日本人形何処《どこ》にも売ってないぞ。一体何処で手に入れたんだ！　教えてくれ！」

「興奮すんなよ」旗屋は私をなだめるように両手で制する。「まあ確かに魅力的ではあると思う……おい、白瀬、人形を何処に持っていくんだよ」

「ゴロゴロ人形の横に置くんだ」

「何だよゴロゴロ人形って」

以前ある事件で、ある人物からもらい受けることになった伝説のゴロゴロ人形である。はにわのようなものを思い浮かべればよい。私の部屋には置き場所がないので仕方なく音野の部屋に置かせてもらっていたのだが、その隣に旗屋の日本人形を置いてみると、抜群に据わりがいい。やはりお雛《ひな》様やシーサーみたいにペアで置いてこそ価値のあるものがこの世には存在する。

「気に入ったのか？」

「悪くないね」

私は腕組みして云った。

「だが俺の話を聞いた後でも、そんなふうに云えるかな？」

旗屋は意地悪そうな笑みを浮かべる。

「なんなんだよ、話って」

「それを聞いてもらいたくてわざわざこんなところまで来たんじゃないか。五年も前の話だが、未だに俺自身、あれはなんだったのかよくわからないままなんだ。それで、最近お前らが探偵事務所を開いたって聞いたもんだから、この疑問を名探偵なら解き明かしてくれるんじゃないかと思って足を運んだわけだ」

当の名探偵は日本人形と対面したショックが未だに抜け切らないのか、身体が硬直したままである。

「嘘みたいな話なんだが……全部俺がこの目で見て、この身体で体験したことだ。そしてすべてが夢ではなかったという証拠に、俺の手元には人形が残された」

「このかわいい人形？」

「その不気味な人形な。聞いた話じゃ、その人形は髪が伸びるんだそうだ。すでに腰くらいまで伸びてるだろ？」

「髪が伸びる？」

「自然と伸びるらしい。白瀬も聞いたことあるだろ、『お菊《きく》人形』の話。さすがにもう時代遅れも甚《はなは》だしいオカルトネタなんだが……むかしむかしお菊という女の子がいて、日本人形をかわいがっていたんだそうな。ある日お菊は病気で死んでしまいました。彼女がかわいがっていた人形を仏壇に祀っていたところ、いつの間にか髪がばーっと伸びていました……って話だ。死んだお菊の魂が人形に宿ったんじゃないか、ってな」

「昔はよく、テレビでその手のネタやってたな」

「現在でも髪が伸びる人形はあるところにはあるぞ」

「じゃあ、この人形も？」

「俺が聞いた限りではな」

「伸びるのか？」

「わからない。少なくともここ五年は伸び悩んでる」

「悩むとかそういう問題か？」

「俺の測り方が悪いのかもしれない。俺は不器用だからな、細かい長さまで把握できない。それに前にどの髪の毛を測ったのか覚えてないし」

「どれか一本染めておけばいいだろ」

「そんな近所のおばちゃんみたいな真似できるかよ。呪いの人形なんだぜ」

「確かに穢《けが》れるな」

「もう穢れてんだよ。本当は触るのも嫌なくらいだ」旗屋は気障《きざ》っぽく肩を竦《すく》める。「頼むよ名探偵、あの日、俺の身に起きた謎を解き明かして、人形の呪いから俺を解放してくれ」

「おい、音野……大丈夫か？」

私は音野の顔を覗き込む。

「あ、う、うん」

音野は小さく肯いた。

「じゃあ話すぜ。あれは五年前の……」

2

あれは五年前の夏だった。俺は大学に通いながら、ある出版社でアルバイトとして働いていた。バイトとはいえ、ちょっとしたコラムを書かせてもらったり、写真を掲載してもらったり、俺はバイトの枠を超えてフリーランサーとしてこき使われていた。

俺の携《たずさ》わっていた雑誌は、とにかく新しいものや怪しいものをごった煮にして伝えるインチキ系情報雑誌だった。主にオカルト層に受けていたようだ。

ある日、編集部に一通のハガキが届いた。

『××編集部の皆様、はじめまして。

いつも「オカルト千本ノック」を楽しみに拝読しております。

先日の心霊写真特集はとても怖かったです。うちにも心霊写真はないかと、アルバムを引っ繰り返してみましたが、それらしいものは一枚もありませんでした。とても残念です。

けれど、実は、うちには呪いの人形らしきものがあります。

夜になると髪が伸びるのです。この人形がいつからうちにあるのか、家族は誰も知りません。とても古くからあるものなのか、それともここ何十年かのうちに何処からともなく紛れ込んだのか……

最近は髪が長くなりすぎて、腰の辺りまで伸びてしまいました。

これは何かの呪いなのでしょうか。

編集部の皆様、もしよろしければこの人形について調べてください。お願いします。

田島《たじま》未知子《みちこ》』

俺以外の編集者たちはそのハガキにまるで興味を示さなかった。実際、オカルト企画をやるたびに、この手のメールやハガキが山のように送られてくる。とてもじゃないが全部に付き合ってはいられない。しかも大概は、宇宙から何らかの電波を受信しましたとか、何とか星の接近が間もなくやってくるとか、わけのわからないことばかり書いてあるのでそもそも相手にならない。

しかし田島未知子のハガキはそれらとは違う雰囲気があった。少なくとも普通に会話ができそうだという程度の雰囲気だが。

「これ、誰か行きますか？」

俺は尋ねてみたが編集者たちは反応しない。

「俺が行ってもいいですか?」

「勝手に行ってこい。ただし自費な」

編集長に釘を刺された。

ともかく話を聞いてから判断しよう。俺はそう考えて、ハガキに書かれていた携帯番号に電話をかけてみることにした。

「もしもし、××編集部の旗屋と申します。田島未知子さんでいらっしゃいますか?」

『あ、はい……』

動揺したような女性の声。

「ハガキをお送りいただきありがとうございました。それで書かれていた内容について詳しくお聞きしたいと思い、電話した次第なんですが」

『はい』

「お宅に呪いの人形があるんですか?」

『はい、そうなんです……』

声は今にも消え入りそうだ。声の感じからしてまだ若い。ハガキには年齢が書かれていなかったが、おそらく二十代か、それ以下だろう。

「髪が伸びると書かれていましたが、実際に測ってみたんですか?」

『いえ、測ったことはありませんが、見た目にもはっきりと、長くなっていますので……もとは肩までだった髪が、今は腰くらいまで伸びています』

「そんなに?」

俺は驚いて声が裏返った。

『はい……最近はさほど伸びなくなったみたいなのですが』

「人形の髪が伸びる他に、何か変わったことはありませんか? 夜中に向きが変わってるとか」

『他は特に……』

「じゃあ未知子さん自身が体調を崩されたり、家族の方が事故に遭ったりとか」

『そういったこともありません……それなので、単純に呪いといっていいものかどうか』

「他には影響はないんですね?」

『今のところは』

「わかりました。では一度、その人形を拝見させていただきたいと思うのですが、可能でしょうか?」

『はい、もちろんです』

「お住まいは……東北ですね」

自費で行くには遠いし金がかかる。俺は躊躇《ちゅうちょ》した。

『あの、直接うちに来られる前に、一度何処かでお会いして、それから段取りなどを決めるというのは可能でしょうか。私、近々そちらの方に伺《うかが》う私事がありますので、よろしければその際にお会いして、日時などご相談させてください』

願ってもない申し出だった。

「それなら編集部に来ていただくか……あるいは近くの喫茶店はどうでしょうか」

『では喫茶店で』

「ありがとうございます。場所は……」

俺は未知子に喫茶店の場所を教えた。

数日後、俺は喫茶店で未知子が現れるのを待った。約束の時間の十分前に彼女は現れた。

黒塗りの高級車が喫茶店の前に停まり、まもなくして、紺色のドレスを着た女性が、すらりとした白い脚を投げ出すように、ドアから出てきた。夏の陽射しの中でも黒髪が濡れたように輝いていた。彼女は少し疲れたような顔をして周囲を一瞥《いちべつ》し、まるで陽炎《かげろう》が揺れるような足取りで、ゆっくりと喫茶店に入ってきた。

とんでもないお嬢様が現れた。

俺はとっさに立ち上がり、軽く頭を下げた。

彼女は俺に気づいた。俺は名刺を差し出す。

「はじめまして。以前電話でお話しさせていただいた旗屋です」

「はじめまして」彼女は名刺を受け取って一礼した。「田島未知子です」

切れ長の目が軽く伏せられる。歳《とし》は最初の見立てに間違いはなさそうだったが、しかし何歳だと云われてもおかしくないような、不思議な魅力を持った女性であった。

「どうぞおかけください」

「ありがとうございます」

「今日は、ご実家の東北から？」

「いえ、三日ほど前からホテルに泊まっています」

「お仕事ですか」

「まあそのようなものです」

あまり喋りたくなさそうだったので、俺は話題を変えることにした。

「いつもうちの雑誌を読んでいただいているみたいで、本当にありがとうございます。実を云いますと、俺はまだバイトの身でして、正式には編集者ではありません。でも大学を卒業したらそのまま編集者かライターとして働くことになると思います。卒業できれば、の話ですけどね」

自嘲《じちょう》気味に笑ってみせたが、彼女は小さく首を傾《かし》げただけだった。

俺は自分を落ち着かせるために、コーヒーを一口飲んだ。目の前にいきなり現れたお嬢様にどう接したらいいのかわからなかった。

「ええと……呪いの人形の話なんですが」

「はい」

彼女は小さく応えた。

「人形について何か怖い思いをしたというようなエピソードはありますか？　もし今後、人形のことを記事にする場合には、一緒に書きますので」

「記事になるんですか？」

「それはまだわかりません。最終的に判断を下すのは編集長ですしね。まあ記事にされて不都合がある場合には、そちらからおっしゃっていただければ取り下げますので、あまり身構えなくても大丈夫ですよ」

「はい……できれば私たち家族を写した写真は掲載しないでいただきたいのですが……」

「わかりました。人形の写真はオーケーですか？」

「それは構いません」

「ありがとうございます。では写真は人形のみで」

「それから、怖いエピソードということで思い出しましたけど……」

「はい」

「あれは一年ほど前だったと思います。当時人形は私の部屋にありました。タンスの上に置いてあって、ちょうど私を見下ろすような恰好になります。その日は満月でした。窓からは、はっきりとした丸い月が見えていました。窓をうっすら開けておりましたので、心地よい夜風が時折カーテンを揺らしていました。けれど私は深夜を過ぎても、何故か寝付けずに、何度も寝返りを打ったり、身体を起こしては寝汗を拭《ぬぐ》ったりと、居心地の悪い思いをしておりました。いい加減にもう寝ようと、決心するかのように横になり、ふと視線を上げると、そこに人形がありました。人形は窓から差し込む月明かりを受けてぼんやりと輝いているかのようでした。その時、私には人形が動いているように見えました。でも、動いているというのは正しくはありません。確かに人形に動きはあったのですが……それは人形の髪の毛が異常な速度で伸びているような……そんな動きだったのです。私には目に見えて、髪が伸びていく様がわかりました。ずるずると人形の頭部から這い出てくるかのように、髪が伸び続けるのです。私はそれを目の当たりにしながら、でもこれは夢だと考えました。夢だ、夢だ、と心の内で唱えているうちに、私はいつの間にか眠っておりました。しかし、朝、目が覚めますと、人形は……」

「どうなっていましたか」

「私が昨夜見たまま、髪が伸びておりました」

彼女は細い指を組んでテーブルの上に置いた。

人形の髪が伸びていくのを目の当たりにした？

だんだんとすごい話になってきた。もしかしたら大きく枠を取って特集記事を組めるかもしれない。もうこの際、人形の髪が本当に伸びていようがいまいが、記事にできそうな気がしてきた。どちらにせよ読者は最初から眉唾で読むのだから同じことだ。

「その人形はいつから家にありましたか？」

「私が物心ついた頃にはすでにありました」

「ご両親は、人形が何処から来たものなのかまったくご存じないのですか？」

「そうみたいです。わからないと云っていました。というのも、私の家にはまだ他にもたくさん日本人形が置かれていまして……私の地元は昔から人形創りで名の知れた村だったのです。そのため誰からもらい受けたのかもわからないような人形が、家のあちこちにあります」

「こちらでも調べてみたのですが、未知子さんのご実家周辺にはこけしで有名な村や、人形の頭だけを得意としている村などがありますね。未知子さんの生まれ育った村は日本人形の名産地なのですね」

「そのようですね。ですので小さい頃から日本人形は見慣れて育ちました。といっても、両親は農家をやっておりまして、人形創りを生業《なりわい》にしているわけではありませんが……」

農家と聞くと、黒塗りの高級車で現れるお嬢様のイメージと食い違うが、彼女の実家はいわゆる大地主なのだろう。田舎には都会の感覚では及ばない豪邸が田んぼの真ん中に建っていたりする。

「どうでしょうか、人形について調べていただけますか？　もし呪われているようなことがあれば、今後家族に何が起こるかわかりませんし……」

「あ、もちろんです。それで直接伺って実物を拝見しようと思うのですが、日取りのご希望はありますか？」

「ちょっと考えてみたのですが……やはり満月の日がいいのではないかと思ったんです。もしかしたら目の前で髪が伸びる現象を見られるかもしれませんので」

「なるほど」

俺は寒気を覚えながらも肯く。

「今から五日後がちょうど満月なんですけど、その日は大丈夫でしょうか？」

「大丈夫です。暇な学生の身ですから」

「一晩、うちにお泊まりいただいても？」

「ああ、それはむしろ願ったり叶ったりです。その方が、人形の謎も解ける可能性が高まります」

「そうですか。では五日後、こちらまでお迎えに参りますね」

「お迎え……ですか？」

「さきほどの車で直接実家までお送りいたします。私もそれに乗って一緒に帰るつもりです。それとも、私とは別に新幹線をご利用になりますか？」

「いえ、送っていただけるなら助かります」

「では五日後、またお会いしましょう……あ、それからできれば当日はスーツでお願いします。両親に妙な警戒心を持たれると厄介なので」

「了解しました」

3

五日後、本当に例の高級車が喫茶店の前にやってきた。そして五日前とは違ったシックなドレス姿の未知子が出てきて、車に乗るように誘われた。俺は恐縮しながら車に乗り込んだ。

「スーツ……お似合いですね」

「ありがとうございます」俺は彼女に云われた通りスーツを着ていた。「家まで何時間くらいかかるんですか?」

「五時間くらいです」

「はあ……」

「大丈夫、すぐに着きます」

五時間の間、運転は運転手任せで、俺と彼女は後部座席に並んで座っていた。俺は緊張していたせいか、ほとんど何を喋ったか覚えていない。実際のところ会話なんてなかったのかもしれない。

車は何処をどう進んだのだろう。俺には知る由《よし》もない。今思い返すと、俺は何処か別の次元にでも運ばれていたのではないかと思う。当然ながら五時間後には見知らぬ場所にいた。周囲は田畑ばかりが広がっていた。

「そろそろ着きます」

俺はすでに不気味な予兆というか、妙な違和感を感じ取っていた。何か踏み込んではいけないところに踏み込んでしまったのではないか。今までオカルト取材で廃病院だとか、自殺の名所だとかを巡ってきたが、今回ほど危機感を覚えたことはなかった。しかし具体的に何が危険なのかと云われると、俺にはさっぱりわからないのだった。

戸惑っている間もなく、やがて自動車は未知子の実家に着いた。

車を降りるなり、未知子の両親が出迎えてきた。

「あらあ、わざわざ遠いとこはんるばるご苦労さんだっぺやあ。どんぞどんぞ、お上がりなさって」

こころなしかおめかしした様子のおばさんが俺の手を引いて家へと誘う。

「疲れたべや？　風呂わかしてるからよかったら入れ」

おじさんも上機嫌だ。

「ああ、結構です結構です」

俺は腕を引かれつつも腰が引けていた。何だろうこの歓迎ムードは。俺はもっと邪険に扱われるかと思って、かなり緊張していた。ところがいざ着いてみると、待ってましたとばかりに家の中に誘われる。

未知子の実家はやはり田舎の豪邸にありがちな、純和風の瓦屋根で、手入れの行き届いた広い庭や、風情のある縁側など、随所に惜しげもなく金《かね》が使われている様子だった。呪いの人形だとか、オカルト的なこととはあまり縁がないように思える。

座敷に通され、俺は半ば無理矢理座卓の前に座らされた。お茶やお酒を勧められるが、とても飲みたい気分にはならなかった。

そこへ未知子がやってきて、俺の隣にちょこんと座った。

俺はあらためてご両親に挨拶しようと、ポケットから名刺を取り出そうとした。しかしそれを未知子が制する。

「名刺ならもう渡してありますから」

「あ、そうですか」

素直に手を引っ込める。

「あらためて……こちら、人形について取材にいらした旗屋さんです」

「はじめまして、旗屋です」

「んまあ、ゆっくりしていけや」

満面の笑顔でおじさんが云う。けれど俺はひたすら居心地の悪い思いだった。

「じゃあ早速ですが人形の置いてある部屋へ……」

俺が立ち上がろうとすると、隣で素早く未知子が立ち上がり、俺を先導するように廊下に立った。

「私がご案内いたします」

「よろしくたのんます」

ご両親が揃って頭を下げた。俺もつられてぺこぺこと頭を下げた。

板張りの廊下を未知子と並んで歩く。一歩足を踏み出す度にきゅっきゅっと音が鳴る。延々と廊下を歩いた先に、問題の部屋があった。

ふすまを開けて中に入る。

十畳の和室だ。一見すると旅館の客間のようだ。

問題の人形は床の間に飾られていた。硝子《ガラス》ケースに入れられており、その戸を開けないと直に人形に触れることはできない。しかし戸が開いていたとしても、とても触れたい気分にはならないだろう。何しろ、聞いた通りの不自然な長髪で、前髪の隙間から窺《うかが》うような目でこちらを見ているのだから。いかにも不気味な雰囲気をまとっている。それは未知子から聞いた話が、俺にそう思い込ませているだけなのかもしれないが。

「ははあ、これですか」

俺は荷物を足元に置くなり、人形の前に屈み込んだ。

「ケースの戸は簡単に開きます。出しましょうか？」

「あ、いえ、そのままで結構です」

「一年ほど前からこちらの部屋に置いています」

「もともとは未知子さんの部屋に飾ってあったのですね？」

「はい」

「ではどうしてこちらの部屋に人形を移動したのですか？」

「やはり……薄気味悪いので」

「そうですか」俺は早速ポケットからデジタルカメラを取り出して、人形を撮影した。「あ、この写真は雑誌には使いません。個人的な癖というか。仕事の際にはこうして、メモの代わりに写真を撮ります」

「何か感じますか？」

「というと？」

「呪いの気配と云いますか……」

「どうでしょうか。俺は霊能力者ではありませんし、今まで心霊スポットを訪ねても幽霊に出会えたためしがないので、そっち方面の感想はなんとも云えないのですが……でも何か引き込まれるような魅力を持った人形ですね。髪が長くなってしまったからそう見えるのか、それとも、もともとそうだったのか……」

「他にもたくさん人形があるのに、どうしてこの人形だけ髪が伸び始めたのでしょうか」

「何か理由があるのかもしれません。実はこの数日間、日本の各地で発見されている髪が伸びる人形について調べてみたんです。どうやらよく調べてみると、日本人形の髪が伸びること自体は別に不思議ではないらしい。未知子さんならご存じかと思いますが、日本人形には本物の人間の髪の毛が使われていることが多かったのです。そして人間の髪の毛は条件次第では抜けた後でも伸びるそうです」

「本当ですか?」

「はい。そのため昔の日本人形は度々整髪する必要があったそうですよ。この辺りで人形を作っている老舗《しにせ》があれば、本当かどうか尋ねに伺ってもいいかもしれませんね」

「ではどうしてこの人形だけが?」

「さきほども云ったように、抜けた後の髪が伸びるには幾《いく》つかの条件が必要です。たとえば湿度だとか、あるいは髪の毛のもととなる成分の有無とか……人形製作で使われるニカワに、その髪のもととなる成分が含まれていて、人形の髪が伸びるというケースが幾つかあるみたいです。ですので、この人形にそういったニカワが用いられているのだとしたら、あるいはこのように髪が伸びることも考えられるかもしれません」

「そう……そうだったんですね。ではこの人形は呪いとは無関係なのでしょうか？」

「いえ。ただ以前未知子さんがおっしゃっていた、満月の夜に髪が伸び始めたという話……これはどうも理屈では説明がつきません。どうして満月の夜なのか……」

それは今夜解明できるかもしれない。何しろ今夜は満月だ。

俺は腕時計を見る。まだ午後三時だった。夜がくるまでだいぶ時間がある。それまでに撮影機材の準備をしようと、俺はバッグを漁り始めた。

「それは何ですか？」

「定点カメラを設置しようかと思いまして。カメラを一箇所に固定して、人形を一晩撮影するんです。録画されたものを倍速で再生すると、本来肉眼ではわからない微細な動きが、はっきりとダイナミックに見えます」

人間の髪は一日で約〇・三ミリ伸びるという。仮にこの人形に人間の髪が使用されていたとしても、一晩の変化を撮影しただけでは、ほとんど動きは見られないかもしれない。ただ、満月の夜にいきなり伸びるという話を信じて、一応撮影だけはしておこうと考えた。

「何日もご迷惑をおかけできませんので、とりあえず今回は一晩人形に密着してみるつもりです」

「ありがとうございます」未知子は深々と頭を下げる。「もとはといえば私のわがままから、旗屋さんにこんなところまでご足労いただいて、しかも一晩こんな人形とお付き合いさせるなんて、申し訳ありません」

「いえいえ、これは俺の趣味みたいなもんですから」

そうじゃなければこんなことをするわけがない。仕事とはいっても俺に金が入ってくるわけでもない。むしろ取材の謝礼としてこちらが支払わなければならない立場だ。とはいえ、交通費も宿泊費も浮いたので、今回に限っては本当に趣味の活動と云える。もともと俺はこういう怪しげな話が好きなのだ。

しかしこの件に関しては、一歩間違えばよくないことが起きる。そんな気がしてならないのだった。

「ところで旗屋さん」

未知子がかしこまって一歩俺に近づく。俺はどきどきしながら半身を引いた。

「これから一晩の間、守っていただきたいことが一つだけあるんです」

「え？」俺は空気が凍りつくのを感じた。「なんですか、それは」

「午後四時から、明日の朝七時まで、人形から片時も目を離さないでください」

「午後四時から……ってあと一時間ほどしかありませんね。それは何か理由があるんですか？」

「理由は聞かないでください。ただ守ってほしいんです。あなたはこの人形の傍《そば》にずっといると」

「はあ……人形を持って歩くのはいいんですか？」

「どちらへ持っていくのですか？」

「あ、いや、たとえばの話なんですけど……トイレとか行くのに、どうしても人形から目を離してしまうことになりますよね。それなら人形を持って歩かないと約束を守れませんので……」

「できる限りトイレにも行かないようにお願いします。といっても、無理な場合は、この部屋のすぐ隣にトイレがあるので利用してください」

「わかりました」

理不尽な要求とは思いつつも、その意図するところがよくわからないので、俺はただ肯くしかなかった。難しい話ではない。四時になったらずっとこの部屋にいて、朝になるのを待てばいい、ってだけの話だ。

「ご理解、感謝します」

「ちなみに、それは人形の呪いと関係ありますか？」

俺は尋ねた。

未知子はただ静かに首を横に振った。

「それでは私はそろそろ失礼します」

「どちらへ？」

「自分の部屋です」

「午後四時を過ぎたら、そちらへ伺うのもだめなんですね？」

「はい」

「じゃあここで別れたら、明日の朝まで会えませんね」

「いいえ、私の方からこちらへ伺うこともあるかもしれません。けれど、ないかもしれません。

もし注文があるならば、今のうちにおっしゃってください」

「じゃあ、何か夕飯になるようなものを用意しておいてもらえますか。何も持ってきてなくって」

「それは問題ありません。ちゃんと後でお運びします」

「助かります」

「では、そろそろ私は……」

「あの、これはもしもの話なんですが」

俺は彼女を引き止めて云った。

「はい？」

「もしも俺が約束を破ったら？」

「……私が失望するだけです」

「それだけ？」

「ええ」

「わかりました」

本当はよくわかっていないが、それは重要なことに違いなかった。そもそも俺は彼女との約束を破るつもりなんてない。最初から一晩中人形を監視し続けるつもりだった。俺の興味は人形だけだ。

4

撮影機材の準備を済まし、最後にトイレで用を足したところで、約束の午後四時になってしまった。外はまだまだ明るい。満月の夜という雰囲気になるまでには時間が早すぎる。

しかし一応カメラの録画を始めておく。見たところ人形に何ら変化はない。俺はカメラから離れたところにごろんと横になりながら、ぼんやりと人形を眺めた。

実のところ俺はオカルトについては否定論者だ。だが好きで首を突っ込んでいる。それは妄信やエセ科学、インチキ宗教を取り除いたところに、本当のオカルト現象が存在すると考えているからこそである。だから俺は徹底的に自分で納得がいくまで、否定すべきものを否定したい。最後に残るのが、本当の未知なる奇現象なのだから。

そういう意味では、俺は最初から髪が伸びる人形の存在には懐疑的だった。こうして目の当たりにしても、何処かうさんくささを拭えない。むしろ、何か別な意味で、怪しさを感じる。

妙に歓迎ムードの両親は一体なんなんだ？　第一、髪が伸びる人形について悩んでいる節はまったくなかった。こういう現象が起きている家庭というのは、大抵、暗くどんよりとしていて、様々な問題を抱えている。果ては悪霊にとりつかれているだの、ご先祖様がお怒りだの、根拠のないことで騒ぎたて始める。ところが田島家においては、そのような兆候は見られない。

両親が人形の存在を知らないということはなさそうだったが……

それから未知子の奇妙な約束。はたして何の意味があるのだろう。

それに、この人形。

一体この人形はなんだろう？

この辺りは昔から人形創りが盛んである。だから奇妙な人形の一つや二つあってもおかしくない。もともとこういう人形なんです、と云われれば、そうかなとも思う。他の髪が伸びる人形を調べたところ、ここまで綺麗に全体が伸びているというのは存在しない。妙に一部だけが伸びていたり、一本とか二本とか抜きん出ているだけだったりするのが通例だ。もし本当に、生きた人間のように全体が伸び続けているのだとしたら、これは本物かもしれない。今後、『髪が伸びる人形』といえば『お菊人形』ではなく、『田島家の人形』ということになるかもしれない。俺が巧《うま》く記事にできたら……

少なからず、当時の俺にはそんな功名心があった。

しかし、はやる気持ちとは裏腹に、人形には何の変化も起きない。

がらんとした部屋で、俺はただ一人ぽつんと、ゆっくりとした時間が流れるのを待つ。暇を潰せるようなアイテムはない。テレビもないし、文庫本の類《たぐい》も持ってきていない。俺は仕方なく携帯電話で友人たちにメッセージを送り始めた。みんな忙しいのか、誰も返事を寄越さなかった。

午後七時くらいからだんだんと暗くなってきた。部屋には直接窓はなく、障子越しに見える廊下に今まで陽が差し込んでいたが、それもいつの間にか途絶えていた。俺は立ち上がって部屋の電気をつけた。電気をつけることは禁止されていなかったはずだ。

人形に変化はない。

午後八時頃、未知子が部屋にやってきた。おにぎりと緑茶を載せたお盆を持っていた。腹を空かせていた俺には彼女が救いの女神に見えた。

「お待たせしてしまってすみません」

「助かります。お腹空いていたんですよ」

「うふふ、どうぞ食べてください」

未知子は俺の目の前に静々《しずしず》とお盆を置いた。俺はお盆からそのままおにぎりを手に取って食べた。

「これ、未知子さんが作ってくれたんですか?」

「はい……変でしたか」

「いえ、おいしいです」

「ありがとうございます」未知子はちらりと人形の方を向いた。「どうですか?」

「何もありませんね。まあ一晩でどうこうしようというのが間違いかもしれません。今は様子を見るしかないでしょう」

この人形には何かある、と俺の勘が訴えている。だが即座に答えが導かれる感じではない。長期戦になるはずだ。そして答えが見つかった時には、目立つ記事になる。俺がものにするまではどうか、他のマスコミに目をつけられないでいてほしい。これは俺の仕事だ。

未知子は俺がおにぎりを食べる様子をじっと見守っている。彼女の色白な胸元がつい気になってしまう。彼女こそ人形みたいだ。何処となく浮世離れした所作といい、顔つきといい、長いまつ毛といい……。

そういえば俺はあまり彼女のことを知らない。彼女も自分のことは話したがらない。彼女は俺たちの作っている雑誌のファンらしいが、とてもそのような趣味のある女性には見えない。

「未知子さんはオカルト関係がお好きなんですか？」

「え？　どうしてですか？」

「ハガキに書いてあったから……好きなのかな、と思っただけです」

「ああ、はい。いつも欠かさず読んでいます」

「未知子さんは、この人形のこと、どう思いますか？」

「どう、とは？」

「現象的な説明ができますか？」

「単純な発想ですけど……誰かの魂が乗り移ったとか、そういうことじゃないかと……」

彼女は考え込むように首を傾げて云った。

「そうかもしれませんね」

「旗屋さんもそう思いますか？」

「人形には魂が宿ると云われますしね。ただ……だとすると誰の魂なんでしょうか」

「そこまでは……」

未知子は黙ってしまった。

おにぎりを食べ終えた俺は彼女にお盆を返した。彼女は部屋に入ってきた時と同じように、静々と部屋を出ていった。去ろうとする背中に、俺はつい声をかけたくなってしまった。だが、ぐっとこらえる。寂しさを紛らせたいだけだ。そんな気持ちでは一晩もたない。俺は一人、人形の相手をしなければならないのだ。

午後十時を過ぎると、もう外はまったくの無音の世界で、俺自身の呼吸の音さえうるさく感じられるようになった。普段幹線道路沿いの安アパートに住んでいる俺には、この環境はあまりにも静かすぎて怖かった。

人形に変化はない。

俺は押入れから布団を引っ張り出して敷いた。布団は清潔な匂いがする。俺は横になりながらじっと人形を見つめた。

うとうととしかけた頃、何処からか子供が廊下を走り回るような音が聞こえてきた。子供?一体誰だろう。あの足音は未知子ではない。だとすれば誰だろう?

そう考えるうちに足音は聞こえなくなった。

深夜零時。

眠気と闘いながら、俺は人形と相対する。だがいよいよ飽きてきて、今まで一度もやったことがないケータイのアプリを起動してトランプゲームを始める。

人形に変化はない。

本当に満月が出ているのか？　確かに今日は満月の日だが、部屋に窓がないので空を確認できない。廊下に出るくらいは許してもらえそうだが、何かよくない気がして俺はためらった。

深夜三時。

人形に変化はない。

朝五時。

人形に変化はない。

この時間帯になると、眠っていた自然が起き出してくるのを感じた。周りが自然だらけだからかもしれない。明るい光が部屋に差し込み始める。だが、この時間の薄明かりは、不気味さを助長するのに一役かっている。人形に異様な陰影が浮かんで見えた。

朝七時。

人形に変化はないまま、ついに朝の七時を迎えた。

同時に、昨日とまったく同じ服装の未知子が現れた。

「おはようございます。いかがでした？」

「見た目には特に何の変化もありませんね。カメラはばっちり録画できていますので、帰ってチェックしてみたいと思います。そうすれば何か人形の謎が解けるかもしれません」

「旗屋さん。そのことで、お話が……」

未知子はその場に膝をつき、正座した。俺もつられて彼女の正面にかしこまった。

「一晩、本当にお疲れ様でした。言葉では云い表せないほど感謝しております」

「は、はぁ……」

俺は照れて肯く。

「それで、お話というのは、つまり」未知子はさきほどから手にしていた白い封筒を俺の前に置いた。「旗屋さんにこれを受け取っていただきたいのです」

「何ですか？」

何気なく封筒を手に取り、中身を見る。

一万円札の束だった。ざっと見積もって十万円。

「ちょっと待ってください、お、俺はこんなに金をもらうようなことを何もしていません。むしろこちらから取材の謝礼をお払いしなければならないのであって……」

「謝礼なんてとんでもありません。それより、まだ話が途中です。そのお金は、人形の値段です」

「人形って、あの？」

俺は振り返って、硝子ケースの中の人形を指差す。

未知子は静かに肯いた。

「旗屋さん、あの人形を持って帰ってくださいませんか。ただでとは云いません。その費用として、封筒のお金を差し上げますので……」

「え？　え？」俺は混乱して彼女の言葉が呑み込めない。「俺があの人形を持って帰るんですか？　持って帰っちゃっていいんですか？」

「はい」

「それで十万？」

「はい」

「一体どういうことです？　仮に人形を処分してほしいということなら、俺がただで引き受けますよ。そういうコネがないわけではありません。なんとかしましょう。でもこんなにお金をいただけません」

「それなら、この家から人形の呪いを解いていただいた料金だとお考えください。あなたは一晩かけて人形の呪いを解きました。その行為に相当する料金です。むしろ少なすぎるかもしれません」

「とんでもない。第一、俺は人形の横で一晩頑張っていただけですよ」

「いいえあなたは立派に仕事をしました。私との約束を守ってくださいましたしね。約束を守ってくださる方が私は好きなんです」

「しかし……」

「もっと追加しましょうか？」

「あ、いや、そういうことではなく……」

「ではお受け取りください」未知子は俺の腕時計を覗いた。「そろそろ時間です。私は先に行きますが、旗屋さんには車を用意してあります。運転手が外で待っています。行き先も告げてありますので、どうぞお乗りください。五時間後にはもとの日常があなたを待っています」

未知子はすっと立ち上がった。そのまま廊下へ出ていこうとする。

「ちょっと待って！」

「はい、何でしょうか」

「いえ……今ここであなたを行かせたら、もう二度と会えないような気がして」

「どうでしょうね、ふふ……」

未知子は廊下の奥に消えていった。

それから俺は荷物をまとめ、玄関へ向かった。玄関では愛想のいい未知子の両親が並んで俺を見送ってくれた。

「ありがてぇありがてぇ。ところでテレビになるのはいつなんだ？」

おじさんが尋ねる。人形の件がテレビのオカルト番組になるとでも思っているのだろうか。もしかすると彼らには取材の詳細が巧く伝わっていないのかもしれない。事実俺はきちんと説明していない。

「まだ今のところは……」

俺は運転手に急かされ、用意された高級車に乗り込みながら、ふと気になっておじさんに尋ねた。

「そういえば娘さんはどちらに？」

「娘だぁ？　娘は六時にはもう学校行ったさぁ」

「学校？　学校って？」

「小学校よ。遠いから六時には出ねぇと間に合わねんだ」

「え？　小学校って何のことです？」

「何のことって、娘のことだべ？」

「はい、未知子さんのことです」

俺がそう云うと、両親の顔が一瞬にして変わった。

憤怒と哀しみが入り混じった顔つきだった。

「未知子は一年前に死んだ！　馬鹿にしとるのかぁおめぇは！」

5

「馬鹿にしとるのかぁおめぇは！」

と、旗屋は怪談のオチにありがちな指差しアタックを音野に決めた。音野は猫がびっくりした時のように飛び跳ね、次の瞬間、悲鳴を上げることもなく、まるで鋼鉄の塊《かたまり》になったかのようにピーンと硬直した。おそらく音野の魂の大部分が抜けてしまったはずだ。

「おい、やめろよ旗屋。最近みんなして音野のことをいじめるから、だんだんとひきこもりが再発してきてるんだぞ」

「そうか、それはすまない」

「まあオチはいいとして、何だよその直前の気障な台詞。『今ここであなたを行かせたら、もう二度と会えないような気がして』って……そんなこと本当に云ったのか？」

私が吹き出すと、旗屋は顔を赤くした。

「いいだろ、本当にそう思ったんだから。実際に、あれから未知子には会っていない」

「話は全部本当なのか？」

「本当だよ。証拠として、ほら、この人形があるだろ。あの時もらった十万円も、なんだか怖くて使ってない」

「旗屋って、ナイーブなんだか大胆なんだかよくわからないところあるよな。そういうとこ、少し音野に似てるよ」

「そうか？」

旗屋と私は高校時代からの友人である。一匹狼で単独行動を好む旗屋は、周囲とあまりつるむことがなく、友人も少ないようだったが、私とは大学まで一緒になったこともあって、今でもこうして付き合いが続いている。私の親しい友人の一人でもある。ちなみに私と音野は大学時代に知り合っているので、当然旗屋も音野のことを知っている。お互いに当時からほとんど会話することはなかったようだが。

「行動力と好奇心だけは名探偵並だよ、君は。ただ残念、推理力が音野には及ばない。二人を足して二で割らなければちょうどいい」

「白瀬は何だよ。補欠要員か？」

「ま、そんなところだよ。それでいいのさ」

「で、今の話を聞いてどう思う？」

「どう思うって……未知子の幽霊が君を実家に誘い出し、よくわからないけど君が『謎の約束』によって人形の呪いを解いてあげて、未知子の魂《たましい》を解放してあげたんじゃないの？」

「じゃないの？　って、よく俺の話をそのまま素直に受け入れられるな」

「でもそういうことだろ？　君だってそのつもりで、そう受け取れるような話し方をしたわけだ。つまり髪が伸びる人形には、一年前に死んだ未知子の魂が宿っていた。ただそれはある種の呪いであり、死んだ未知子にとっては不本意だった。だからオカルトに興味のある人間を誘い出し、解放の儀式をさせる。結果、見事に成功。未知子の魂は救われました。おしまい」

「でもやっぱり信じられないわけだよ。だって俺、幽霊の握ったおにぎり食べたわけだろ？」

「実は泥団子だったんじゃないのか？」

「キツネに化かされてたって感じか」

「だって幽霊がおにぎり握れるわけないし」

「おにぎりが握れる幽霊だっているかもしれないだろ」

「いや、いないね！」

「なんでそこで頑固になる。いいだろ別におにぎり握れる幽霊がいたって」

「じゃあ十万賭けるか？」

「ああいいよ、未知子からもらった十万賭けてやる」

「ずるい、そっちは幽霊からもらった十万だろ。こっちは身銭《みぜに》を切るのに」

「お前がおかしなこと云い出さなきゃ済んでた話なんだよ」イライラした様子で旗屋が頭を掻きむしった。「まあいい、最初から白瀬に期待なんかしてねーよ。どうなんだよ、音野。この謎を解いてくれよ」

しかし音野はさきほどのショックからまだ立ち直っていない。

「しっかりしろ、音野」

私は音野の肩を揺さぶった。首ががくんがくん前後に揺れる。

「だ、大丈夫、だ……」

音野はようやく意識を回復した。

「旗屋の話聞いてたろ？　結局、未知子は幽霊だったのか？　だから最後、あんなにびっくり飛び跳ねていたのか？」

「違うよ、急に大声で……脅かす……から」

「悪かった悪かった」旗屋は謝る気などない様子で謝る。「で、未知子は幽霊じゃなかったのか？」

「ちょっと待って、今考える」

音野が沈思黙考している間、私は席を立ってコーヒーを淹れに行った。

戻ってくると、旗屋が肘をついて横になり、音野をじっと眺めていた。五年前、おそらくそのままの恰好で人形を眺めていたのだろう。

「未知子が幽霊だったなんて話、あるはずがないという前提で真面目な話をすると、だな」旗屋が切り出す。「何者かが未知子を騙《かた》っていたわけだ。でもそうすると、あの女の意図が見えない。未知子の名前を騙って何がしたかったんだ？　人形を盗み出したかったのか？」

「人形をよく調べてごらんよ。中に宝石とか隠されているかもしれないよ」

私は云う。

「それはない。俺だってよく調べた。知り合いの医者に金渡して、X線撮影してもらったが、人形の身体の中には何も詰まってない」

「じゃあ目的は人形じゃないってことか……」私はコーヒーを飲んで腕組みする。「そういや、君が録画した映像には何か変わったものは映っていたのかい」

「いや、何も。倍速再生しても変化らしい変化は確認できなかった」

「そうか……髪が伸びる人形と、幽霊未知子の他にも、よくわからないことがあるね。たとえば未知子の約束とか」

「午後四時から翌朝七時までってやつか。俺はしっかり守ったぜ。トイレも我慢してな」

「偉い。で、結局それによって、人形の呪いは解けた、みたいなことを未知子が云っていたわけだろ？」

「そうなんだよな」

「うーん、まったくわけがわからないな。どうなんだい？　教えておくれ」

「おい、白瀬、人形に話しかけるな……で、音野、何かわかった？」

「うん……」

「わかったのか？」

私と旗屋は思わず腰を浮かす。

「はっきりとした確証はないけど」

「いいよ、説明してくれ」

「じゃあ……えっと……何処から話そうか」

「未知子は幽霊だったのか？」

「ううん……人間だよ」

「じゃあ偽《にせ》未知子の目的は？」

「おそらく……詐欺……」

「詐欺？」

「未知子を騙った人物は……旗屋を利用して……未知子の両親から多額のお金を騙《だま》し取った……」

「どういうことだ？」

「まず関係人物の整理から……最重要人物……これは旗屋。旗屋がいなければ詐欺事件は成立しなかった……ある意味では、旗屋が釣れた時点からスタートする『騙し』……もちろんそれ以前からいろいろと根回しをしていたと思うけど」

「俺が釣られたって、つまり編集部に届いた未知子からのハガキか？」

「そう。たぶん偽未知子は幾つかのオカルト系雑誌などに、同様のハガキを送りつけていたはず……餌をまいて、魚がかかるのを待ったんだ……」

「見事に俺が食いついてしまったわけだ」

「うん」

「じゃあ髪が伸びる人形ってのも、俺みたいなやつを引っ張り出すためのインチキアイテムだったわけだな？」

「うん」

「くそっ……俺が感じていた妙な違和感は間違っていなかったんだ。あれはガセを掴まされた時の違和感だったんだ。満月の夜に髪が伸びるとかいう、あの迫真の話も全部嘘か」

「髪が伸びる人形……これが詐欺事件の重要アイテム……詐欺事件には、一見価値のないものに価値を付加して信用させるという手口がある……たとえばどう見てもただのがらくたを、偽札印刷機だとして売りつけたり、ただの真っ黒な紙切れを、特殊な洗剤で洗えば汚れが落ちて紙幣になるとして売ったり……髪が伸びる人形も、それらと同じ手口だったと思う……人形の髪はもともと長い髪を二つ折りにして植えてることもあって、強引に引っぱると伸びたように見えるというし……こっそりそういう細工をして、ただの人形に、髪が伸びるという神秘性を付加した……そしてそれに価値を見出す人たちを探したんだ」

「俺みたいなオカルト野郎とかな」

「未知子の両親はどうなんだ？　そんな怪しげなものに価値を見出すか？」

「未知子の両親に対しては……心のスキをついたんだ。事実、二人は未知子という娘を亡くしている。病気か事故かわからないけれど……その子の魂がもしかしたら人形に宿ることもあるかもしれない……肉親ならそう思ってしまう。まして若くして亡くした我が娘なら。肉親を亡くした頃から、おかしな宗教にはまりだしたり、奇妙な思想に傾倒したりするのと同じことだと思う……」

「人形に娘の魂が宿っている、と信じたのか？」

「何処まで信じていたかわからないよ。でも、そんなふうに云われたら、絶対に揺さぶられる……それに、もともと、あの人形は」と云って、音野は旗屋が持ってきた人形を指差す。「偽未知子が云っていたように、もとから田島家にあったものだと思う。だから死んだ娘の魂が宿ってもおかしくないと考える。そのことに偽未知子——つまり詐欺師が目をつけたんだ」

「で、詐欺師はどうやって田島家から金を奪っていったんだ？」

「それには……順序を追って話をしていくよ」音野は疲れたようにコーヒーを一口飲んだ。

「まず知っての通り、詐欺師は旗屋に対して……未知子と名乗っていた。当時一年前に死んでいるはずの未知子になりすました」

「でもさすがに俺をごまかせても、両親はごまかせないだろ。どんだけ詐欺師と未知子が似ていたか知らねーけど」

「そこが詐欺師の巧いところ……彼女は旗屋に対しては未知子として振舞っていたけれど、田島家に対しては全然別の人間として振舞っていた」

「別の人間？」

「旗屋の仲間……あるいは上司、あるいは部下、あるいは秘書……」

「なるほど！　田島の両親に対しては、俺の側の人間として振舞ってたのか」

「しかも相当立場を偽《いつわ》っている。おそらく詐欺師は、テレビ局の人間として田島家に接触している。根拠は……旗屋が最後に家を出る時に、おじさんから云われた言葉……」

「『ところでテレビになるのはいつなんだ？』ってやつか。確かにあの時、このおじさんは何を勘違いしてるんだって思ったな」

「おじさんは旗屋のこともテレビ局の人間だと思い込んでいたんだね……」

「あっ！　だから初めて両親に挨拶する時、俺が名刺を出そうとするのを、あの偽未知子が遮《さえぎ》ったんだな。おそらくあらかじめ偽の名刺を渡してたんだ。だから本物の名刺をあそこで出されては困るんだ」

「うん……両親は旗屋と詐欺師の二人を、テレビ局の人間だと完全に思い込んでいた……しかも二人が乗りつけたのは高級車、現れたのはスーツ姿のいかにも仕事のできそうな男」

「そういや、偽未知子にスーツ着て来いと云われた。そういうことだったのか」

「でも偽未知子はドレスだろ？　ちょっと合わないんじゃないか？」

私は云った。

「派手な恰好して、テレビ局の名刺出せば、そりゃ騙されるだろ。特にテレビしか娯楽がないような、あんな田舎じゃ」

「田舎に対してひどい云いようだな。でも、確かに大袈裟すぎる方が騙し易いのかもしれないな。昔から芸能人やテレビ局の人間を騙る詐欺は少なくないようだし」

私は一人納得して肯く。

「考えてみると、高級車で乗りつけてくる辺りからもう『騙り』が始まっていたわけだ。俺は単純に、未知子がお嬢様だからだと思い込んでいたが。それが逆に、田島家の人間から見たら、高級車で乗りつけてくるテレビ局の人間に見えたってわけか」

「うん……」

「それにしても、両親のあの歓迎っぷりはなんだったんだ？　県民性ってやつか？」

「ううん、二人は本当に喜んでいた。だって……テレビ局の人たちが呪いの人形に関する悩み——つまり娘を亡くした精神的苦痛——を解決してくれて……なおかつ取材の謝礼、そして番組で取り上げるための謝礼までくれる……そう思い込んでいたから」

「謝礼か」

「詐欺師が幾ら提示していたかはわからない。百万かもしれないし、五百万かもしれない。そういう金を両親に対し必ず渡すと約束していた……でももちろん渡すつもりは最初からない。見せ金で欲を誘った。そう約束しておいて、問題はその後。何らかの名目で金を奪う。たとえばこう……一般家屋でロケをする場合には保険に加入してもらわなければならない……ロケが終わり次第返すので百万用意しておいてください」

「うわ……俺だったらまず騙されてるわ」

「君はすでに詐欺師に騙されてるよ」

「うるさいぞ白瀬」

「実際はその十倍くらいの金額をふっかけているかもしれない……今回の詐欺師は金持ちの相手を狙っているし……随分回りくどく、慎重に動いているし」

「しかしとんでもない詐欺師だな」私は憤慨して云った。「善良な人間をことごとく騙し、娘を亡くした両親の心のスキにまでつけこみ……」

「でもここまで鮮やかに騙されると、もう何も云えないぜ」

旗屋は諦めたように首を振る。

「そういやまだわからないことがあるな。偽未知子が旗屋に課したあの『約束』は何だったんだ？　四時から七時ってやつ」

「それはもう一つの問題……詐欺師の立場に立って考えた時……もう一つどうしてもクリアしておかないといけないポイントがあったんだ」

「それはなんだ？」

「未知子の……妹の存在」

「妹？　いたのか？」

「おじさんの最後の言葉から考えて、当時小学生だった娘がもう一人いたはず。それに……旗屋がうとうとしながら聞いた……子供の足音の正体がそれ」

「おお、そうか。あのでかい家にはもう一人住んでいたか。まあ、あれだけでかい家じゃ、いてもわからん」

「詐欺師は田島家のもう一人の娘——未知子の妹が旗屋と遭遇することを徹底的に避けさせた。何故なら、二人が出会うことによって、未知子という存在がすでにこの世にいないということが、旗屋に気づかれてしまうかもしれないから……そうすると計画が破綻してしまう……二人が出会い、何気ない会話を交わしただけで、ばれてしまう可能性がある……だから二人が遭遇する機会をことごとく潰したんだ。たとえば詐欺師が旗屋を連れて、初めて田島家の玄関をくぐったのは……だいたい昼二時頃。小学生なら学校に行ってる時間。だから鉢合わせしなくて済む。あえてその時間を選んだんだね」

「でも詐欺師は俺のことを両親に会わせてるぞ。考えてみればそれもかなり危険だと思うんだが……会話の中で亡くなった娘の話題が出るかもしれないし」

「その辺りは詐欺師の本領発揮だよ。巧く場をコントロールすればいいのだから。でも子供は厄介……子供は大人の思考の外を行くからね……詐欺師が旗屋と妹の遭遇の場に同席していればコントロールも可能かもしれないけど……偶然廊下で二人が出会ってしまう事態を考えたら……どうしても避けなければならない」

「ああっ！」

「どうした、旗屋？」

「そうか、それだよ！　例の四時から七時ってやつ」

「ん？」

「午後四時頃になると、妹が学校を終えて家に帰ってくるんだ！　そして翌朝の七時にはもう登校していない。つまり俺は、妹が家にいる間、人形の部屋に閉じ込められていたってわけだ！」

「なるほど……妹と君を遭遇させないための『約束』だったのか」

「だがそこまでするくらいなら、妹が学校に行ってる間に取材の約束を入れればよかったんじゃないか？　たとえば前日から俺を近くのホテルに泊まらせておいて、朝の七時頃に田島家に向かう。そうすれば午後の四時まで、九時間もある。取材と偽ったとしても、時間的には充分じゃないか？」

「そうすると今度は両親の対応を迫られる。つまり日中はおじさんたちも起きているから、旗屋が部屋で人形とにらめっこしている時に、挨拶に来たりするかもしれない。そうするとまたいちいち場のコントロールを迫られ、次第に嘘にひずみが生じてくるかもしれない……だから活動時間のメインを夜にもってきて、家人の気遣いを避けようとしたんだ。旗屋が夜中に一人で起きて人形と向かい合っている間、詐欺師は田島家の住人がそこへ近づかないように、すぐ近くで見張っていたと思うよ。でも子供の足音が聞こえたってことは、裏ではちょっと危ない事態に発展していたのかもしれない。かなり接近していたかもね」

「妹に対しては、詐欺師は何のキャラになってたんだ？」

「普通に考えて、旗屋の仕事仲間だと思う」

「もう徹底的に仕組まれた詐欺だったわけだな？」

「うん」

「でも、そこまでするなら俺なんか使わず、他の詐欺師と組んで、すべてを嘘で演出すればよかったんじゃないか？　そうすりゃ、例の『約束』だって必要ないわけだし」

「旗屋がマスコミの人間であるという事実を前提にすることで、話に真実味を持たせようとしたのか……それとも単純に、他の詐欺師とペアを組むことで、取り分……報酬が減ることを嫌ったのか。一人なら全取りだからね」

「そうか……まあいずれにしろこの五年、騙されていたことにすら気づかなかった俺には、もうどんな云い訳も許されねーな。俺は人形を見ていたつもりで、実は自分が詐欺師の操り人形になっていたってわけか」

「でもこうして音野の能力によって解決できただろう？」

「いや、納得できたってだけで、詐欺師は捕まってない」

「そうだな。それにしても、最後に君に十万渡したのはなかなかの紳士ぶりだね。女だけど。別に君に渡さなくてもよかった金だ」

「得られた金に比べたら端金《はしたがね》だったってことだろ。あるいは口止め料か。あの時、突っ返してやればよかったよ。あの女詐欺師は俺と別れる直前に、あの両親から金を得ることに成功したんだろう。だから俺にあんなに感謝してやがったんだ。そこから抜いた金なんて、受け取れねーよ。そんでもう人形も用済みってことで、俺に処分させようとしたってわけか。両親には調査のために持ち帰りますとでも云ってあったんだろう」

「で、その人形はどうする?」

私はすかさず聞く。

「いらないよそんなもん」

「じゃ、じゃあもらっていいんだな?」

「ああ、やるよ」

「やった」

「ったく、嬉しいのかよ、そんな人形。人形のくせにまるであの詐欺師そっくりな目をしてるぜ……」旗屋は膝の上で拳を握り締める。「なあ、音野。十万やるから、俺の依頼、もう一つ追加で聞いちゃくれねーか?」

「な、何?」

「あの女詐欺師に会わせてくれ」

「え……む、無理」

「今となっては田島家の住所もわからない。ほんとに東北だったのかも怪しいもんだ。あの訛《なま》りは一体何処の訛りだったんだろう。ハガキの住所はどうせ嘘だ。俺はてっきり本当だと信じて、人形創りで有名な村がそこにあると思ってたんだが……それさえまやかしだったのかもしれない。似たような場所が、日本の何処かにあるんだろう。本当に、まるで別次元だ。車の案内で勝手に運ばれたもんだから、足跡すらたどれねえ。まったく手掛かりなしだ。あの詐欺師、今何処で何をしていると思う？　どうせ誰かを騙してるんだろうな。なあ、詐欺師でもなんでもいい、もう一度あの女に会わせてくれ。五年前からずっと、いつか会える日を待っているんだ。あの女に会いたいんだ」

「やめとけよ、旗屋」私はしみじみと云った。「騙されるのは一度だけにしておきなさい」

天の川の舟乗り

1　空飛ぶ舟

夏の終わりの夜でした。湖のほとりの虫たちもどこか寂しげに鳴いて、憂《うれ》いの季節の到来を嘆いています。鏡のように張りつめた湖は、頭上の星々を映して、きらきらと輝いていました。人の気配をなくした森に、風は優しくそよいで、草木と囁《ささや》きを交わしているようでした。

私が子供の頃はよく、湖に近づいてはいけないと云われました。そのせいか、私にとってその湖は、とても秘密めいた場所でした。大人になった今でも湖に近づくのはためらわれます。湖へ散歩に出るだけでも背徳的な気分になるのです。子供の頃からの刷り込みというのでしょうか。親はただ、子供の水遊びを禁じようとしただけだったのかもしれませんが、私はすっかり、湖に何か得体の知れない神秘があるのだと思い込んでいました。

いいえ、思い込みだけではありません。事実、湖には私の知らない秘密が沈んでいます。ひと気のない夜には、それがはっきりと感じられるのです。じっと湖面を見つめる時、湖はしっかりと私を見つめ返してきます。手を差し伸べればきっと、湖はそれに応えて私の手を取るでしょう。その時私は、湖にさらわれるのです。私が湖を受け入れた時、湖は私を呑み込むでしょう。

そんな想像をしてしまうのも、刷り込みのせいかもしれません。兄の部屋からは湖が見えます。臆病な私を兄は笑います。あんな湖怖いもんか、と。兄の部屋から見える湖が、いつも窓辺からこちらを覗いているような気がして、怖い思いをしたものです。

その湖に、よりにもよって真夜中に、ふらりと近づいてしまったのには訳があります。表現が難しいのですが……一言で云えば、湖がざわめくのを感じたとでも云いましょうか。今になって思い出すと、湖が悲鳴を上げていたようにも思えます。ええ、悲鳴です。キリキリと、誰も聞いたことがないような奇妙な鳴き声で……

その夜、私はベッドの中で本を読んでいましたが、どうしても湖のことが気になってしまい、カーディガンを羽織って、外へ出ることにしたのです。ちょうど眠れずにいましたし、散歩でもして気分を和らげようという心づもりもありました。

私は迷い子のようにふらふらと湖へ向かいました。湖へは深い木々の間を抜けていく必要があります。土地を知らない人にとっては、世にも恐ろしい森に見えるかもしれませんが、私にとっては生まれ育った馴染みの場所です。特に困ることもなく、湖へと歩みを進めました。

木々の向こうに湖が見えてきました。湖は静まり返っています。背の高い草の平地の向こうに、まるで漆黒《しっこく》の鏡が横たわっているようでした。私はそこでしばらく足を止め、空と湖と虫の声に、心を休めたのでした。

　その時です。

　視界の左から右へ、舟が走り抜けていったのです。

　舟は木製の小さなボートに見えました。

　私の立つ場所からは距離がありすぎて、正確にそれがボートだったのかどうかはわかりません。闇に浮いたシルエットがボートの形をしていたというだけかもしれません。それに、もしそれが本当にボートだったとしたら、おかしいんです。

　だって、そのボートは明らかに、湖面よりも高い位置を走り抜けていったのですから……

　ええ、舟が空を飛んでいたんです。

　その舟は、人が普通に漕ぐよりも速いスピードを出していました。手漕ぎではそんなにスピードが出せるとは思えません。だとするとモーターボートしか考えられませんが、あの独特なモーターの音は聞こえてきませんでした。

　舟は文字通り空を翔《か》けていたのです。

　一瞬のことだったので、私は自分で今見たものが何だったのかわからずに、ただ呆然とした心持ちで部屋に引き返しました。ほどよく疲れていましたので、ベッドに入るとすぐに眠ってしまい、翌朝にはもう、すべてが奇妙な夢であったかのように思えました。

　それから何日か経《た》ちましたが、私は空飛ぶ舟のことが忘れられずに悩んでいました。私が見たものはなんだったのか。本当に空飛ぶ舟だったのか。周囲の人間に尋ねようにも、変人扱いされてしまいそうな気がしましたので、私はインターネットの質問掲示板を利用して、匿名で質問してみることにしました。

『質問者・浦島太郎さん

質問・空飛ぶ舟を見たことがある人はいますか？

内容・この前、湖の上を舟の形をした何かが走り抜けるのを目撃しました。まるで舟が空を飛んでいるようでした。同じような現象を見たことがある人はいますか？』

反応を期待せずに待っていたら、その日の晩にはもう幾《いく》つかレスポンスがありました。

『回答者・ポンデリンゴさん

回答・私も見ました。

内容・私も小さい頃、湖にピクニックに行った時、空を飛ぶ謎の物体を目撃しました。もしかしたら湖ってUFOを呼ぶ何かがあるのかも？』

UFO……思ってもいない単語が出てきました。

最初の回答者に引きずられるように、その後もUFO目撃談が幾つか投稿されていました。

どうやら、私が見たものは、UFOであると誤解されてしまったようです。舟の形をした新種のUFOだ、と騒ぎ始める人まで現れました。

私が見たものは本当にUFOだったのでしょうか。

その可能性もあるのではないかと思います。事実、未確認飛行物体には違いありません。とはいえ私が見たものは、はるか上空を飛行しているのではなく、せいぜい湖面よりもやや上を飛んでいただけです。

鳥と見間違えたのでは、というそっけない回答が、私の中では一番腑《ふ》に落ちたのでした。

回答者が逆に私に質問してくることもあり、私は湖の名前や、見たものの形状などを答えていきました。しかし結局のところ、舟が空を飛ぶという話については議論されず、UFO話で終始してしまいました。私の最初の書き方がよくなかったのかもしれません。

あれから、何度か湖を遠目に眺めていますが、空飛ぶ舟は現れません。掲示板の方々は、あれをUFOだったと結論づけてしまいましたが、私はやはり舟だったと思うのです。

はたして、舟が空を飛ぶなどということが、あり得ると思いますか？

もしかしたら、あの湖には本当に誰も知らない神秘が隠されているのかもしれません。

2　迷い湖のマッシー

真宵湖《まよい》――深い森の中で清浄な水をたたえるその湖は、地元の住民たちから別の名で、こう呼ばれている。

迷い湖――と。

迷い湖は全国でも有数の深い湖として知られている。また水辺から一気に深くなることでも有名である。青い空の下で見る迷い湖は濃い群青《ぐんじょう》色をしており、見ているだけで引き込まれそうになる。

鉱山の町としてにぎわった金延村《きんのべむら》の外れに迷い湖は存在する。村には現在でも迷い湖に関する言い伝えが残されている。

――『迷い湖に近づいてはならない』

江戸時代から金山のある村として知られ、また大正時代には新たな金山が発見されたこともあり、金延村は未曾有《みぞう》のにぎわいを見せる。周辺各地から鉱員たちが集い、人口は爆発的に増えた。当時のにぎわいはこの世の楽園とまで云われた。

しかしその裏で、悲惨な事件が起きていたことを知る者は少ない。

当時、迷い湖の周辺で相次いで子供たちが行方不明になるという事件が起きていた。誘拐か、殺人事件か、あるいは神隠しかとも疑われたが、当時の警察は事故ということでいずれの事件も片付けた。事実、足を滑らせて湖へ落ちたと目される痕跡が見つかっていた。しかし屍体が発見されたことは一度もなかったという。

湖は深く、一度落ちると二度と上がってこられないと噂されている。迷い湖の独特な地形が、特殊な対流を生み出し、屍体を湖中に留めるのだという。古くからその土地に住んでいた人々は、そのことを知っていて、迷い湖を忌避《きひ》していた。彼らはあらためて『迷い湖に近づいてはならない』という言い伝えを子供たちに云い聞かせるようになったという。

しかし、はたして子供たちは本当に事故で湖に落ちてしまったのだろうか？

現在の金延村は過疎化が進み、楽園と呼ばれた頃の面影はなく、寂しい風景が広がっている。

迷い湖の伝説もいまや昔話になりつつあったが、最近になってにわかに脚光を集めた。それは住民が迷い湖を撮影した一枚の写真に、謎の巨大水棲生物が写っていたからだ。

撮影者によると、撮影当時は波もなく湖面は穏やかだったという。しかし写真には、はっきりと黒い波状の何かが写っている。

推測では全長十メートル以上。湖面に三つほどコブのようなものが連なって見える。ちょうど大蛇がのたうつように泳いでいる姿が、湖面に覗いて見える形だ。その形態からいって、カナダのオゴポゴに近いのではないかと考えられる。

オゴポゴとは、かの有名なネス湖のネッシーなどと同じUMA（未確認動物）の一種と考えられている。体長はおよそ十メートルで、背中にコブのある大蛇のような水棲動物だ。百年以上前から伝説として語られ、現在でも写真やビデオカメラによって撮影されることがある。

迷い湖に謎の水棲生物が存在するかもしれないと知った金延村の住民たちはいろめきたった。彼らはその謎の生物を『マッシー』と名づけ、村おこしの一環として歓迎したのだ。

『マッシー』が目撃されてからしばらくは、マスコミや好事家たちが金延村に集まったが、それも長くは続かなかった。『マッシー』は人々の前にはけっして姿を現すことがなかった。村の住民たちが知恵を出し合って作った『マッシーまんじゅう』や『マッシーうちわ』はことごとく売れず、村民たちの熱意も一年と続かずに終わった。

ところで、『マッシー』は本当に存在するのだろうか？

ここで思い出されるのは、かつて神隠しにあった子供たちのことだ。

彼らは事故で湖に呑まれたのか？

それとも未知の巨大生物に食われたのか？

数々の謎を秘め、迷い湖は今日も静かに深い水をたたえている……


――『オカルト千本ノック』（旗屋千一《はたやせんいち》）より

3　金塊祭

昔から金山のある村として知られる金延村には、現在まで伝わる奇祭が存在する。

それが金塊祭《きんかいまつり》である。

江戸時代には金山からざくざくと金が出てきて、余すところなくお上に献上していたそうだが、さすがに掘れば掘るほど鉱物資源はなくなっていくもの。ある時期から、ぱったりと金が採れなくなったそうな。

そこで村では、もう一度金が掘れるようにと、祭を開くことにした。金の塊を載せた神輿《みこし》を村の若い衆たちが担ぎ、広場でわっしょいわっしょいと、派手に金塊を祭ったそうだ。

それからしばらくして、再び金が採れるようになったという。

こうして金塊祭は、年に一度、金山の繁栄と鉱員たちの無事を祈って、村の広場で行なわれるようになった。神輿に載せる金塊は、時価二億とも三億とも云われている。金塊は村の守り神だ。金《かね》に換えられるものではない。

現在では鉱山は閉鎖され、採掘も行なわれていないが、金塊祭だけは伝統として続けられている。

高価な金塊を見るためにやってくる観光客も少なくないとか。

4 怪盗マゼラン

我らが名探偵音野順《おとのじゅん》に関する話をしよう。

音野順は、ものごころついた頃にはすでにひきこもりだったが、実は由緒正しき音楽一家の生まれで、類稀《たぐいまれ》な音楽センスをしっかりと受け継いでいる。音野家にとって教育とは音楽を教えることだったようだ。

しかし極度の人見知りであり、引っ込み思案である音野順にとって、人前で演奏するというのは荷が重すぎたのか、発表会がある度に家を脱走し、周囲の人間を困らせたそうだ。そのため彼はいつからか音楽の才能を自ら封じ込め、その道からあっさりと降りてしまった。自分より優秀な兄がいたというのも、音楽の道を諦める一因になったのではないかと思われる。ちなみに兄は現在、ドイツの国立楽団で指揮者をしている。

殻に閉じこもったまま成長した音野順は、いい歳《とし》をして働かず、うだうだと何も得ることのない日々を送っていたのだが、大学以来の友人である私は、彼のもう一つの才能――つまり名探偵としての能力を見過ごさなかった。私は彼を名探偵として活躍させることにしたのだ。彼が社会と結びつくきっかけとなるし、彼の能力で救われる人がいるならなおいいではないか。彼ともあれ、大学卒業後間もなく、彼は名探偵となり、私は彼の携《たずさ》わった事件を綴《つづ》る助手となった。

そのせいで彼はすっかり音楽の才能を秘めたままにしていたのだが、最近になって彼がピアノを弾けることを、私は知った。ちょっとした事件がきっかけだったのだが、彼は驚くべきことに軽やかにピアノを弾いてみせた。楽譜があればたいていの曲は弾けるという。

そんな折、学生時代の友人である旗屋千一という男が、職場の引っ越しの際に出た不必要なものを譲ってやるというので、私はノコノコと出向き、めぼしいものを物色してきた。なんとその中に、電子ピアノが一台、邪魔そうに置かれていたのである。

「これも捨てるつもりなのか？」

「ああ、こんなもん誰も使わんだろ。なんでピアノが編集部にあるのか、まったくもって謎だ。うちの編集部には変なものがたくさんあるからな」

旗屋は現在、とある雑誌編集部で編集者として、またライター兼カメラマンとして働いている。

「じゃあこれ、もらっていってもいいんだね？」

「別に構わんが、お前ピアノなんか弾けないだろ」

「音野が弾けるんだよ」

「へえ、そうなのか。ろくに取り柄のない奴だと思ってたが、探偵もできればピアノも弾けるのか。だったら持っていけよ。お礼と云っちゃなんだが、この前世話になったしな」

というわけで、数日後、ついに電子ピアノが探偵事務所にやってきた。

部屋に運び込まれる大きな荷物を、音野は例によって訝《いぶか》しそうな目で見守っていた。梱包材《こんぽう》に包まれている段階では、一見してそれが何かはわからない。かろうじて脚の部分が露出して見える程度だ。配達に来てくれたおじさんたちは額に汗を浮かばせながら、部屋までそれを運んでくれた。

私は伝票にサインをして、部屋を出ていく彼らに礼を云った。

音野は謎の物体を眺め回している。

「またこんな邪魔なの……もう置き場所がないよ」

「まあまあ、今度こそ音野も尻尾を振って喜ぶようなものだぞ」

「これ何？　エレクトーン……？」

「近い。まあともかく、梱包材を取ってしまおう」

我々はハサミとカッターを用いて梱包材をすっかり剝《は》がした。

ついに姿を現した電子ピアノに、音野は微妙な難しい顔をするだけだった。

「どうするのこれ」

「あれば弾くかと思って」

「別に……弾きたくない」

「そんなもったいない。せっかくピアノが弾けるのに弾かないなんて」

「弾けないよ」

「嘘つけ、この前弾いてたぞ」

「巧《うま》く……弾けない……」

「別にここでは巧く弾く必要なんてないんだぞ。誰かが聞いているわけじゃないし、誰も君を評価したりしない。探偵活動と違って、失敗したところで被害者は増えないしね」

「うーん……」

音野は電子ピアノの前に立った。

「何でもいいから弾いてごらんよ」

「でも……椅子……」

「ああ、そういえば椅子がないな」

ピアノは大抵、それに合った椅子と一セットだ。しかし弾けるのならどんな椅子だって構わないだろう。私は探偵机の前に置いてあるパイプ椅子を持ってきて、ピアノの前に置いた。

「さあ!」

「うん……」

音野は椅子に座り、電子ピアノの電源を入れた。恐る恐るドの鍵盤を押し、ちゃんとその音が出ることを確認する。それから軽くアルペジオで指を慣らし、一つため息をついた。

「ピアノにはあまりいい思い出がない」

「思い出なんかもう気にする必要はない。弾きたい曲を弾けばいいんだ。誰も邪魔しないよ」

音野は小さく肯く。

「じゃあ……」

音野はおずおずと曲を弾き始めた。静かな、ゆっくりとした曲だ。低音が続く。おや、この曲は何処《どこ》かで聞いたことがある……暗くてさみしい曲。聞いていると気が滅入《めい》ってくる……ああ、この曲は。

『ドナドナ』。

「今まで私が悪かった、音野！」

曲が終わろうかという時、インターホンの鳴る音が聞こえた。私は受話器を取った。

「はい、名探偵の音野探偵事務所です」

『あ、あの……名探偵さんですか？』

「私は助手の白瀬《しらせ》です。何か御用でしょうか？」

『その……依頼で……』

「それならどうぞお入りください。今、開けますので」

久々に飛び込みの依頼だ。

私は玄関に走っていく。途中で音野の部屋に向かって、「客だぞ、寝癖直しておけ」と声をかけた。

玄関のドアを開けると、若い女の子が立っていた。高校生か、大学生くらいだろうか。髪は黒くつやつやしていて、一度も染めたことがないように見えた。赤いヘアバンドが印象的だ。真っ白なカーディガンは悪く云えば地味、よく云えば清楚で似合っていた。

「は、はじめまして」

彼女は頭を下げた。

「ようこそお越しいただきました。どうぞ中へ」

その時、マンションの廊下の奥から、迷惑そうな顔をしたおばさんがのしのしと歩いてきた。何事かと私は身構えた。

「ちょっと！　ピアノの音がうるさいって苦情来てるよ！　あんたらいつの間にピアノなんて買ったの。許可取ってないでしょ？　困るねえ！」

マンションの管理人だ。

おばさんは、私と依頼人をじっとりと眺めた。

「探偵とかなんとかって、まだやってんの？　お願いだから他の人たちを変なことに巻き込まないでよ？　ただでさえ評判悪いんだからさあ。みんな、あんたたちと違ってまともな社会生活送ってんの。わかる？」

「す、すみませんでした。ピアノは後ほど許可をいただきます」

私は頭を下げた。おばさんはぶつぶつと呟《つぶや》きながら廊下の奥に消えていった。

ようやく一難去ったが、我らが依頼人は、今の出来事ですっかり私に不信感を抱いてしまったようだ。口には出さないが、今にも帰りたそうである。

「我々はまともな社会生活のひずみを正す者です」

「は、はい……」

あまりフォローになっていないが、とりあえず依頼人を中へ通す。

音野は寝癖を必死に撫《な》でつけながら、探偵机の前に座っていた。我々が部屋に入ってきたのに気づくと、彼は弾かれたように立ち上がって、ぎこちなく礼をした。

「彼が音野順、名探偵です」

私は黙ったままの音野に代わって、彼を紹介した。

「松前乙姫《まつまえおとひめ》といいます」依頼人は丁寧に頭を下げた。「お電話もなしに突然伺《うかが》ってしまって、すみません……」

「いえいえ、大歓迎ですよ」私が応える。「どうぞ、お座りください」

差し出された座布団を見て、乙姫は一瞬驚いたような顔をしたが、すぐに覚悟を決めたとみえ、大人しくそこに座った。

「それで、本日はどのようなご依頼で?」

私は云いながら、机の前で立ちっ放しの音野に座るように目配せする。音野は緊張した様子で椅子に腰かけた。いつものことだが、探偵である彼が一番緊張している。

「まずは見ていただきたいものがあります」

そう云って乙姫はハンドバッグから小さな封筒を取り出した。名刺くらいの大きさである。見たところ宛名や宛先などは書かれていない。封はすでに切られている。私はそれを受け取って、音野に渡した。

音野は開けるのをためらっている。

「あ、開けても……？」

「はい」

音野は腕を伸ばし、封筒からできるだけ身体を遠ざけるようにして、びくびくとした様子で中を探った。バネ仕掛けのびっくりおもちゃでも飛び出してくると思っているのだろうか。時間がかかりそうだったので、私は封筒をひったくり、中身をさっと取り出した。

名刺サイズの真っ白なカードである。

それには小さなワープロ文字でこう書かれていた。

『祭の夜　金塊を頂く　怪盗マゼラン』

カードを引っ繰り返してみるが、他に文字はない。

「祭の夜、金塊を頂く。怪盗マゼラン」私は声に出して読んでみた。「なんですかこれは？俳句じゃなさそうですね」

「怪盗からの予告状です」

乙姫は真剣な顔つきで云った。

真剣な顔をして云うにはあまりにも子供じみた内容だ。悪戯《いたずら》としか思えない。

「やっぱりおかしいですよね、こんな話……すみませんでした、私帰ります。お邪魔しましたっ」

逃げ出そうとする乙姫を止める。

「待ってください、一応最後まで話を」

乙姫はしゅんとした様子で、浮かしかけた腰を下ろした。

「はい……すみません、他に誰も相談できる人がいなくて……もう名探偵さんに頼るしかなかったんです。変な話になりますけど、聞いてもらえますか?」

「もちろんです」私は云った。「と、名探偵の目が云っています」

「じゃあ、最初から話しますね」

「ご遠慮なく!」

「私が住んでいる村は、ここから遠く離れた山の中にあります」乙姫はそう切り出した。「今では過疎化が進み、若い人たちがほとんどいない寂しい村なのですが、昔は金が採れることで有名な山があり、相当人口も多かったと聞きます。金山は昭和の初め頃にはもう閉鎖されてしまったらしいのですが、村には今でも金山信仰のような、独特な意識が根付いています。少し前まで、閉鎖された金鉱を再現して、観光地として利用しようという計画もあったのですが、それも財政難で潰《つい》えました。金の産地としての名残は、現在では金塊祭だけになってしまいました」

「金塊祭？」

「ご存じありませんか？」乙姫は意外そうな顔をする。「わりと有名なのかと思っていましたが、やはり中の人間だけがそう感じるのかもしれませんね。ちなみに、私の住む村は金延村といいます。村の名をお聞きになったことはありますか？」

「……失礼ながら、ありませんね」

私は答えた。音野も首を横に振る。

「そうですか。私たちの金延村では、一年に一度、十月の頭に、金塊祭という祭が行なわれます。今ではただの見世物みたいになっていますが、百年以上続く伝統ある祭なのです」

「どんな祭なんですか？」

「けっこう単純で……金塊を載せたお神輿を村の住人たちが担いで歩くだけです。広場を回った後は、金塊を洞窟の祭壇に戻して終わりです。洞窟は次の祭まで封鎖されます」

「なるほど。怪盗マゼランとやらが盗もうとしているのは、その神輿に載せられる金塊ですね」

「おそらくそうだと思います。私たちの村に、他に金塊と名のつくようなものはありません」

「その金塊の大きさは、どれくらいなんですか？」

私が尋ねる。音野は目をしばたたきながら、ただ黙って乙姫の話を聞いているだけだった。

「これくらい……？」

乙姫は自分の腕で、身体の前に大きな輪を作った。輪の中に、私や音野ならすっぽり入れる。

「結構大きいですね。金塊ってことは、相当重いんでしょう？　実際のところ、そのサイズで金額にして幾らくらいになるんですか？」

「あの……そのことなんですが……」乙姫は急に小声になる。「この先の話は内緒にしてもらえますか？」

「もちろんですよ。探偵というのはそういうものです」

「実は……価値がないんです」

「え？　金塊が？」

「はい。ゼロ円です」

「そんなに大きいのに？」

「大きさの問題ではなく……本当は……金でさえないんです。つまりその、現在祭で使われているのは、偽物というかフェイクというか……ただの石を金色に塗っただけのものなんです」

「ええっ？」

「もう十年くらい前から、本物の金塊は使っていません。金塊はお金に換えられて、村の観光開発資金に流用されていたんです。その件に関してはまったくお咎《とが》めなしです。事実を知っている人間も少ないのではないかと思います。私も別に、そのことを糾弾《きゆうだん》するつもりはありません」

「しかし、そうすると」私はあらためて手元のカードを見下ろす。「怪盗マゼランは、とんだおっちょこちょいですね。祭で使われる金塊が偽物であることを知らずに、こんな大仰《おおぎよう》な予告状を出したりして」

逆に云えば、怪盗マゼランなる人物が本気で金塊を盗むつもりだったとしたら、事前調査をする段階でそれが偽物であると気づいたのではないか。偽物ならばわざわざ盗む必要はない。つまり予告状はただの悪戯である可能性が高いと考えられないだろうか。

「でも……金塊のフェイクが盗まれてしまったら、それはそれで困るというか……」

乙姫が云う。

「どうしてですか？」

「村のみんなに、金塊が偽物だとばれてしまうからです」

「でも、それって問題でしょうかね？　金塊を売った金を誰かが私的に使っていたというのならまだしも、村の観光開発資金として使ったんでしょう？　公表しなかったのはまずいかもしれませんが、金塊だってもともと村のものであるわけだし」

「ええ。その点は大きな問題にはならないと思います。ただ……金塊が偽物だとばれた場合、困ったことが一つあるんです」

「困ったこと？」

「翌年から観光客を呼べなくなります。本物の金塊だと思って観光に来る人たちを騙《だま》すことになるので……もしフェイクだと広く知られたら、翌年から観光客の足が遠のく可能性がありますす」

「なるほど、観光客が減るのは、村にとっては相当な痛手なんですね」

「はい。他に観光できるところなんてありませんし」

「いずれにしても、金塊を盗まれては困るということですね」

「はい……」

「どうだい、音野」私は音野に話を振る。「怪盗マゼランから金塊を守らなきゃいけないらしい。この時代に、そんな依頼ってそうないぜ。君はどう思う？」

「怪盗マゼランは……」音野は自信のなさそうな弱い声で云う。「本当に金塊を盗むつもり……なのかな」

「それってつまり、この予告状が悪戯かもしれないってことか？」

「うん……」

怪盗マゼラン。いかにも悪戯っぽい名前だ。しかし目的はどうあれ、怪盗マゼランを名乗る人物――すなわち予告状を作成した人物がいるのは事実だ。

「何のための予告状なんだろうな？　怪盗マゼランが金塊の真実を知っているにしろ知らないにしろ、それを本気で盗むつもりだったら、予告状なんて出さずにこっそり盗んだ方が成功するに決まってる。まさか紳士的なフェアプレイ精神で盗もうなんて、本物の怪盗っぽいこと考えてるわけじゃないだろうね。そんなの小説の読みすぎだぞ」

しかし案外、本当に怪盗を気取ってる可能性もある。そうでもなければ、わざわざ予告状を出す意味などなさそうだ。

「金塊は洞窟に置かれているそうですけど……」音野が口を開いた。「その洞窟は……、だ、誰でも入れるんですか？」

「いいえ。洞窟には二重の鉄の門があって、普段は鎖で厳重に封鎖されています。鎖にかけられた鍵を開けるには、金塊祭保存会の会長から鍵を借りるしかありません」

「金塊祭保存会？」

「保存会といっても、名ばかりで、実際は金延村の住人はみんな会員ということになっています。会長は……今は私の父が務めています」

「なるほど」私は腕組みして肯く。「祭も保存会が取り仕切るんですね？」

「はい」

「フェイクの金塊なのに……随分厳重ですね」

音野が云う。

「それはたぶん、フェイクだということがみんなにばれないようにするためだと思います。本物の金塊は三億くらいの価値はあったそうですから」

「三億！」

私は思わず口に出した。

「でも村を観光地化する際に全部使ってしまったとか。しかもまったく元が取れずに頓挫《とんざ》してしまったそうです」

「結構大変なんですね……」

私はしみじみと云った。過疎村の現状についてはよくわからないが、村の存続に必死な様子が伝わってくる。

「予告状を最初に発見したのは誰ですか？」

音野が尋ねた。

「父です」

金塊祭保存会の会長のもとに届いたということか。

「ちなみに会長さんは、予告状についてなんとおっしゃっていましたか？」

「『悪質な悪戯だ』とだけ……」

「警察に通報は？」

「していません。したところで、真に受けてもらえるかどうか」

「でも最近はネットで犯罪予告をして、捕まる人間が結構いますよ。予告された側は、万一を考えて行事の中止を検討することだってあります」

そういう意味では、怪盗マゼランの予告状はネットの犯罪予告と何ら変わりないのかもしれない。アナログかデジタルかという違いであって。怪盗マゼランという名前も、ネットに書き込む際のハンドルネームと考えれば、むしろ現代的な事件と通じるものがある。

「父は……むしろ盗むなら盗んでくれ、と考えている節があります」

「というのは？」

「金塊がフェイクであるということを、みんなに公表するタイミングを見計らっているんです。ですから、もしも本当に盗まれてしまった時には、金塊はすでに現金化してフェイクとすり替えてあったことを発表するつもりなのだと思います。あくまで保険としてそうしてあったのだ、ということを強くアピールして」

なかなか切れ者だ。そうすると、怪盗マゼランの存在は、あくまで金塊の真実を穏便に暴露するための自作自演である可能性も出てくる。すべては保存会が仕組んだ筋書き。

「根が深そうな話ですね」

私は呟いていた。

「予告状が、本当にただの悪戯ならいいんです」乙姫は俯《うつむ》きがちに云った。「でも、たぶん悪戯なんかじゃありません。私は感じるんです。きっとよくないことが起きると。でも誰にも相談できなかったので、名探偵さんを頼るしかなくって……ですから、どうかお願いします。よからぬことが起きないように、名探偵さんたちに祭を見張っていてほしいんです」

はたして怪盗マゼランは本当に金塊を盗みに来るだろうか？

怪盗マゼランの狙いは、金塊なのか？

それとも、もっと別の謀《はかりごと》が裏に隠されているのか？

「わかりました」私は力強く肯く。「それでは祭の前日までには金延村に向かい、我々も祭に参加します。祭の一部始終を監視します」

私は音野の了解を得ることなく決断した。

「え、あ……」

音野は何か云いたそうに口を開いたが、結局何も云わなかった。

私は彼を肘で突いて、名探偵からの一言を促す。

「あの……う……」音野は言葉を探している。「お……ぼ、ぼくは……行きません……」

「え？」

乙姫が目を丸くする。

私も目を丸くする。

「『ぼくは一筋縄ではいきません』って云ったみたいです」

「ああ、そうでしたか」

「今日はわざわざ遠いところまでお越しいただいてありがとうございました」私は話を切り替える。「祭の日までに、何かあったらすぐご連絡ください。逆にこちらで判明したことは逐次連絡いたします」

「は、はい」

「では外までお送りします」

「あのっ、その……祭には気をつけてください」

私に促されるようにして立ち上がった乙姫は、慌てて云った。

「気をつける？」

「ここ数年間、祭の日には必ず不幸な出来事が起きているんです」

「不幸、ですか」

「花火の暴発事故とか、自動車の事故とか、誘拐事件とか……」

いきなりきな臭い話になった。

祭の日に起きる不幸……？

一体金延村で何が起きているんだ？

いくら鈍い私でも、さすがに気味の悪さを感じずにはいられない。

閉鎖された鉱山の村。

フェイクの金塊。

それを担ぐ祭。

そして祭の度に起こる不幸。

さらに怪盗マゼランからの犯行予告。

「でもご心配なく！」私は持ち前の切り替えの早さを発揮する。「なんとかなります。名探偵と私がなんとかしてみせます」

「本当ですか？」

乙姫が初めて我々を信頼するような目で見つめてきた。

「ええ、本当です」

私は胸を張って云う。

ところで音野は？

首を横に大きく振っている。

「無理」

「無理って云ったら罰金だぞ」

「あの……」

乙姫の表情に、さっきまでの信頼感に満ちた輝きはない。

「ご心配なく。大丈夫です。車に縛りつけてでも連れていきます」私は乙姫をとりあえず部屋の外へ促した。「今日はお疲れ様でした。またご連絡いたしますので」

「名探偵さん、嫌がってましたけど……」

「いやいや、あれが彼なりの余裕の見せ方なんですよ。ああいう場合、彼は本気です。いやあ、私も久々に見ましたよ、彼の首振り。安心してください、彼がすべてを終わらせます」

「はい」

いろんなことをひっくるめて、諦めたような、あるいは覚悟を決めたような、とても素直な目で、乙姫は肯いた。

私は彼女を外の通りまで送り、タクシーに乗せ、彼女と別れた。

部屋に戻ると、音野は隅に座り込んでドミノを並べていた。私が部屋に戻っても彼は振り返らなかった。

机の上にぽつんと五百円玉が置かれている。

「なんだ、このお金は」

「無理って云ったから……罰金の……」

「事件が済んでから、一括まとめ払いだ」

私は五百円玉を手に取り、音野に向かって放り投げた。振り返った音野は、慌てて手を伸ばしたが五百円玉をキャッチすることができず、ついでにドミノに足が当たってバタバタと倒してしまった。音野は諦めてドミノを箱にしまい始めた。

「金塊を頂く、か」私は机に腰かけて云う。「怪盗マゼランとやらは本当に現れるかな？　まあ現れたところで、金塊はフェイクだし、我々が恐れることは何もない。そういう意味じゃ今回の依頼も気が楽だろう？」

「どう……かな……」

「乙姫さんが云っていたように、金塊の真実がばれてしまったら、ちょっとした騒ぎにはなるかもしれないが。それだってせいぜい、お茶の間に失笑をもたらす面白ニュース程度の扱いだろ。まあ名誉が傷つくかもしれないが、それでも躍起になるようなことじゃない」

「そうだといいけど……」

「何か気になることでも？」

「祭の度に不幸な出来事が起きるって、さっき云ってた」

「ああ。それについては調べておく必要があるな。といっても、過疎村で起きた事故なんて記事になってるかどうかも怪しいもんだが。裏を取るのが難しいな」

「誘拐未遂事件もあったって」

「ニュースにはなってないはずだ。金延村の誘拐未遂事件なんて、聞いたこともない。一応調べてはみるけど」私は机を離れ、隣の部屋に移動して、スケジュール帳をチェックした。「今からちょうど一週間後だな。それまでに下調べだけはしておこう。しっかり準備してから村に突撃だ」

「白瀬一人で……突撃して」

隣から音野の声が聞こえる。

「またここにひきこもるつもりか」

私は音野の部屋に戻った。

「探偵にはひきこもらなきゃならない時だってあるんだ」

「音野……」

思わぬ名言に納得しかける。

私は慌てて首を振る。

「いや、ない、ない！　いくら名探偵でもそれはない！　危ない危ない、なんか騙されるところだった」

「安楽椅子……から離れない探偵……」

「ない！」

「遠いところ行きたくない」

「ほら、面倒くさがってるだけだろ。さっきの依頼者は、その遠いところから君を頼ってわざわざ来てくれたんだぜ。彼女の思いに応えなきゃ、君は名探偵どころか、人間失格だ」

「うう……」

「たった一度でいいんだ。一度だけ、真正面から依頼者の願いに応えればいい。君は無能ではない。だから一度だけで済む話なんだ。そうだろ?」

「たった一度を、これから何度続ければ……」

音野はよろよろと立ち上がると、椅子を持って電子ピアノの前に移動した。そこに椅子を置いて座る。そして再び『ドナドナ』を弾き始めた。

「あー、音野。もうちょっとピアノのボリューム落としてくれ」

「え?」

「いや、ちょっとな」

その時、玄関のドアをどんどんと乱暴に叩く音が聞こえてきた。

「云うこと聞けないのはどいつだ! 取り上げるぞ!」

管理人のおばさんの声が聞こえてくる。おばさんは我々の部屋の近くで張り込みでもしていたのだろうか。それともたまたま通りかかっただけだろうか。

びっくりした音野が、その後電子ピアノに寄りつかなくなったのは云うまでもない。こうして私はまた彼にピアノに関するトラウマを植えつけてしまったようだ。そしてまた一つ、部屋に無用の長物が増えた。

ともあれ、我々はこうして金延村に向かうことになった。

5　金延村

一週間後、私が音野の部屋へ入ると、彼はまだ布団の中だった。

「もう昼だぞ。いつまで寝てるんだ」

「今日の準備してたら眠れなかった……」

「遠足前の子供か?」私は布団を引き剝がして音野を引っ張り出した。「準備はできてるのか?」

「うん」

「もしかしてこのリュックサック?」

枕元にリュックサックが置かれている。やけに大きい。

「何が入ってるんだ?」

「着替えと……歯ブラシと……石鹼《せつけん》と……水筒と……寝袋と……」

一体何処へ行くつもりなんだ。

問い質《ただ》したいことはたくさんあるが、とりあえずやる気を出してもらえたらしいという事実だけ受け止めることにして、音野にリュックを持たせて部屋を出る。

「よし、じゃあ行くぞ」

「あ、ちょっと待って」

音野はキッチン台に置かれていた箱を手に取る。

「なんだそれ」

「非常食」

音野は箱を無造作にリュックに入れると、それを背負った。

我々はマンションを出て自動車に乗り込んだ。

「白瀬、もう帰ろう」

音野が顔面を蒼白にしながら云った。

「まだ出発してもいないぞ」私はアクセルを踏んだ。「まずは金延村目指して！」

「うう……」

それから二時間、私は地図を頼りに山道を進み、時には迷子になりながら——というかほとんど正しい道を進むことができなかったにもかかわらず——金延村にたどり着くことができた。

周囲の風景は一変し、コンクリートの建物は姿を消した。紅葉した山の谷間に、寂寥《せきりょう》とした影が落ちている。金延村はその影の中にあった。

平屋で年季の入った家屋がまばらに立ち、どうやら人が住む集落であることは見て取れるが、しかしあまりにも人の気配がしない。家屋は自然の一部であり、風景の中に溶け込んでいた。

私は山道を進み、村で唯一の旅館を目指した。緩やかな傾斜の砂利道が何処までも続く。うねった道の果てに、旅館があった。廃墟同然の旅館を想像していたが、考えていたよりもずっと小綺麗な建物だった。

車を駐車場に入れると、中から仲居さんが出てきた。

「ようこそいらっしゃいました」

若い仲居さんが頭を下げる。

「予約していた白瀬です」私は駐車場を見回す。「けっこうお客さんが多いみたいですね」

空きスペースがあと二、三台分しかない。それほど広い駐車場ではないが、充分な客足と云えるだろう。

「おかげさまで……明日お祭がありますから、観光でいらっしゃるお客様がほとんどです。私たちもこの時期が一番忙しいんです」

やはり金塊祭というのは、この村にとってそれなりに重要な観光資源であるようだ。

我々は部屋に通された。文句のつけどころのない和室だ。観光客にとって、旅館が綺麗なのは何よりも喜ばしいことだろう。旅館も観光客の受け入れに関しては熱心なようだ。

「ただいまお茶を用意いたしますので、どうぞお座りになってお待ちください」

云われるままに我々は座卓の前に座った。音野は手に提げていたリュックを下ろし、私の向かいにかしこまっている。

座卓の中央にお茶受けが置かれている。私は何気なくそれを手に取った。

『マッシーまんじゅう』……？

包み紙にかわいくデフォルメされた龍のような生き物が描かれている。

「マッシー？」

「この村の有名な怪獣さんです」仲居さんがお茶を淹れながら云った。「この村には真宵湖という湖がありまして、そこには謎の生き物が棲んでいるんです。私どもはその生き物を、親しみを込めてマッシーと呼ぶことにしました」

「ネッシーの仲間ですか？」

「まだ詳しくはわかっておりませんが、ネッシーのように絶滅を免《まぬが》れた古代の生き物かもしれないと考えられているみたいです」

「真宵湖だからマッシー？」

「はい……」

仲居さんは澄まし顔でお茶を注ぎ始める。

「仲居さんはマッシーを見たことがあるんですか？」

「はい。写真だけなら」

「写真に撮られているんですか！　へえ……」私はマッシーまんじゅうを一口食べてみた。

普通のまんじゅうだ。

「あ、なるほど……」

「当旅館では、マッシーまんじゅうの他に、マッシーぬいぐるみ、マッシーうちわ……」説明しながら、仲居さんは笑いをこらえるような表情になった。「マ、マ、マッシーカレンダー、マッシートレーディングカード……などを販売しておりますので、よろしければぜひ土産物売り場をご利用ください」

「そんなにマッシーは人気なんですか？」

「マッシーの写真が撮影された去年ほどは盛り上がっていませんが、もうすっかり村ではマ、マッシー……は人気者になっています」

仲居さんは立ち上がり、夕食の時間や浴場についての説明を始め、それが終わると静々《しずしず》と部屋を出ていった。

「音野もマッシーまんじゅう食べてみなよ」

「えー……」

音野はあからさまに嫌そうな顔をする。

「普通のまんじゅうだぞ」

「なんか入ってそうで嫌だ」

「じゃあ私が食べる」私は二つ目のマッシーまんじゅうを手に取った。「あとで土産物売り場を覗いてみよう」

「マッシーグッズなんかいらないよ？」音野は私を牽制《けんせい》するかのように云った。「また部屋に変なもの増やすのはやめて。買ってもいいけど、白瀬の部屋に置いて」

「見るだけだって。さすがにトレーディングカードなんかいらないよ。さっきの仲居さんだって、説明するのに笑いをこらえてたくらいだしな……相当ひどい代物なんだろう。いや、待てよ……逆に興味が出てきた」

「また……」

「ぬいぐるみの一個や二個、増えたっていいだろ」

「もう買うもの決めてる！」

「まあまあ」私はマッシーまんじゅうを食べ終わると、お茶を一口飲んで、立ち上がった。

「まずは仕事だ。乙姫さんに挨拶に行ってこよう」

「いってらっしゃい」

「音野も行くんだよ」

「行きたくない」

「何云ってるんだ、もうここまで来たんだから、ひきこもり的には屋内も外も一緒だろ。さあさあ、マッシーのカード買ってやるから」

「やっぱ白瀬はカードも買うつもりなんだ……」

ぶつぶつと文句を云う音野を部屋から連れ出し、我々は玄関まで向かった。

玄関広間の奥から、がやがやと人の声が聞こえてくる。覗いてみると、土産物売り場があった。四人の客が土産品を物色している。観光客だろうか。我々以外の客人を見るのは初めてだ。

しかしよく見ると、その四人には見覚えがあった。

「代表、同志が何かを受信しています！」

「……ナニカ大きな力が近づいてキマス……」

彼らはにわかに騒ぎ始めた。

一体何事だ？

「おお、救世主様じゃあ！」

老人が突然、音野の方を振り向くなり、手を合わせて拝み始めた。

それを機に、彼らは一斉に音野の方を向いた。

「あ！」

「あ！」

思い出した。

私たちは同時に声を上げる。

「名探偵さん！」

「UFO研究会！」

以前、ある事件で知り合った如月《きさらぎ》UFO研究会のメンバーたちだった。ちなみにメンバー構成は、八十歳くらいのおじいさんと、サラリーマン風の眼鏡のおっさん、宇宙からのメッセージを受信できるらしいぼさぼさ髪の女性。そして代表の如月陽子《ようこ》。彼らの中で代表の如月だけがまともである。彼女は二十歳前後の小柄でかわいらしい女性で、見た目にも普通の女の子なのだが、くじ引きでUFO研の代表になってしまったという。UFO研は彼女のかわいさと人徳とおおらかな人柄によって成り立っているといっても過言ではない。

「お久しぶりです！」如月が嬉しそうに云う。「まさかこんなところでお会いできるとは……以前はお世話になりました」

「いえいえ、こちらこそあなた方には助けられましたよ」

「もしかしてお仕事でいらっしゃっているんですか？」

「ええ、まあ」

私は言葉を濁しながら肯く。ちらりと音野の方を窺《うかが》うと、彼はＵＦＯ研のメンバーたちに囲まれて、早速拝まれていた。彼らにとっては、音野は救世主様なのだ。

「名探偵さん、やはり迷い湖に現れたＵＦＯの調査に来たんでしょう？」

眼鏡のおっさんが尋ねる。

「うう……？」

「ああ、やっぱりそうか。ということは、何か裏がありそうですな。謎の奇祭とＵＦＯ……もしかすると金塊祭は、ＵＦＯを呼ぶための儀式なのかも……まさか名探偵さんたちはＵＦＯの機密情報を管理する黒衣《こくい》の男たち？」

「うう……？」

「あのおじさんは何を云ってるんです？」

私は如月に尋ねた。

「あれ？　ご存じなかったんですか？」如月は意外そうな顔をする。「湖の上空で未確認飛行物体が目撃されたそうなんです。私たちはその情報をネットで知りまして、次の研究課題にしようということになったのです。ちょうどお祭もあるみたいだし、今日から明日にかけて、この旅館で合宿することになりました」

「その湖というのは、真宵湖？」

「はい。地元では迷う湖――迷い湖と呼んでいるみたいです。神秘的ですよね」

「その迷い湖で、UFOが目撃されたんですか？」

「はい。ちょっと前のことになるみたいですけど、こちらの村に住んでいる方が、湖の上空にUFOを見たということを、ネットの掲示板に書き込んだのです。話によると、UFOは舟の形をしていたのだそうです」

「舟の形をしたUFOですか？」

「文字通り、空飛ぶ舟です。もし本当に舟が空を飛んでいたとしたら、とっても不思議ですね」

少しだけ眉間に皺《しわ》を寄せて、首を傾《かし》げながら如月が云う。

「その湖ではマッシーとかいうネッシーの親戚が現れるって話もあるみたいですけど……」

「はい、噂には聞いています」

「ネッシーのいるネス湖では、何度かUFO写真が撮影されたこともあるんですぞ」突然、眼鏡のおっさんが話に割り込んでくる。「もしかしたらUFOとUMAというのは、何か関連性があるのかもしれませんな！　つまり迷い湖にも、UFOが現れる可能性が高いということです」

変なもの大集合みたいになってきた。確かにUFOとUMAは字面が似てはいるけれど。

「お二人は、金塊祭をご覧になられますか？」

如月が尋ねる。

「あ、ええ。一応見るだけ見ようかと」

「時価数億円の金塊が見られるそうですな！」またしてもおっさんが話に割り込んでくる。「金は太古から宗教的なパワーを持つものとして、権力者たちに利用されてきました。まして巨大な金塊ともなれば、その神秘のエネルギーたるや、相当なものでしょう。ＵＦＯを呼び寄せるパワーの源になるやもしれません」

「はあ……」

「名探偵さんも我々と一緒にＵＦＯを呼びましょう！」

おっさんたちが盛り上がり始めてきたので、私は彼らの輪から音野を引っ張り出し、逃げるように離れた。

「これからちょっと用事がありますので、また今度……」

「おお、救世主様どちらへ」

よろよろと追いかけてくるじいさんを振りきり、私と音野は旅館を出た。

「ＵＦＯ研も来てるとは」私は一気に疲弊《ひへい》した気分で呟いた。「ますますややこしくなってきた」

我々は車で乙姫の住む屋敷を目指した。聞くところによると、村で一番大きな屋敷らしい。途中、すれ違った老人に道を尋ねると、すぐに場所を教えてくれた。松前家はこの村ではもっとも有力な地主らしい。

松前家の屋敷は村の一番奥まった場所に建てられていた。屋敷の背後には森が広がっている。

物寂しい風景の中に、純和風の松前屋敷は異彩を放っていた。

「我々の相手はいつも金持ちだな。運がいいのか悪いのか」

門の前に車を停めると、すぐに中からお手伝いさんらしきおばさんが出てきた。彼女に事情を説明すると、まもなく乙姫が我々の前に姿を現した。

「こんにちは、名探偵さんと助手さん。お待ちしていました。とりあえず中へどうぞ」

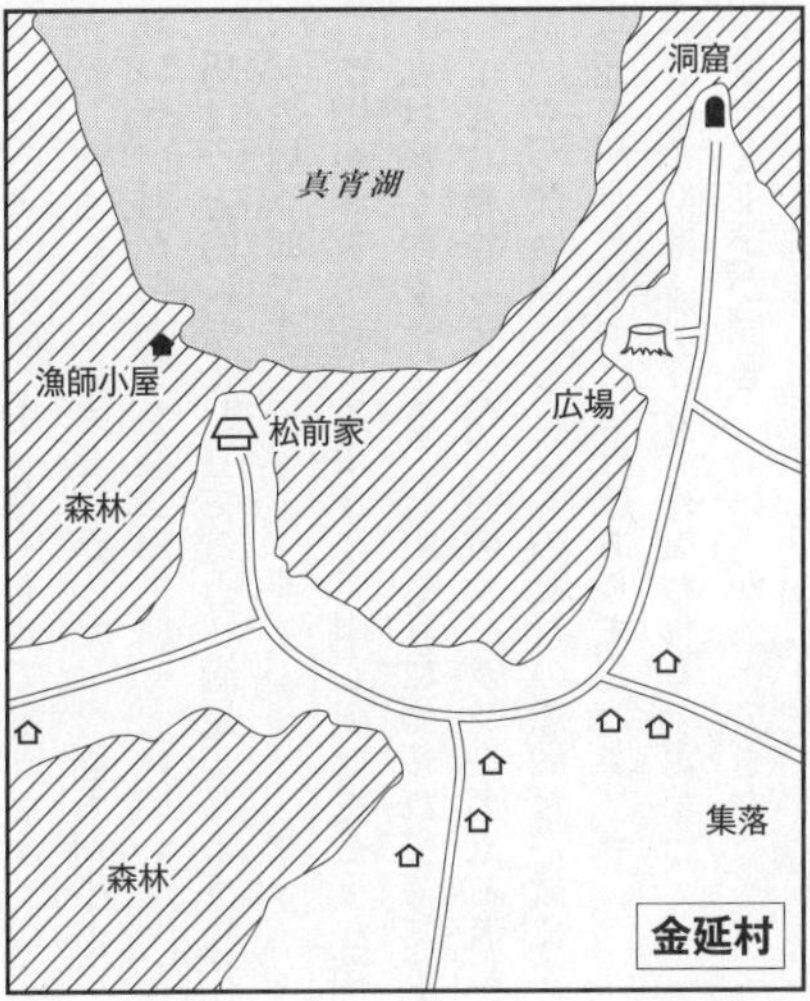

我々は乙姫に連れられて松前家の敷居をまたいだ。応接間に通され、我々は静々とかしこまった。机の上にはやはりマッシーまんじゅうが置かれていた。
「今、父と兄を連れてきますね。二人とも、怪盗マゼランにはまるで無関心なんですけど……」
やがてドアが音を立てて開かれ、ずかずかと初老の大男が入ってきた。彼は我々の目の前にどかっと腰を下ろした。
「君たちが名探偵かね。娘が世話にな

っているようだが、まったくもって杞憂《きゆう》だよ。今までも金塊を盗もうとする輩はたくさんいたがわしどもがそうはさせなかった。今回も何事もなく祭は終わるだろう。そうでなければ困る。せいぜい君たちも祭を楽しんでいくといい」

男は一方的にまくし立てると、満足したように乙姫の用意したお茶を飲んだ。

「父の周五郎《しゅうごろう》です」

乙姫が非礼を詫びるように、申し訳なさそうな顔で云った。

私は軽く頭を下げる。音野も私につられて慌てて頭を下げる。

「早速お尋ねしますが、怪盗マゼランを名乗る者に心当たりはありますか?」

「いや、ないな。あんなものただの悪戯だ、気にすることはない」

「他に何か変わったことはありましたか?」

「ない。祭は滞《とどこお》りなく行なわれる予定だ」

続けてドアが開き、若い男が入ってきた。

「どうもはじめまして、乙姫の兄の譲太郎《じょうたろう》です」

父とは対照的な繊細そうな青年だ。日の光とは無縁そうな、弱々しい外見である。彼は座らず、戸口に立ったままだった。

「お二人は、本当に金塊が盗まれるとお考えですか?」

譲太郎が尋ねる。

「それはまだわかりません」私は答えた。「でも万一のことがないように見張るつもりです」

「それは心強い！」周五郎がわざとらしく大袈裟に云う。「せいぜいよろしく頼みますよ」

それから私は彼らに幾つか質問を試みたが、得るものは何もなかった。兄の譲太郎が部屋を出ていくのを機に、我々も旅館へ帰ることにした。

車に乗るまで乙姫は見送りについてきた。

「わざわざ来ていただいたのに、何もできなくてすみませんでした」

「いえいえ。ご挨拶に伺っただけですから」私は軽い調子で応える。「乙姫さん以外は誰も怪盗マゼランのことを気にしていないようですね」

「それが普通の反応なのかもしれません」

「いや、でも調べてみると、やはり祭の日にいろいろと不吉なことが起こっていますね」私はメモ帳を開く。「三年前の祭では花火の暴発事故で二名が軽傷を負っています。一昨年の祭では観光客の自動車が、車道の倒木に乗り上げて事故を起こしていますね。死者は出ていませんが、やはり二名軽傷。そして去年は……」

「去年は誘拐事件がありました」

「それについては新聞や雑誌をいくら調べてもわからなかったんですが、どういう経緯で事件が起きたんですか」

「事件というと大事《おおごと》に聞こえるかもしれませんが……村のある家にこんな電話があったそうなんです。『娘を預かった。今日中に金を用意しろ』という内容です。でも実際には、その娘さんが誘拐された事実はなく、夜まで街で遊んでいたらしいのですが、朝方にはちゃんと家に帰ってきたそうです。娘さんもわけがわからない様子で、結局警察沙汰にはなりませんでした」

「なるほど……誘拐未遂というか、誘拐そのものがなかったんですね」

「でも誘拐を匂わす電話があったのは事実らしいのです」

もしかすると怪盗マゼランなる人物は、誘拐事件の混乱に乗じて金塊を盗み出すつもりだったのではないだろうか。あるいは花火事故も、自動車事故も、祭に混乱を生み出すための仕掛けだったと考えられないだろうか。

ただしそう考えると、怪盗マゼランは過去に三回も金塊を盗み出すことに失敗しているということになる。そんな間抜けな怪盗がいるだろうか。

それとも、祭の日に起きる事件は関連性がなく、偶然その日に起きていただけなのだろうか。

「金塊が神輿に載せられるのはいつ頃ですか?」

「もう洞窟の中で準備されていますよ。神輿が出発するのは明日の夕方五時頃です。それから一時間くらいかけて村の中を回り、一時間半くらい広場に置かれたあと、午後八時くらいには洞窟の中に戻されます」

「現在、洞窟はどんな状態ですか?」

「厳重に封鎖されたままです。特に今夜から保存会の人たちが洞窟の入り口を見張っているそうなので、盗難に遭う心配はまずないと思いますが……」

「まあ何か起きるとすれば、予告状にあったように、祭の夜でしょう」

そう思わせて今夜盗みに入るという可能性もなくはないが。しかし今夜盗み出すくらいなら、見張りのいないもっと別な日に盗んでおけばいいのだから、やはり今夜はあり得ない気がする。あるとすれば、明日の祭の夜。

「我々は明日ずっと金塊を見張っていようと思いますが、乙姫さんはどちらに？」

「あ、じゃあ私もご一緒していいですか？」

「構いませんよ。むしろありがたいです」私は快諾する。「問題ないな？　音野」

音野は肯く。

「それではまた明日お会いしましょう」

我々はその場で別れた。

旅館へ戻り、UFO研の連中に会わないようにこそこそと部屋を目指す。部屋に入るなりしっかり鍵をかけ、彼らが入って来られないようにしておく。代表の如月だけならいいが、おっさんやじいさんたちに来られると厄介だ。

「音野。ずっと黙ってたけど、何かわかったことはないのか？」

「うーん」音野は座卓に伏せる。「気をつけた方がいいかもしれない。何か起きる可能性がある……」

「どういうことだ？」

「三年も連続してよくないことが起きてるから」

「そりゃそうだが」私は云いながら、松前家からもらってきたマッシーまんじゅうを手に取る。

「ただの偶然かもしれないじゃないか」

「ううん、おそらく偶然ではないよ」

「どうしてそう云える？」

「目的がはっきりしてる」

「目的？」

「犯人は誰かわからないけれど、一つはっきりしているのは……その目的……つまり、祭の中止」

「なんだって？　祭の中止？」

「花火の事故は、翌年の祭を中止させるために仕組んだ事故。でも祭は自粛されることなく翌年も続いた。そこで観光客の自動車事故を誘発させる。それはその日の祭を中止させるため。でも祭は中止にならない。犯人はついに誘拐事件を起こす。といっても、偽装誘拐。祭を中止させるためだけなら、本当に誘拐する必要はない。その時、その場所にいない人間を、いかにも誘拐されたと思わせるだけでいい。でも……その年も祭は行なわれてしまった……」

「そして今年、ついに金塊を盗み出そうってわけか。金塊さえなくなってしまえば、もう祭はなくなる！」

怪盗マゼランの意図がようやく見えてきた気がする。フェイクの金塊を盗む意味。それは祭を中止させるという目的のため。考えてみれば、実に簡単なことである。どうして今まで気づかなかったのか。

「じゃあ明日、金塊が盗まれる可能性は高いな」

私も今まで半信半疑だった怪盗マゼランの出現が、にわかに現実のものになってきた。犯人は三年も連続して、祭の中止を目論んでいる。

「しかし祭を中止させたいという理由だけで、随分と頑張る犯人だな。そんなに祭が嫌なのか。だったらはっきりと、祭をやめろと主張すればいいのに、なんで回りくどい手段を取るんだ?」

私は二つ目のマッシーまんじゅうに手を伸ばす。

「目的が『祭の中止』であることを悟られたくなかったのかもしれない」

「ふむ……」

わかったようなわからないような。

やはり私は愚鈍なワトソンである。

「平気で花火事故とか起こすような人物だから……金塊を盗むとなったら、本気で盗みに来るかもしれない」

音野は珍しく厳しい顔つきである。私は彼を横目に三つ目のマッシーまんじゅうを手に取った。

「明日は要警戒だな」

私はマッシーまんじゅうを食べながら、あらためて明日への決意を固くするのだった。

6　意外な展開

いよいよ金塊祭の当日。

村の空気がざわめいているように感じられるのは、私の気のせいだろうか。旅館の仲居さんたちも『金塊祭』とでかでかと背中に書かれた白い法被《はっぴ》を着て、朝から観光客相手にあっちこっちへ走り回っていた。しかし今のところ観光客とは顔を合わせることがなかった。

我々は食堂で朝食を終え、すぐに旅館を出た。松前家まで乙姫を迎えに行く。

彼女はすっかり準備を終えて玄関前で我々を待っていた。

「おはようございます。なんだか雨が降りそうですね」

乙姫は心配そうに空を見上げる。空は灰色一色だった。不吉な風が上空で渦巻いているのか、遠くで風の鳴る音が聞こえていた。

「雨の場合、祭はどうなるんですか？」

「天候にかかわらず行なわれるはずですよ」

「傘、用意してくれればよかったな……」

「用意してきましょうか」

私が返事する前に、乙姫は屋敷に引き返していった。一方、助手席に座る音野は、リュックサックから折りたたみの傘を取り出してみせた。

「準備がいいな」

「白瀬のは、ないよ」

「彼女から借りるし、別にいいよ」

傘を三本持って、乙姫が戻ってきた。

「はい、名探偵さんも」

「あ、う……」

結局受け取る音野。

乙姫が後部座席に乗ったのを確認し、私は車を出す。

我々はまず、乙姫の案内に従って村の中をぐるりと周回した。金塊を載せた神輿が通るルートである。一応回ってはみたものの、今のところ怪しい気配はなく、数人の村人とすれ違っただけ。人が住んでいるのかどうかもわからないような家屋が並んでいて、祭の日にもかかわらずひっそりとしている。過疎の村が盛り上がるにはまだ早すぎる時間帯かもしれない。

我々は次に、金塊が保管されているという洞窟へ向かった。

洞窟というよりは坑道跡と呼ぶべきだろうか。ただしその洞窟が実際に坑道として利用されたことはなく、もともとあった鍾乳洞《しょうにゅうどう》を坑道風に造り替え、観光資源として利用しようという構想があったものの、資金不足で中途半端に放置されたといういわくがある場所らしい。現在は金塊を保存し、祭る場所として利用されている。といっても、その金塊さえも今では偽物なのだが。

「本物の坑道を利用するわけにはいかなかったんですか？」

「かつての坑道は危険なので全部埋め戻されてしまったそうです。とても観光客は呼べないところばかりだったそうで」

金山の村という体面を保ち続けるのも一苦労だったことだろう。だんだんと聞くに忍びなくなってきた。

「洞窟は山奥にありますので、このまま森の中を進んでください」

乙姫に従い、左右を木々に囲まれた道を走る。紅葉している木もあるが、針葉樹も交ざっており、それほど鮮やかな見栄えではない。むしろ暗い。村全体に忍び寄る衰勢が、森の空気にも蔓延しているかのようだ。

道を進むと、やがて眼前に山が迫ってきた。道はますます細くなり、やがて途切れた。正面にトンネル状の洞窟が見えた。

入り口はまさしくトンネルのようにアーチ状にコンクリートで固められ、不自然なほど頑丈そうな鉄格子の門が設けられていた。鉄格子には鎖が何重にも巻かれ、南京錠に似た大型の錠前がぶらさげられている。たとえ鍵を持っていたとしても、鎖を解いて開けるのに時間がかかりそうだ。

入り口の両脇に白い法被を着たおじさんたちが立っていた。彼らは我々の車を見るなり、いかにも不審そうな表情で近づいてきた。

「ここは一般客は入れませんよ」

おじさんは場違いな観光客を追い払うかのように云う。

「上川《かみかわ》さん、こんにちは」すかさず乙姫が割って入る。「この方たちは観光客ではありません。私のお客さんです」

「あ、これは松前さんとこの……」上川というおじさんは急に顔色を変える。「お嬢さんとは知らずに失礼しました。祭の案内でもしてらっしゃるんですか？」

「ええ。この方たちは、金塊が盗まれないように一日見張ってくださるそうです」

「ははあ、お嬢さん、まだあの脅迫状を気にしているんですな？　はっはっは、大丈夫ですよ。今年も滞りなく祭は終わりますよ」

上川は豪快に笑ってみせた。彼の云う脅迫状とは、例の怪盗マゼランの予告状のことだろう。

「皆さんそう云うんですけど、やはり気になりますので、個人的にこの方たちにお願いしてみたんです」

「そうですか。そりゃまあ、ご苦労様です。でも心配することはありません、今年は何も起こりやしませんよ。お二人も祭を楽しんでいってください」

「ちなみに金塊はまだ洞窟の中にあるんですか？」

私は尋ねた。

「ええ。昨日すでに神輿に載せられてますけどね」

「何か変わった様子は？」

「いんや、いつもと同じ金塊様だ」

とりあえず今のところ金塊は無事らしい。

「どうする、音野。このままここで祭が始まるまで待つか？」

「うん……」

私は車を邪魔にならないところまで動かし、そこに停めた。祭が始まるという午後五時まではまだだいぶ時間がある。近くには観光客用に整備された公衆トイレもあるので、ここで見張りを続けるのは問題なさそうだが……

音野は車を降りると、木陰にビニールシートを敷き始めた。

「なんでそんなもん持ってきてるんだよ」

「ま、祭だから……」

「名探偵のくせにお祭気分とは情けない」

「あら、素敵ですね。私も座っていいですか？」

乙姫は音野の返事を聞かずに、空いているところに腰かけた。ついでなので私も座る。

音野はリュックから箱を取り出した。前の日から用意していた非常食とかいうやつだ。

「それ、中身はなんだ？」

「マフィン……」

我々は結局、マフィンを食べる会を催し、祭が始まるのを待った。音野は魔法瓶に温かい烏《ウー》龍茶《ロンちゃ》まで用意しており、すっかり和《なご》んだ。

いや、和んでいる場合ではない。

五時頃になると何処からともなく法被姿の若い男衆が現れ、洞窟に入っていった。こんな過疎の村に、それだけの若い男たちがいたことにまず驚いた。

そして間もなく、洞窟の中から男たちが神輿を担いで現れた。

「よっしゃ！　わっしょい！　よっしゃわっしょい！」

いきなりそのテンションか！

神輿はそれほど大きくない。担ぎ棒を除いて、一メートル四方くらいの大きさだろうか。一般的な神輿と違って、中のご神体が丸見え状態になっている。金塊だ。テカテカとしたペンキ塗りのような金塊をイメージしていたが、そこまでわざとらしくはなく、一見するとただの岩に見えるが、金粉がまぶしてあるかのようにきらめいている。がっかり……とまではいかないにしても、金ぴかのイメージは裏切られた。しかし逆にリアリティはある。何も知らない観光客は騙せるだろう。

しかし周囲に観光客はいない。村の集落まではまだ距離があるし、いきなりあのテンションで最後までもつのだろうか。

「さあ、行きましょう」

乙姫の合図で、我々は神輿のあとをのろのろとついていく。車は置いていくことにする。

長い森の中を抜けて、ようやく集落に入る。家の軒先にまばらに村人たちが立っている。彼らの表情はぱっとしない。参加するつもりのない者たちにとっては、やたらわっしょいわっしょいうるさいだけだろう。祭というのはそういうものだ。

突然、神輿の担ぎ手たちがぴたりと止まった。

「きん〜かい〜さまの〜おちからで〜きょうも〜きんが〜ざっくざく〜」

「ざっくざく〜」

先頭に立つおじさんが唄い始めたかと思うと、担ぎ手たちもそれに合わせて合いの手を入れる。

「集落に入ると、定期的にあの唄が入ります」

乙姫が説明する。

「はあ……」

一時間くらいかけて村を回り、神輿は広場に入った。

中央に巨大な切り株のある広場である。かつては相当な巨木が立っていたと思われるが、今はその名残しか窺えない。文字通りの広場で、遊具などが置かれていれば公園と呼んでも差し支えないと思われるが、そういった類《たぐい》のものは何一つなかった。

ぽつんぽつんと屋台が設置され、法外な値段でわたあめなどが売られていた。観光客もちらほら見える。うっすらとした夕闇のなか、何度かフラッシュが焚かれた。よほど物好きな連中だろう。

神輿は切り株の近くに置かれ、半ば放置されている。担ぎ手たちは用意された酒を飲み交わしていた。

「まだこれから神輿を洞窟に戻さなきゃいけないのに、お酒なんか飲んで大丈夫なんですか？」

「どうなんでしょう？　お清めのお酒ということらしいんですけど」

私は警戒する。

金塊が盗まれる可能性があるとすれば、まさに今ではないだろうか。担ぎ手の若い衆たちも弛緩《しかん》しているこの瞬間。神輿が下ろされ、金塊に手が届くこの瞬間。

その時、怪しげな二人組みが神輿に向かっていった。

「金塊様じゃあ！」

「金のエネルギー！」

眼鏡のおっさんとじいさん……やはりUFO研だった。彼らはすぐさま若い衆に追い払われ、すごすごと神輿から離れていった。

厄介そうなのは彼らだけか。

「如月さん」私はUFO研の代表を見つけて声をかけた。「こんばんは、また会いましたね」

「あ、白瀬さん」如月は観光客の輪から少し離れたところで、わたあめをむさぼっていた。

「お仕事中ですか？」

「察しがいいですね」

「ふふっ、白瀬さんもわたあめ食べますか？」

「いいえ、結構です。ところで如月さんはずっとこちらに？　何か変わったことはありませんでしたか？」

「別に何もないですよ。私、昔から視力だけはいいですから。怪しいやつがいたらすぐに見つけちゃいます」

ＵＦＯ研の連中が一番怪しいのだが、それはさておき……

「何か変なやつがいるな、と思ったらすぐにここに連絡してください」

私は如月に名刺を渡した。如月は真剣な目つきで肯くと、大事そうに名刺をしまった。私は彼女に別れを告げ、音野と乙姫のところへ戻った。

神輿はまだ置かれたままだ。金塊にも変わったところはない。周囲でぽつりぽつりと提灯が灯され始めた。辺りはだいぶ暗くなってきた。

「そろそろ動きまーす」

若い衆が立ち上がり、神輿を担ぎ始めた。

金塊を載せた神輿は広場を出ていく。

どうするんだ？　怪盗マゼラン。このままだと金塊を手に入れるチャンスはもうこないぞ？

やはりただの悪戯に過ぎなかったのか？

竿に吊るされた提灯が揺れながら、神輿を照らしている。

「あ、雨……」

乙姫が手を広げるような仕種をする。

小雨が降り始めた。

神輿は雨には構わず森の暗い道を戻っていく。しばらくついてきていた観光客たちも、いつの間にかいなくなっている。ぼんやりとした提灯だけが我々の周囲を照らし出す。

やがて神輿は洞窟までたどり着いた。私の車もそのまま置かれている。

神輿を一旦、入り口の前に置き、鍵を持った男たちが三人、洞窟へ入っていく。出る時にも鍵をかけていったらしく、鉄格子を開けるのに苦労している様子だった。

まもなく、男の悲鳴が洞窟の中から聞こえてきた。

男が一人、飛び出してくる。

「さ、祭壇の上で……人が死んでる!」

「なんだって!」

数名の男たちが洞窟に飛び込んでいく。

私もあとに続いた。

提灯の灯《あか》りで、いびつな洞窟に不気味な影ができる。その影のトンネルを私は走り抜けた。途中、鉄格子の扉をもう一度くぐる。やはりこれも厳重に封鎖されていたようだ。

足元には、坑道を再現しようとした時の名残か、錆びついたレールが真っ直ぐ走っている。しかしすぐにレールは途切れた。

そこからさらに奥へ進むと、やや広い空間になっていた。正面にコンクリートの台座がある。どうやらそれが祭壇らしい。

ぼんやりとした灯りに照らし出された屍体は、昼間、洞窟の入り口で見張りをしていた上川という男だった。男の胸にはナイフが突き立てられており、それが死因に結びついたのは想像に難くなかった。

「俺たちが入ってきた時にはもう……」

屍体を発見した男が云う。

「なんで上川さんがここにいるんだ？」男の一人が呟く。「上川さんは松前家に行っていたはずだ……」

「鉄格子の錠前は、鍵がかけられていましたか？」

私は最初に洞窟に入っていった男に質問した。

「ああ、もちろん。鎖も何重にも巻かれていた」

「見たところ犯人らしき人物は中にはいません。何処か、隠れられる場所はありますか？」

「いや、ここにはない」

「ということは、犯人は合い鍵を使って外から施錠したはずです。他に、合い鍵を持ってる人は？」

「松前さんとこにある！」

「誰か、松前さんに電話！」

その後、携帯電話で松前周五郎と連絡を取ったところ、合い鍵はずっと屋敷に置かれていて、誰も屋敷の外に持ち出さなかったということがわかった。錠前は特殊な構造で、鍵の複製には困難を要し、他にスペアはないと考えられる。

つまり完全に封鎖された洞窟の中に、屍体が出現したのである。

7　岩飛警部登場

村の広場で警備にあたっていた駐在所の警察官が現場に駆けつけ、洞窟を封鎖した。一時間後、ようやくパトカーの大群が押し寄せ、本格的な初動捜査が始められた。

我々は近くに停めた車の中から、その様子を眺めていた。隙あらばと現場に踏み込むチャンスを窺っていたのだが、顔見知りが一人もいなかったので仕方なく自重した。こういう時、強引な名探偵ならば早速現場を引っかき回して、刑事に嫌味の一つでも云われているところだろうが、我らが名探偵音野順は車の助手席でうつらうつらと眠そうにしているだけだ。これも愛《あい》嬌《きょう》と割り切るしかない。

次第に雨が強くなってきた。夜が更ける前に乙姫を家へ送らないといけないので、私は後ろ髪を引かれつつも現場をあとにした。

現場から松前家までは車で十分ほどだった。敷地内に入ると、屋敷のすぐ前に一台の自動車が停められているのが見えた。

「お客様かしら」

乙姫が後部座席から首を伸ばして前を窺う。

「あれは警察車輛ですよ」

私は気づいて云った。

「もしかして、家で何かあったのかも！」

「いや、それにしては車の数が少ないですね。被害者の男性が屋敷に寄っていたという情報が伝わり、捜査に来たのかもしれません」

「ちょっと様子を窺ってきますね」

「我々も一緒に行っていいですか？」

「あ、ぜひお願いします」

私は空いているところに車を停めて、乙姫とともに砂利の敷地に降り立った。揃って傘をさす。嫌な雨だ。殺人事件の夜に降る雨なんて、ろくなものじゃない。私はもやもやした気分を抱えながら屋敷の玄関口を目指した。

「あの」

乙姫に呼び止められて振り返る。乙姫はまだ車の傍《そば》から離れずにいた。

「どうしました？」

「名探偵さんがまだ……」

音野は車の中だった。助手席でシートベルトをしたまま眠っている。

殺人事件が起きているさなか、まして依頼者を目の前にして、ぐっすりと眠る名探偵など何処にいるというのだろう。麻酔針で眠らされているわけでもないだろうに。

「そのまま寝かしておきましょう。名探偵のコンディションを保つには、ああしてよく眠る必要があるみたいです」

「なるほど、そうだったんですね」乙姫はすんなり納得する。「でもいいんですか？　事件の犯人がまだ何処かにいるかもしれないですよ」

「さすがにこの状況では襲ってこないでしょう。周りは警察だらけですしね」

そう云ってから、ふと思い当たる。

もしも犯人が松前家に関係の深い人間だとすれば、近くに潜んでいる可能性もあるのだ。やけを起こして音野を襲撃しないとも限らない。

一瞬だけ躊躇《ちゅうちょ》するが、私はそのまま歩き出す。とりあえず私だけ様子見をして、すぐに戻ることにしよう。

屋敷の中は思ったよりも静かだった。お手伝いさんが玄関に現れ、我々を迎えた。

「おかえりなさい、お嬢様。祭の最中に大変なことが起きてしまったようで……警察の方たちがいらっしゃってますよ」

「家で何か変わったことは？」

乙姫が尋ねる。

「いいえ、何も」

「警察の方たちはどちらに？」

「応接間でご主人様とお話ししています」

「わかったわ、ありがとう」

我々は玄関を上がり、応接間へ向かった。

ドアを開けるなり、見慣れた顔がこちらを向いた。厳《いか》つい身体を窮屈そうなスーツに包んだ大男。岩飛《いわとび》警部である。

「おい、お前。なんでこんなところにいる?」

「やっぱり来てたんですね、岩飛警部。なかなか現れないから今日は休んでるのかと思いましたよ」

私は愛想よく岩飛警部に握手を求める。

彼は私の手を取るなり、手首をぐるりと反転させ、関節技を決めた。

「いたたたっ」

「お前、やっぱりこの件に絡んでるんだろ?」

「ええ、ばっちり絡んでますとも」

「そうか、じゃあ署まで同行を願おうか」

「待って待って。落ち着いて」

私の必死な説得により、岩飛警部はようやく手を離す。彼の隣にいたもう一人の刑事も、その向かいのソファに座っていた松前家の主人、松前周五郎も突然の出来事に面食らった様子だ。

「実は我々は昨日からこの村に来ているんです」私は一息ついてから、説明する。「ちょっとした依頼を受けて、祭をずっと見張っていたんですが、まさかその裏で殺人事件が起きるとは思ってもみませんでした」

「ほう、お前らがこの村を訪れたら、偶然にも殺人事件が起きたってのか」

岩飛警部は私をまったく信用していない顔だ。それもいつものことだが、今回こそは我々が何かやらかしたに違いないと考えているようだ。

金延村は岩飛警部の管轄内にあたる。私が現場でしばらく待機していたのも、岩飛警部の登場を待っていたからだ。彼とは顔見知りなので、事件に関する情報を聞き出すことも不可能ではない。そう考えていたのだが、今回は状況的に不利なようだ。

「岩飛警部こそ、ここで何やってるんですか？　現場に行かなくっていいんですか？」

「お前には関係ないだろ」

「被害者の上川さんが、殺される前この屋敷にいたというのは本当ですか？」

「あ？　お前なんでそのことを知ってるんだ？」

「村の人がそう云っているのを聞いたんです。上川さんとも、昼間に一度会っていますよ」

「何処で会った？」

「洞窟の前でしたね」私は同意を求めるように乙姫の方を向く。「昼前に現場の洞窟を訪ねてみたら、その入り口を上川さんが見張っていました。あの時はまだ異変はないようでした。神輿もまだ洞窟の中でした」

「どうやらお前からも、いろいろと話を聞かなきゃならんみたいだな。だがお前の順番は後だ。先にこちらの話を聞かなきゃいけないんでね」

岩飛警部はそう云って、ちらりと周五郎を見遣った。周五郎は疲れた様子で、額に手を当ててうなだれている。

「じゃあ、私はここで順番を待ちますね」

私は岩飛警部の隣に座った。

「おい！　部外者は出ていけよ！」

「え？　気にせず進めてください」

「気になるだろうが。こういうのは一人ずつ話を聞くことになってんだよ。いいからお前は出てろ」

「ちぇっ」

「ガキか。舌打ちしてんじゃねえよ、とっとと行け」

「仕方ありませんね」私は廊下へ移動する。「乙姫さん、外で待ってましょう」

乙姫は肯き、静々と私のあとをついてきた。

「あ、警部。私は外の車で待ってますね」

「うるせえ、いいから早く行けよ！」

屋敷中ががたがたと音を立てるほど怒鳴られ、我々はそそくさと退散した。

「乙姫さんは部屋でお休みになってください」私はあらためて乙姫に頭を下げる。「今日は大変な目に遭わせてしまってすみませんでした。事前にあなたから依頼を受けていたにもかかわらず、役に立つことができなくて……」

「いいえ、こちらこそ事件に巻き込んでしまって、何と云ったらいいいか」

「いや、完全にこちらの落ち度です。あなたはしっかりと異状を察知していました。それなのに我々は何処かで気を抜いていました。もっとちゃんと取り組んでいれば、被害者は出なかったかもしれないのに」

云いながら、私は悔しさと情けなさを痛感する。わかっていながら防げなかったのは、我々のミスに他ならない。私がもっと鋭ければ、もっと音野に危機感を伝えられていたら、事件は未然に防げたかもしれないのだ。

「白瀬さんたちのせいじゃありません」私を元気づけようとしてか、乙姫は声を強めて云った。「だってまだ、殺人事件と例の犯行予告が同じ犯人の手によるものかどうかもわからないじゃないですか。全然別の事件という可能性もあるかもしれないし……」

「そんな偶然があるとは思えません」私は弱々しく首を振る。「やっぱり殺人犯は怪盗マゼランですよ。我々は事前の調査により、怪盗マゼランが祭の開催を阻止しようとしている何者かではないかと推測していました。その人物は、花火事故を仕組んだり、誘拐事件をでっちあげたりして、無理にでも祭を中止させようと企んでいたようなのです。彼ないし彼女は、今年は予告状通りに金塊を盗むことで、その目的を達成しようとしているのだと、我々は考えていました。しかし不覚にも裏をかかれてしまいました。金塊に注目している間に、まさか人を殺すとは」

「でも、やっぱりまだ怪盗マゼランが殺人犯だとは限らないでしょう？　逆に、怪盗マゼランに罪を着せようとして、別の誰かが殺人を犯したとも考えられませんか」

「いや、それはないと思います」

「どうしてですか？」

「罪を着せるにはあまりにもその存在がおぼろげだからです。謎の人物に罪を着せても、捜査は広範に及ぶでしょうし、あまり意味があるとは思えません。濡れ衣を着せるならもっとピンポイントで狙い撃ちするものです。それに、結局誰も金塊を盗みに現れませんでしたからね。怪盗マゼランという存在そのものが、殺人犯のでっちあげなんですよ」

「ということは、予告状はやはり、私たちの目を金塊に向けさせておいて、その隙に殺人を行なうつもりで出したということでしょうか？」

「そうだと思います」

ちなみに屍体発見後も金塊は厳重な管理のもとに置かれている。もともとただの岩を金色に塗っただけのフェイクであることを考えれば、それをわざわざ祭の日に、衆人環視の中で盗み出すということ自体があり得ない話なのだ。この点についてもっと深く考察していれば、犯人が裏で殺人を企んでいることを看破できたかもしれない。

「乙姫さんは今後に備えて身体を休めておいてください。おそらく警察からいろいろ聞かれることになると思うので」

「いえ、大丈夫です。白瀬さんも、これから警察の方とお話しするんですよね？　私もご一緒します。その方が白瀬さんが信用されると思うので」

「そんな、お気遣いなく……」私は乙姫のやさしさに思わず涙しそうになる。「じゃあ音野を起こしてくるので、ここで待っててください」

「名探偵さんを起こすのは気の毒なので、一緒に車で待ちましょう」

私は乙姫の提案に甘え、屋敷を出て自分の車へ向かった。夜の雨がフロントガラスを叩いている。見たところ、音野は無事だ。相変わらず助手席で眠っている。

私は運転席に座り、乙姫は後部座席に座った。カーラジオをかけて、雨の音を紛らわす。

音野は我々の存在に気づかずに眠り続けている。もしも殺人犯が現れても起きなかったかもしれない。

まもなく岩飛警部が屋敷から出てきて、傘もささずにのそのそと我々の車に近づいてきた。まるで熊が餌を求めて山を降りてきたかのようだ。熊は運転席の側に回り込んできて、窓を叩いた。

「待たせたな」

「もう済んだんですか？」

私は窓を少しだけ開ける。

「部下にやらせてる。俺はお前らの話を聞く役だ」

「それなら警部も一緒に乗りますか？」

「冗談じゃねえ。応接間が空いたから来い」岩飛警部は車を離れようとして、何かに気づく。

「おい、こいつ寝てんのか？」

音野を見下ろす岩飛警部。

「ずっと起きないんですよ。どうします？」

「寝かせとけ」

意外な返事。岩飛警部のことだから、殴ってでも連れてこいとか云うと思ったのに。

「仲間外れにしてやろうぜ」

「やっぱりか！」

「放っておいたって構わねえだろ。いてもイライラするだけだし」

「ひどい云われようだ」私はいたたまれなくなり、音野を起こすことにした。「おい、起きろ。置いてくぞ」

しかし肩を揺さぶっても音野はむにゃむにゃと何かを呟くだけで、起きようとしない。

「大丈夫なんですか、名探偵さん」

「だめみたいですね。警部の云う通り寝かしておきましょう」

我々は音野を置いて応接間に戻った。

さきほどまでいた周五郎ともう一人の刑事はいない。テーブルに紅茶のカップが残されている。乙姫がそれを手に取った。

「飲み物お持ちしますね」

乙姫は応接間を出ていった。

私と岩飛警部は向かい合って座る。

沈黙すると雨音が急に強くなったように感じられた。岩飛警部は無言で私にプレッシャーをかけてくる。そういう間合いを彼は熟知しているようだ。

「で、最初から説明してもらおうか？」

「ええ、そのつもりです」

私は金延村に来ることになった経緯から、殺人事件に遭遇するまでのあらましをかいつまんで岩飛警部に伝えた。

「なんだよそりゃ。ふざけた予告状を真に受けてわざわざこんなところまで来たっていうのかよ」

「いやあ、でもこうして異常な事件が起こったわけですし、単なる悪戯ではなかったことが証明されてしまったわけで」

「そんなもん、殺人事件と関係があるかどうかまだわかんねえじゃねえか」

「関係あるに決まってますよ」私はついむきになって云う。「警部は怪盗マゼランの予告状については何も聞いていないんですか？」

「ああ。松前氏も何も云ってなかったぞ」

「そうですか……やはり我々のところに依頼に来た乙姫さん以外は、誰も気にかけていなかったということですね」

「というか、俺たちはまだそこまで突っ込んだ捜査をしちゃいねえよ。殺された被害者が、生きている間に立ち寄った最後の場所がここだっていうから、事情を聞きに来ただけだ」

「さっきも云いましたけど、我々は午前中に被害者と洞窟の前で会ってるんです。祭が始まる前です。それから被害者が何処へ行ったのかまでは知りませんでしたが」

「被害者は午後六時頃、この屋敷を訪れている。滞在していたのは、せいぜい十分程度らしい」

事件の大体の流れが見えてきた。

私と音野、乙姫の三人が洞窟前で被害者の上川と会話を交わしたのが、午前中。詳しい時刻は覚えていないが、およそ午前十時頃としよう。

それから我々は午後五時まで、洞窟の前で見張りをしていた。数名の村人が出入りするのを見たが、特に怪しい動きはなかった。

そして午後五時、洞窟から神輿が出発する。我々はこの様子を、洞窟前で見ていた。

神輿が村の広場に到着したのが六時頃。ちょうど同じ頃、被害者の上川は松前家の屋敷を訪れている。

それから一時間半ほど、神輿は広場に置かれていた。我々もその場にいて金塊を見張っていた。広場には村人や観光客たちが集まり、ささやかなにぎわいを見せていた。

神輿が再び動き始めたのが七時半頃。

帰り道はハイペースで、およそ三十分くらいで洞窟まで戻る。

午後八時頃、神輿が洞窟前に到着。その時、洞窟に入っていった村の男たち三人が屍体を発見し、一人が慌てて外に飛び出してきた。

警察が到着したのは九時。我々はずっと洞窟の前で様子を窺っていた。

そして現在に至る。

「被害者が殺されたのは何時頃だったんですか？」

「なんでお前に、そんなこと教えなきゃいけないんだよ」

岩飛警部は私を睨みつける。音野ならその視線で石になっているところだが、私はもう慣れたものだ。

「じゃあ交換条件にしましょう。我々も情報を提供しますから、警部も何か教えてください」

「おい、勘違いするな、お前はただ黙って俺に情報を献上する立場だ。こっちからの施しを期待するんじゃねえよ」

「横暴だ！」

「お前がめちゃくちゃ云ってんだよ。一般市民が警察情報を聞き出そうとすんじゃねえ」岩飛警部は呆れたように表情を曇《くも》らせた。「そもそもお前らの情報なんか期待できねえよ」

「おいしいチーズケーキをあげるので教えてください」

「賄賂《わいろ》のつもりか？」岩飛警部は鼻を鳴らす。「いいだろう、教えてやる」

「あ、いいんですか？」

「約束しろよ」

私はうんうんと肯く。

「俺も善良なる刑事として、手っ取り早く事件が解決するならそれに越したことはないと考えている。お前らに期待はしちゃいないがな」

「いやいや、ぜひ我々に任せてください！」

「目を輝かせるな、気持ち悪い」

そこへお盆にティーカップを三つと、マッシーまんじゅうをたくさん載せて、乙姫が戻ってきた。彼女はカップをテーブルに並べると、私の隣に腰かけた。

岩飛警部は紅茶に口をつけ、渋い顔をしてカップを見つめた。

「被害者が殺されたのは夜の七時前後だ」

「ってことは、神輿が広場に置かれていた時間ですね！」

「そうなるな」

「つまりその時間、広場にいた人間には犯行が不可能ということになりますね」

「いいや、そうとは限らない」

「どうしてですか？　広場にいたという事実は充分なアリバイになるじゃないですか。洞窟で犯行に及ぶには、広場を離れなきゃいけないですし」

「被害者が洞窟内で殺害されたと決まったわけじゃない。別の場所で殺害されて、その後洞窟内に運び込まれた可能性もある」

「あ、そうか」

「たとえば広場の近く、人目につかない林の中で犯行に及び、それからすぐに広場でアリバイを確保するといったこともできないわけじゃない」

「鋭いですね、警部」

「お前が鈍いんだよ」

「でも屍体が発見されたのは、広場から歩いて二十分くらいはかかるところにある洞窟です。そこまで屍体を運ぶのは難しいですよ」

「車を使えばいい」

「車を使ったとしても、神輿が動き出す七時半までの間に、被害者を殺害して洞窟まで屍体を運び、戻ってきてアリバイを確保するのは難しくないですか？」

「それは犯人が広場でアリバイを確保しようとしたという仮説のうえでの考察だろ。逆に考えてみろよ。そもそも犯人はアリバイなんて作るつもりはなかったかもしれない。洞窟に被害者を呼び出し、そこで殺害し、立ち去る。それだけのことだったのかもしれない。アリバイだのなんだの突然云い出したお前が悪い」

「あの……鍵の件は……？」

乙姫が云う。

「あ、そうですよ、警部。洞窟に入るための門には鍵がかけられていましたね」

「それがどうした。何か問題か？」

洞窟へ入るには、入り口の門と、さらにもう少し奥にある門を開けなければならない。門は鉄格子で、天井一杯まではめ込まれているので、上の隙間から乗り越えるということもできない。また私が見た限り、鉄格子が折れている部分などはなかった。

門は鎖で何重にも封鎖され、そこに大きな錠前が取りつけられている。

「二つの門には、同じ錠前が取りつけられています。鍵は共通していますが、特殊な形をしているので複製は無理だと聞いています」乙姫が説明する。「鍵は二本あって、通常使うマスターキーと、スペアキーです。普段はどちらもここの倉庫にしまわれていますが、祭の最中は誰かしらがマスターキーを持ちます。スペアは常に倉庫にしまわれたままです」

「門の開き口を鎖でぐるぐる巻きにして、そこに南京錠より少し大きめの錠前を取りつける、という形ですよね。それならば開ける時は鍵が必要ですが、閉める時は鍵を必要としませんよね？」

「はい」

「たとえば錠前を開いたまま保持しておけば、鍵なしでも施錠できる……つまり鍵なしで密室も作れますね」

「それは、犯人が開いたままの錠前を手に入れて、鍵を持たずに施錠だけして、門を封鎖したということですか？」

「そういう可能性も考えられませんか？」

「どうでしょうか。少なくとも上川さんは、必ず開けたら閉めていたと思います。だから犯人が開いたままの錠前を手に入れられるチャンスはなかったと思います」

鍵がなければ密室状態にはできなかった、という前提で考えていいだろう。

「スペアキーがこの屋敷から持ち出された形跡はない」

岩飛警部が云う。

「調べたんですか？」

「松前氏が何度か確認を取ってる。というのも、被害者がこの屋敷を訪れていたのは、鍵の所在を確認するためだったらしい」

「へえ、どういうことですか?」

「被害者の上川は、鍵をなくしたと思ったらしい。午後五時に神輿が洞窟を出た際に錠前で門を施錠したのは確かだが、そのあと鍵を何処かにやってしまったという」

やはり神輿が出たあとで洞窟が封鎖されたのは確からしい。ということは、屍体を祭壇に遺棄する際に、錠前を解錠するための鍵が必要だったことになる。

「それで上川は普段鍵をしまっている松前家の倉庫を訪れたというわけだ。これが午後六時頃。この時点では、スペアキーは倉庫に置かれていた」

「なくしたのはマスターキーだったんですね。結局それは見つかったんですか?」

「神輿の担ぎ手が持っていたらしい。上川が屋敷から携帯電話を仲間にかけて確認が取れた。まあ、鍵をなくしたと思ったのは上川の勘違いだったみたいだな。担ぎ手の一人に渡していたのを、うっかり忘れたんだろう。上川は安心したのか、ほっとした表情で屋敷を出ていったという」

「その時、上川さんはスペアキーを持っていかなかったんですか?」

「ああ。そのまま触れずに置いていったらしい」

「スペアキーはずっと屋敷に保管されていたということですか?」

「おそらくそう考えていいだろう。ちなみに七時頃にも、松前氏と息子の譲太郎氏、あとお手伝いの三人が倉庫の片付けをしている際に、やはりスペアキーがそのまま置かれていることを確認している。さらに屍体が発見された時刻、現場からの電話を受けて、松前氏がもう一度スペアキーの所在を確認している。やはりそのままだった」

「倉庫はどちらに？」

「地下にあります」

乙姫が答える。

「他人が忍び込むことはできるような場所ですか？」

「無理だと思います。あ、でも……泥棒しようと思えば、できなくもないかもしれません。特に警報装置があるわけでもないですし」

「でも何者かが忍び込んでスペアキーを利用したと考える必要はなさそうですね」

「そうですか？」

「七時にスペアキーの存在が確認されているということは、犯人は七時以降に屋敷の地下に忍び込み、それを盗み出したということになります。そのあとで、被害者の遺体を洞窟へ運ぶ。しかし七時半には広場から神輿が動き出して、洞窟に向かっています。仮に犯人が素早く仕事をこなし、誰にも見つからずに屍体を祭壇に置くことができたとしても、道を引き返す途中で、神輿を運ぶ一団と鉢合わせになる可能性が高い。あまり現実的ではありません」

「では洞窟の門はマスターキーを使って開け閉めされたのですか？」

「おそらく……岩飛警部、マスターキーは誰が持っていたか判明しているんですか？」

「まだ捜査中だ」

「誰が鍵を持っていたかわかれば、意外と早く事件が解決するかもしれませんよ」

「そう簡単にいけばいいけどな」

岩飛警部は難しい顔で云う。

「被害者は屋敷を出たあと、何処へ向かったんですか?」

「広場に行くと云っていたそうだが、その後の足取りは摑めていない。これも捜査中だ」

「我々は広場にいましたが、上川さんを見かけませんでしたよ」

「お前が見てなくても、他の誰かが見ているかもしれない」

「これでもしっかりと周囲を見張ってたんですよ」私は云い返す。「まあ当時は金塊を見張っていただけですし、見落としはあるでしょうけど」

「見落としばっかりじゃねえか、お前は」

「むむ……」

「それより今度はお前らの話を聞かせてもらおうか。予告状だのマゼランだの、ガキの探偵ごっこについてな」

「まだそんなこと云ってるんですか。怪盗マゼランは殺人犯ですよ」

「そいつが予告したのは殺人じゃなくて、金塊を盗むことだろ」

「その金塊についてなんですが……」乙姫が云いづらそうにしている。「話した方がいいですよね、あのこと」

乙姫は私を見る。私は黙って肯いた。

「予告状では金塊を盗み出すと書いてありましたが、実は金塊はただの岩なんです。祭を続けるためだけに用意されたフェイクなんです」

「ふむ」岩飛警部は興味無さそうに相槌を打つ。「そのことをみんな知ってるのか？」

「いえ、知っているのは一部の方たちだけです。でも……噂を聞いた人たちは結構いるのかもしれません」

「被害者はそのことを知っていたのか？」

「いえ、知らなかったと思います」

「神輿の担ぎ手たちは？」

「あの人たちも知らないはずです」

「予告状はむしろ、その秘密をネタにしたユスリのつもりだったんじゃねえのか？」

「それもあるのかもしれません……」

「予告状の送り主は、祭をやめさせようとしていたみたいなんです」

私は口を挟んだ。

「ほう？」

「我々の調査で、三年前から何者かが祭をやめさせようと画策《かくさく》していたのではないかという結論に至りました。相手は相当本気ですよ。花火事故や自動車事故を誘発させようとしたり、誘拐事件をでっちあげたり……一つ間違えたら大変なことになっていたかもしれません。今年はとうとう、金塊を盗み出すことで祭をやめさせるつもりなのだと音野は推理していたのですが……最悪の結果になってしまいました」

「人を殺して、祭をやめさせようとしたっていうのか？」

「おそらくは」

「仮にそうだとして、犯人はどうしてそこまで祭をやめさせたいんだ？　そんなに問題のあるような祭なのか？」

「わかりません。金塊祭の一部始終を見学しましたけど、どうしてもやめさせなきゃいけないような祭とも思えませんでした」

「ふん、話にならん。やっぱり予告状はただの悪戯で、たまたま本当の殺人事件が起きてしまったっていうのが、実際のところなんじゃねえか？」

「じゃあ去年や一昨年、祭の日に起きた事件は？」

「それだって、考えようによっちゃ子供の悪戯が最悪の結果になっただけと云えなくもない」

「いくら子供だって、けが人が出るような悪戯をやってしまったら、罪悪感を覚えて次の年にはもうやらないでしょう？」

「反省しないガキなんてごまんといる。お前は普段からくだらん小説の世界に浸ってるもんだから、現実が見えてないようだな。どうせ大した作家じゃないんだから、もういっそ足を洗え」

毒づく岩飛警部に対し、私は反論できずにいた。仕方ないので、それ以上怪盗マゼランについて話すのはやめた。岩飛警部を説得するには、もう少し情報が必要だと感じたからだ。

「警部は今夜これから捜査ですか？」

「馬鹿云うな、この時間はもう誰も相手してくれねえよ。明日の朝、捜査本部を立ち上げることになるだろう。今日はもう帰る。お前らはどうするつもりだ？」

「そういえばもう宿を引き払っちゃったんですよね。でも祭も終わったし、戻れば部屋を借りることはできると思います。もうしばらく村に残って、事件について調べてみたいと思います」

「調査を続けてくれるんですか？」

乙姫が尋ねる。

「もちろんです。このままでは帰れません。ちなみにこれから先の調査については、料金はいただきませんので、ご安心ください」

「そんな、気を遣っていただかなくても」

「じゃあこのマッシーまんじゅうで調査料の代わりとしましょう」私はお盆の上に積まれたマッシーまんじゅうを手に取った。「いただきます」

「マッシーってなんだ？」

警部がマッシーまんじゅうの包み紙に描かれているかわいらしい生き物を眺めている。

「マッシーを知らないんですか？」私は得意ぶって云う。「あの有名な真宵湖のマッシーですよ」

「有名なのか」

岩飛警部はマッシーまんじゅうを手に取った。早速一口食べる。

「うん……まあ普通だな」

そう云いながらあっという間に食べてしまい、二つ目のマッシーまんじゅうに手を伸ばす。

私はマッシーまんじゅうを一つ食べ終えると、立ち上がった。

「じゃあそろそろ私は帰ります」

「あ、もう行かれるんですか」

「音野を放置したままですしね。我々は旅館にいますので、もし何かあればいつでも連絡してください」

「ありがとうございます」

「俺もそろそろ行くか」

岩飛警部が立ち上がる。

「おい、捜査の邪魔はすんなよ」

「邪魔はしませんよ。邪魔は」

私と岩飛警部は玄関口で別れた。彼は部下と一緒に帰るらしい。私は自分の車に戻った。

音野は助手席で寝ている。私がドアを開けて運転席に乗り込むと、むにゃむにゃと寝言を云いながらかすかに目を開けた。

「……何時……？」

「まだ朝じゃない」

私がそう云うと、音野は再び寝息を立て始めた。

私は雨の降る中、旅館まで車を走らせ、もう一泊するためにフロントにかけあった。幸い部屋は空いており、そのまま借りることにした。眠りこけている音野を引きずるようにして部屋まで運び、我々はようやく大変な一日を終えた。

8　密室の洞窟

翌朝、目が覚めると、枕もとに音野が正座していた。

「うわ、びっくりした！　何やってるんだよ」

「変な時間に寝たから……眠れなくなった……」

「そりゃ、あれだけ寝てたらな」私は身体を起こし、目を擦《こす》る。「朝食を食べに行こう。その間に、事件のことを話し合うぞ」

「まだ調べるの？」

「当然だろ。名探偵として、このまま帰れるか？」

「別に……帰れるけど……名探偵じゃないし」

「でも人が一人殺されてるのに、放ってはいけないだろう。本当なら殺される前に解決しなきゃいけなかった。もっとちゃんと取り組んでいたらこんなことにはならなかったかもしれないんだ。それなら、せめてもう二度と失敗しないように取り組まなきゃいけない」

「うう……」

「別に音野を責めてるんじゃないぞ。いつも解決は君任せかもしれないが、その代わり責任はすべて私が負うつもりでいる。今回の件も、失敗したのは私のせいだ」

「そんなの……やめてよ、別に白瀬は何も悪くないし……」

「安心しろ、音野。君は何も考えず名探偵であればそれでいい」

「よくわかんないけど……」

「ということで朝食のあとは洞窟に行ってみよう。いろいろと調べなきゃいけないことがあるぞ」

私は立ち上がり、ジャケットを羽織った。

「白瀬って、寝起きなのにはきはきしてるね……というか、そのままの恰好で寝てたの？」

「もう着替えがないし、面倒だったからな。そんなことはいいから、早く出よう」

我々は部屋を出て、食堂へ向かった。旅館の中にある小さな食堂だ。料理もそばとかうどんとか簡単なものしかない。席はがらんとしている……と思いきや、テーブル席が一つ埋まっている。

「エネルギーが近づくのを感じマス」

そこに座っている髪の長い女性が呟く。髪のせいで顔も見えない。

またしてもＵＦＯ研のメンバーだ。

「おお、救世主様！」

「おお……おお……」

音野に向かって合掌するじいさん。

「まだお帰りじゃなかったんですね」

私はメンバーの中で唯一まともに会話のできる如月に的を絞って話しかける。

「はい。名探偵さんたちもまだいらしたんですね。ところで昨日、何か事件でもあったんですか？　パトカーを何台も見ましたし、旅館の方々も口々に噂していますよ」

如月は特徴的な大きな目をしばたたきながら尋ねる。

「ええ。殺人事件があったんです」私はあまり彼女を脅かさないようにさらりと云う。「そのうちテレビか新聞で報道されると思いますよ」

「つくづく我々は運がないですなあ！　これはお祓《はら》いでもしてもらう必要がありそうだ」

おっさんが不必要にでかい声で云う。とりあえず無視する。

「以前の事件では、如月さんたちの情報が解決の鍵になりましたけど、今回は何か怪しいものを見ませんでしたか？」

「ううん……私は特に。みなさんは、何か見ましたか？」

「金塊様の後光を見たぞい」

じいさんが云う。

「後光？」

「徳川《とくがわ》さんはよく後光を見るんです」

「救世主様の背後にも後光が……」

この情報は真に受けなくてもよさそうだ。

「みなさんは何時頃から広場にいたんですか？」

「五時十三分」

髪の長い女性が云う。

「本田《ほんだ》さんは時間を覚えるのが得意なんです。正確ですよ」如月が補足する。「その頃にはもう人が集まってました。露店もすでに出ていましたよ」

「怪しい人物を見かけませんでしたか？」

「怪しい人物……」

如月は首を傾げる。まあ怪しいといえば彼らも怪しいのだが。

被害者の上川が屋敷を出入りしたのは六時頃なので、もし本人の云った通り広場に向かっていたとしたら、ＵＦＯ研の彼らと出会っている可能性も高い。

「神輿が広場に到着するまでの間に、白い法被を着た中年の男性を見かけませんでしたか？」

「法被を着ている人なら、何人か見かけましたけど、みんな若い男の人だったと思います」

被害者の顔写真でも持っていれば確認できたかもしれないが、さすがに手元にそういったものはない。被害者がずっと法被を着ていたかどうかも怪しい。現に遺体発見時には、法被を着ていなかった。私は直接遺体を見ているので、その点は確かだ。

「その人が犯人なんですか？」

「いいえ。被害者です」

「私たちがわたあめを食べてる間に人が殺されていたなんて……」

如月は暗い顔つきで押し黙ってしまった。

「で、被害者の方は何処で発見されたんですか？」

おっさんが横から口を挟む。

「普段、神輿を置いている洞窟があるんですけど、その奥で」

「どんなふうに殺されていたんですか？」

「ええと……私が見た限りでは、胸にナイフが刺さったままだったので、おそらくはそれで……」

「血はどうでした？」

「え？」

「血は……血は抜かれてませんでした？」

「ああ、いや、どうでしょう？　たぶんそういうことはないと思いますけど」

「宇宙人が誘拐の末に殺したということではないんですね？」

またそっちの話題か。そういえばＵＦＯだか空飛ぶ舟だかを追って彼らは来たんだった。

「宇宙人は関係していないと思います」

「あなた隠してませんか？」

「何も隠してませんよ」

「本当ですか？　名探偵さん、どうなんです？」

「え、え？　あ、う……」

「怪しい」

「いや、彼はいつもこうですよ。それより、みなさんはUFOを見ることはできたんですか？」

「いいえ、まだです」如月が答える。「今日はこれからみんなで湖に行くんですよ。でも天気が悪いので、あまり期待はできないです。その代わりマッシーには会えそうな気がします」

「マッシーですか」

「かわいいですよね、マッシー」

あれは村民がデフォルメしたイメージだと思うが……

「名探偵さんたちは、事件の捜査ですか？」

「そのつもりです」

「気をつけてくださいね。よかったら湖にも来てください。私たち、しばらく観察を続けるつもりなので」

挨拶をして別れ、我々は食堂を出た。

「朝食は？」

音野に云われ、私は思い出す。

「あ、うっかり流れで出てきてしまった。戻るのもなんだし、マッシーまんじゅうでも買って、車の中で食べながら行くか」

「ええ……」

私は土産物売り場で十二個入りのマッシーまんじゅうを買って、旅館を出た。車に乗り込んで、昨日の屍体発見現場へ向かう。車中で我々はマッシーまんじゅうを次から次へと食べた。

空は雨こそやんだものの、まだ厚い雲が覆っている。風も強く、不吉な天気だ。

洞窟まで行く間に、私は岩飛警部から聞いた情報を音野に話した。

「警部は予告状のことをやっぱり信じていないようだったな。音野はどう思う？」

「うん……」

音野は黙ってしまった。彼にはまだ真実が見えていないようだ。もうしばらく彼の静かな脳をそっとしておこう。

洞窟の前に着くと、案の定警察の車が何台か並んでいた。他にも一般車とは雰囲気の違うワゴンやバンが並んでいる。おそらくマスコミ関係だろう。私はそこに紛れ込ませるように自分の車を停めた。

「しかしこれじゃとても現場を調べることはできそうにないな。岩飛警部の力を借りるしかないか」

私は車を降りて周囲を眺めた。岩飛警部の姿は見えない。洞窟の前には制服警官が一人、真面目な顔で見張りに立っている。門は閉じられているが、鎖も錠前も取り外されていた。

私は運転席に戻り、携帯電話を取り出す。

「警部を呼び出してみよう」

当然のように出ない。

「やれやれ。警部登場まで待つか」

「か、帰ろうよ」

「いや、音野だって現場を確認しておいた方が事件を解決しやすいだろ」

「いいよ。だって、白瀬が一度見てるでしょ」

「ああ、見てはいるが、あの時は周囲をくまなく観察している暇なんてなかったしな。とはいえ、私も関係者の一人なんだから、もっと警察から事情聴取を受けてもいい気がするんだが、スルーされているんだろうか」

現場となった洞窟は、天然の鍾乳洞を人工的に改造し、金鉱の坑道跡のように見せかけた、一種のテーマパークである。しかも途中で資金が尽き、計画が頓挫したため、観光客に開放されたことは一度もなかったという。村人たちはそれを利用し、洞窟の奥に金塊を祭る祭壇を作ったようだ。金塊祭の際に担がれる神輿も、普段はここにしまわれているという。

祭られている金塊は、世間的には二億とも三億とも云われる代物なので、やはり厳重なセキュリティが施されている。といっても、やや古典的な鉄格子の門を二つ用意しただけ。たとえば重機でATMごと破壊するような連中が、ここに狙いをつけていたとしたら、案外簡単に金塊は持ち去られていたように思われる。もっとも、現在金塊はただのフェイクなのでその心配もないが。

重機やバーナーなど強引な手段を用いない場合、鉄格子の門はそれなりに強固なセキュリティィであったと云えるだろう。鉄格子はしっかりとしているし、門も頑丈そうだ。見た目にはちょうど牢屋のようである。さらに鉄格子の開閉部に、鎖が何重にも巻かれ、錠前でロックされていた。屍体発見時も、そのような状況であったという。門の幅は大人が両手を広げた程度だろうか。

一つ目の門は、入り口にある。遠巻きに見ている我々にも、その灰色の鉄がはっきりと見える。

二つ目の門は、入り口から五メートルほど進んだところに現れる。構造は入り口の門とまったく一緒だ。どうやら錠前を開ける鍵も一緒らしい。これではあまり効果的なセキュリティとは云えないが、しっかりと守られているのだというハッタリにはなるだろう。

洞窟はそこから真っ直ぐに二十メートルほど続く。ほとんど真っ暗なので、左右に横道などがあるかどうかは、私にはわからなかった。二つ目の門を入ってから、足もとにレールが敷かれていたのを覚えている。坑道を模しているのだから、おそらくトロッコか鉱山列車を走らせるようなレールをイメージして用意されたのだろう。本物の鉱山ではないので、おそらくそのレールが実際に使われたことはない。レールはほんの十メートル程度しか続かず、中途半端に終わっている。

そこから先に祭壇がある。祭壇とはいっても、コンクリートの台座に、祠《ほこら》のような入れ物を作っただけのものだ。金塊は祠の中に入れて管理されていたようだ。

屍体はちょうどその祠の手前、台座の上に仰向けの状態で置かれていた。

「自殺ってことはありえないよな？　自殺だとしたら、錠前の鍵を持っていなきゃおかしいし」

錠前は一度開けてしまえば、あとは心棒を差し込むだけで施錠できるので、門の内側からでも手を伸ばして操作が可能だ。しかし被害者は鍵を持たずして、洞窟内には入れない。

「洞窟の中には、他には何かなかったの？」

音野が尋ねる。

「何かってなんだよ。ナイフを発射する装置とか？　暗くてよくわからなかったな」

「意外と秘密の出入り口があるかもしれない……」

「そりゃ反則だ」

「でも、もともと自然にできた鍾乳洞なんでしょ？　むしろ抜け道がある方が自然というか……」

「ふうむ、それもそうだな」私は腕組みしてシートに背中を預ける。「でもそのへんは金塊を置く場所に決めた時点で、調査が済んでるんじゃないか？　抜け道があるようなところに金塊を置こうなんて考えないだろ」

「うん……一応確認した方がいいかな……と思って」

それから我々は洞窟の前で岩飛警部が現れるのをじっと待ち続けた。結局彼は昼を過ぎても現れなかった。

「さすがに我々だけでは洞窟には入れてもらえないだろう。諦めて帰ろうか」

「岩飛警部がいても、入れてもらえないと……思う……」

「性格悪いからな、あの人」

我々は松前家の屋敷に向かうことにした。さほど迷うこともなく、やはり十分で屋敷に着いた。

今日はまだ来客がないようだ。警察車輛は停まっていない。門の呼び鈴で乙姫を呼ぶと、すぐに彼女が出てきた。見たところ元気そうだ。

「こんにちは、ちょっとお話を伺ってもいいですか？　事件のことなんですけど」

「もちろんです！　解決の役に立つことなら、なんでもお手伝いします。立ち話もなんですから、中へ入ってください」

我々は彼女の言葉に甘え、屋敷の応接間に入った。お手伝いさんが緑茶とマッシーまんじゅうを持ってきて、テーブルに並べる。

「いただきます」

私はマッシーまんじゅうを手に取った。

「聞きたいことって、何ですか？」

「お疲れのところ、連日すみません」私は丁寧に頭を下げる。「さっきまで洞窟の前に行っていたんですが、中を調べようにも調べられませんでした。そこで洞窟の内部についてお聞きしたいことがありまして」

「あら、それなら私よりも兄の方が詳しいですよ。兄を呼んできましょうか？」

「よろしければお願いします」

乙姫は部屋を出ていった。五分くらいして、兄の譲太郎を連れて戻ってくる。譲太郎はよれよれのシャツにジーンズという姿で現れた。

「事件のあった洞窟についてお知りになりたいとか?」

譲太郎は疲れたような声で云う。

「はい。洞窟の由来についてはだいたい聞き及んでいます。尋ねたいのは、洞窟の詳しい構造についてなのですが」

「そんなに複雑な構造にはなっていませんよ。ほとんど真っ直ぐ一本道で、枝道などありません。子供が迷い込んでも歩いて帰れるでしょうね。事実、僕が小さい頃はよく、友だちと遊びに行っていたんです。昔は大きな鍾乳石がたくさんあったのに、今ではありませんね。工事の時に壊してしまったんだと思います」

「天然の鍾乳石を?」

「坑道に見立てるのに、必要なかったんでしょう」

「随分と無茶したんですね」

「ええ。洞窟もさほど奥行きがあるわけではなく、拡張工事が必要になったのですが、それをするには資金があまりにも足りずに、結局放置されてしまったんです」

「たとえば他の出入り口と繋がっているといったことはないですか?」

「ないですね。もしそんなものがあったら、金塊を置いたりしませんよ」

やはりそうか。

ということは、屍体発見現場が密室であったことは間違いないとみていいだろう。我々は屍体発見から警察が到着するまでの間、洞窟の入り口を見守っていたので、殺人犯がずっと洞窟の中に隠れていたとは考えられない。何者かが鍵を使って出入りしたのだ。

鍵は二つある。スペアキーは被害者の死亡推定時刻とほぼ同時刻に、ここ松前家の屋敷にあったことが確認されている。犯人がこれを持ち出したとは考えづらい。ということは、マスターキーが出入りに使われたとみていいだろう。

マスターキーがどういう流れで、誰の手に渡っていたのか。やはりこれが重要になりそうだ。

「七時頃、倉庫の片付けをした際に、スペアキーを確認しているそうですけど、それは本当にスペアキーで間違いありませんでしたか?」

「ええ。まあご覧になったかどうかわかりませんが、特徴的な形をしてますから、見間違えることはないと思います。それにはっきりとスペアとわかるようにマジックで印もついてますしね」

スペアキーを似たような鍵とすり替えておく、といったトリックもないようだ。

「音野、君から何か聞いておくことはないか?」

「あ、う……」音野はもじもじしている。「ええと、洞窟内には、トロッコがあるんですか?」

「トロッコ? そういったものはないですね。見せかけのレールが敷かれてますけど、あれは実際に使われていたものとも違いますからね。当初の計画では、レールの上に列車を走らせて、観光客を乗せていくつもりだったみたいです。でもまったくもって、絵に描いた餅というやつですよ。無理な話だ」

「そう……ですか……」

音野は黙ってしまった。

「じゃあついでに伺っていいですか」私は云った。「昨日、被害者の上川さんが、殺害される前に、こちらにお邪魔していたみたいなのですが、譲太郎さんはお会いになりましたか？」

「ええ、すれ違って挨拶した程度ですけど」

「その時変わった様子はありませんでしたか？」

「慌てているみたいでしたね。でもそれは、鍵をなくしたと考えていたからのようで。仲間の一人が持っていることを確認したら、安心したみたいですね」

「他に何か、云っていませんでしたか？」

「さあ……父と何か話し込んでいたみたいですけど、僕はそれ以上のことはわかりませんね。何やら、祭についての話をしていたとか。たぶん事件には関係ないと思いますよ」

「譲太郎さんは、怪盗マゼランについて何か知りませんか？」

「例の予告状ですか。金塊は盗まれなかったのだから、やっぱり悪戯だったんでしょうね。今頃、悪戯の主はひやひやしているんじゃないですか？　何しろ自分の関与しないところで殺人事件が起こってしまったのだから」

「そうですね……」私はとりあえず肯き、否定しない。「だいたいわかりました。お話ししてくださってありがとうございます」

「いえいえ、あまりお役に立てなかったかもしれませんが。じゃあ、僕はこれで」

譲太郎は静かに立ち上がると、足音も立てずに廊下へ消えていった。

「何かわかりましたでしょうか？」

心配した様子で乙姫が尋ねる。

「どうだい、音野」

「ううん……」

「洞窟についてもう聞くことはないか？」

「んん……ない……かなあ……」

「何かあればいつでも尋ねに来てください」

「そう云ってもらえると助かります」

その時、屋敷内に呼び鈴の音が響き渡った。来客らしい。まもなくして、お手伝いさんが応接間に入ってくる。

「あの、白瀬様。警察の方が見えられたのですが……」

「おや、誰ですか」

「岩飛という方です」

「ちょうどいい、探していたところだったんです」

私は立ち上がり、音野と乙姫を残して玄関へ向かった。玄関では岩飛警部がにやにやと笑いながら私を待っていた。

「よお、さっきまで探偵と一緒に洞窟前にいたな、お前」

「見てたんですか？　何で声をかけてくれないんですか。ずっと探してたんですよ」

「そうだろうと思ったからだよ」

「本当に意地が悪いなあ」

「お前らに絡まれる俺の気持ちを考えたことがあるのかよ。それはともかく、ちょっとした情報を持ってきてやったぜ。もしかしたらこの事件、思ったより簡単に片付くかもしれん」岩飛警部はスーツのポケットから手帳を取り出した。「マスターキーを持っていたやつが判明した。若柳《わかやなぎ》という青年だ。こいつは第一発見者でもある」

「あ、彼ですか」

祭が終わったあと、鍵を持って最初に洞窟に入っていった青年だ。

「若柳は神輿の担ぎ手でもあり、神輿の出発の時にもその場にいた。出発直前に上川から鍵を預かっている。帰りは、彼が鍵を預かっていたこともあって、先に洞窟に入ったというわけだ」

「なるほど。ずっと彼が鍵を持っていたんですか？」

「本人はそう云っている。鍵を預かってからは、肌身離さず、ずっとおしまいまで持っていたらしい」

「でも上川さんは鍵をなくしたかもしれないといって松前家の屋敷を訪れていますよね。一度鍵はなくなったんじゃないんですか？」

「だからそれは、上川の勘違いだった。自分で若柳に任せたのを忘れたらしい」

「そんな大事なことを忘れたんですか？」

「まあよくあることだろう。バタバタしている時に、任せたことを任せた本人がつい忘れてしまうってことは。そういう上司、うちにも結構いるぜ」

「じゃあマスターキーは、第一発見者の若柳という青年がずっと持っていたという事実に間違いないんですね？」

「本人の証言を信じればな。鍵には紐がつけられていて、若柳はそれをずっと首からかけていたというんだ。こいつを盗み出すことは、スリでも不可能だろ」

「ってことは……」

「若柳が犯人だ」

「いやいや、待ってください。彼はずっと神輿を担いでいたわけですし、被害者の死亡推定時刻には広場にいましたよ」

「だから被害者も広場にいたんだよ。その場で何かあって、人目につかないところで刺し殺したのさ」

「ではどうやって屍体を洞窟内に運んだんですか。彼は広場から離れていないでしょう？」

「神輿にでも入れて運んだんじゃねえのか？」

「ええっ、あの神輿に？」

　岩飛警部にしては面白い推理だ。しかし神輿は内部がほとんど丸見えになっており、そこに金塊が置かれている。成人男子を隠すスペースはない。それに、屍体発見時まで、神輿は洞窟内に入っていない。仮に神輿に屍体を隠して洞窟前まで運べたとしても、そこから先に運ぶ術がない。

「それはないですよ」

「じゃあ他に犯人が考えられるか？　マスターキーは若柳がずっと持っていた。スペアキーはずっとこの屋敷に置かれていた。誰がどうやって、洞窟を出入りしたっていうんだ？」

　いよいよ不可能犯罪の様相を呈してきた。

　少なくとも犯人は、祭の最中に鍵を使って洞窟に出入りしている。屍体を遺棄し、さらに施錠したあとで逃亡している。

　だがどうやって？

「このままだと容疑は神輿の担ぎ手たちに絞られていくことになるだろう」

「え？　どうしてですか。彼らはずっと広場に……」

「若柳のアリバイを確実にしておいて、他の誰かが上川を殺害したのかもしれない。若柳は誰かに鍵を貸して、その人物が十分だけ広場を離れて、車で屍体を運んだのかもしれない。法被を着て、同じような恰好をした若い衆たちが、一人二人いなくなっても周囲の人間は気づかないだろう？」

「神輿の担ぎ手たちが数人で犯行に及んだということですか？」

「そう考えるしかない。お前らの好きな不可能犯罪を強引に打ち消すとしたらな」

　岩飛警部の推理は冴えている。複数犯ならば、お互いのアリバイを確保しつつ、被害者を洞窟内に遺棄することも可能だっただろう。

「でもどうして洞窟内に置くんです？　自分たちが発見するのだから、怪しまれてしまいませんか？」

「そこで、お前たちだ」岩飛警部は私を真っ直ぐ指差す。「思い出せよ、お前ら間抜けがどうしてずっと神輿を見張ることになったのか」

「ああっ、予告状！」

「そうだ。若柳たちは、怪盗マゼランとかいう謎の人物をでっちあげ、お前ら探偵を誘い出した。本来なら警察が来ることになっていたかもしれない。だが予告状を受け取った連中がことごとくそれを無視し、結果として現れたのはひきこもりとひきこもり」

「待ってください！」私は素早く岩飛警部を遮《さえぎ》る。「私はけっしてひきこもりでは……」

「突っ込むところはそこかよ。いいから話を続けさせろ。つまり『金塊を盗む』という予告状は、神輿の担ぎ手たちがアリバイを確保するためのものだった。お前らはまんまと乗せられて、しっかり連中のアリバイを確保することになってしまったんだよ」

「そんな……」

「俺のにやにや笑いも止まらんわけだ。ざまあみろってな」

「納得できません」

「そりゃ、負けたことを素直に認められるやつはそういねえって。気を落とすなよ。それに、まだ連中が犯人だって決まったわけじゃねえ。まあ、警察は連中に目をつけて行動することになるがな。周りに云うんじゃねえぞ。お前らは、そう、密室の謎に挑戦していろよな」

「その挑戦、受けて立ちます！」

「いや、もうお前は負けてるから」

「むぐ……」

岩飛警部の情報により、洞窟の密室はより不可能性を増した。一方で、若柳という青年を含め、神輿の担ぎ手たちが犯人である可能性も出てきた。

「彼らに動機はあるんですか？」

「ああ、結構もめてたらしいぜ。主に若い連中と、年食った連中とで、派閥ができていたんだと。若い連中は古臭い祭のやり方が気に食わなかったらしい。もっと今ふうの、若いやつらを呼んでダンスだの音楽だのやらせるような祭を考えていたらしい。一方で、年食った連中は伝統伝統の一点張りだ。百年以上続く祭をそう簡単に捻じ曲げることはできない。そんな対立はもう何年も前からあったみたいだ。で、年食ってる連中の頭が、あの上川だったというわけだ」

「そうだったんですか」

「といっても、本当のボスは松前氏だろうな。まあ今回の件でも、一番偉い人間は巧く泥を被らずにやり過ごすんだろうけどな」

このまま事件は解決するのではないだろうか。私にはそう思えるほど、岩飛警部の話は筋が通っているように感じられた。

ただ、どうして彼らがわざわざ密室を作ったのかわからない。鍵を持っている自分たちが怪しまれるのは当然のことではないか。それなのにあえて密室にしなければならないようなことがあったのだろうか。

これは真犯人の罠ではないのか？

「そうそう、ついでにもう一つ、いいこと教えてやるぜ。今日は気分がいいからな」

「なんです？」

「お前らが云ってた怪盗マゼラン、実在するみたいだぜ」

「え！　それってルパンみたいに……」

「ばーか、絵本の話だよ」岩飛警部はくつくつと笑い声を上げる。「怪盗マゼランについて調べてみた部下が教えてくれた。インターネットで検索すると、数年前に絶版になった絵本がヒットしたそうだ。怪盗マゼランってのは、絵本の中のキャラクターだったんだよ」

「絵……本……」

「お前ら、からかわれてたんだよ」

岩飛警部は私にとどめを刺すように云った。

怪盗マゼランが絵本のキャラクターだったとは。

もっと早くパソコンで調べていれば……いや、調べていたところで、我々は結局この村に来ていたと思うが……

「ちなみにその絵本を描いた作家が、この村出身らしい。まあ偶然ではないだろうな。知ってる者が、悪戯でその名前を名乗ったのだろう」

「その絵本作家は今も？」

「いや、何年も前に事故で死んでる。若かったらしいが、気の毒なこった」

金延村出身の絵本作家が、怪盗マゼランを創作していた。私は何か因縁めいたものを感じずにはいられなかった。

「探偵はまだ寝てんのか？　そういえばしばらくあいつをいじめてないな。おい、ここに連れてこいよ」

「だ、だめですよ」

「どっちにしろ、密室だのマゼランだのにかまっているうちに、お前らは失意のどん底に陥《おちい》ることになるだろうな。せいぜい頑張って密室殺人事件を解決してくれよ」

「ええ、解決してみせますとも」

「じゃあな」

岩飛警部は屋敷を出ていってしまった。意地が悪いが、情報をきちんと教えてくれるので、実はいい人なのかもしれない。

いやいや、このままだと本当に岩飛警部の云う通り、我々はいいように翻弄されたまま敗北感を味わうだけになってしまう。

密室殺人。

スペアキーは保管されたまま。マスターキーは若柳という青年が肌身離さず持っていた。それにもかかわらず、施錠されていたはずの門の向こうに屍体が出現する……

こんなに無理そうな密室は、小説のネタにしたこともない。私の書く推理小説の密室はもうちょっと控え目なものが多い。

がっくりと肩を落としたまま、応接間に戻ると、乙姫の父である松前周五郎がいつの間にかソファに座っていた。

「どうしたのかね、そんなにしょげて」周五郎は大きな声で云う。「何かよくないことでもあったのかね」

「あ、いえ」さすがに教えられない。「どうもお邪魔しております。挨拶もせずにすみませんでした」

「何、構わんよ。むしろこちらからお詫びをしなければならないと思っていたところでな」

「はあ」

「君たちが危険を知らせてくれたにもかかわらず、適切な対応を怠ったのはわしの責任だ。本当にすまなかった」

「い、いえ、そんな。結局、事件を止めることができませんでした」

「でも君たちは真剣だったではないか」

「まさかこんな形になるとは思っていませんでした。我々ももっと真剣になるべきでした」

「いや、この村では誰より、君たちだけが真剣だった。わしの娘を含め、な」

「すべて乙姫さんの気づきのおかげですよ」

「そうだろう、乙姫はよくできた娘だ。君、乙姫と結婚する気はないか？」

「え？　いや、あの……」

「やめてください、お父様」

「まだ事件は解決していないのだろう？　ぜひ殺人犯の魔の手から娘を守ってくれ。頼んだぞ、探偵君」

周五郎は私に手を伸ばす。

「探偵はこっちです」

私は音野を示す。

「お、おおそうか。まあどっちでも構わん、よろしく頼むぞ。もし何かあればわしに云いつけてくれ。この村にいる限り、全面的に力になろう」

「では早速なんですけど、一つ質問していいですか？」

「なんでも聞きたまえ」

「殺された上川さんなんですけど……この屋敷にいらした時、どんな会話をされたんですか？」

「どんな、といっても普通の世間話をしただけだぞ。祭の進行についてとか、あとの打ち上げのこととかな。せいぜい十分くらいの会話だ」

「上川さんは、鍵をなくしたと慌てていたそうですが」

「うむ。最初はなくしたとも思っていなかったらしいんだが、携帯電話に着信があったらしい。鍵が見当たらない、と。それで自分がなくしたのではないかと心配になったらしいな」

「誰からの電話ですか？」

「神輿を担ぐ若い連中からだそうだ。誰とは云っていなかった。洞窟の錠前はきちんとかけられていたが、鍵がなければ神輿をしまうことができない。もしもの場合スペアキーが必要だから、それがちゃんとあるかどうか確認するつもりで、ここにやってきたらしい。だがよく考えるうちに、若柳という若いやつに鍵を託したことを思い出し、その場で電話し確認しておった」

「そうですか……」

「もう聞くことはないかね？」

「倉庫でスペアキーの存在を確認したのは、六時と、七時と八時で間違いないですか？」

「うむ、最初は上川と一緒だったな。七時というのは……ああ、譲太郎たちと倉庫を片付けた時だな。確か七時を少し過ぎていた気がするが、まあそんなものだろう。八時というのは、上川が洞窟で発見された時刻か。君の云う通り、間違いないよ」

「ありがとうございます。私から質問したいことは以上です。音野、君からは？」

音野は首を横に振る。

「ではそろそろわしは失礼させてもらうよ。君たちには期待しているぞ」

周五郎はからからと笑いながら部屋を出ていった。

「さっき父の云っていたことは気にしないでくださいね」

顔を真っ赤にして乙姫が云う。

「え？」

「け、結婚がどうとか……」

「ああ……ええ……」

そう云ったきり、私はなんと応えたものか思いつかなかった。

気まずい沈黙。

「あ、あの、もし時間があれば、湖にでも行きませんか？」

「真宵湖ですか？」

「はい。実はお話ししたいことがあるんです。事件と関係あるかどうかわからないのですが……」

「わかりました。行きましょう」

何か深い事情がありそうだ。私はそれ以上何も聞かずに、乙姫とともに湖へ向かうことにした。もちろん音野も一緒だ。

屋敷を出て、停めてある自動車へ向かう。

「歩いていけますよ」

そう云われて、我々は徒歩のまま屋敷を出た。屋敷の裏手に迫る森林の中を歩いて、湖を目指す。緑の空気が心地よい。空はまだすっきりしないが、自然の香りが私の心身を清めてくれるかのようだった。

「この先に湖があるんですか？」

「そうなんです。屋敷の窓から見ることもできます。結構近いんですよ」

乙姫の歩みに迷いはない。歩き慣れているのだろう。

森の中は静かだ。虫の声も、今はやんでいる。

「話したいことというのは……？」

「変に思わないでくださいね」乙姫は少し俯く。「実は私、以前に湖で奇妙なものを見たことがあるんです。二ヵ月くらい前のことなんですけど……」

「奇妙なもの？　もしかして、マッシーですか？」

「いえ……マッシーではないと思います」

「では一体？」

「舟です。空飛ぶ舟……」

「え、それってUFOのことですか？」

「UFOなんでしょうか。掲示板で質問したところ、そういうふうにおっしゃる人も多かったです」

「掲示板に書き込んだんですか？」

「はい」

私は先日、UFO研の人たちが云っていたことを思い出す。そもそも彼らが金延村に来るきっかけになったのは、その掲示板の書き込みがあったからだ。

「真宵湖のことも書きましたか？」

「はい……もしかして白瀬さん、掲示板をご覧になられましたか？」

「あ、いえ。実は我々の知人で、UFO関係の研究をしている人たちがいるんですけど、彼らが乙姫さんの書き込みをおそらく見ていると思います」

「そうだったんですか。それじゃあ、白瀬さんも空飛ぶ舟のことをご存じだったんですね？」

「彼らの云うことなので話半分に聞いていましたが……乙姫さんが見たというのなら、信じるしかありませんね」

「信じてくださるんですか？」

「もちろんです。でも本当に舟が空を飛んでいたんですか？　それはどんな形をしていたんですか？」

「ちょうどボートというか、小舟というか……ただ小舟にしてはかなりスピードのある舟で……空を駆け抜けていきました」

「湖面の上空を？」

「そうです。でもそんなに高いところではなく、湖面から数メートルの高さに見えました」

「モーターボートが疾走する際に、波で跳ねたという感じではないんですか？」

「モーター音は聞こえませんでした。それにボートが走る際に立つ波がいっさいなかったので、やはり舟は湖面ではなく、その上空を走っていたのだと思います」

「そうですか……」

不思議なことがあるものだ。そこまではっきりと状況を伝えられるのだから、夢や幻ではないだろう。では一体、彼女は何を見たのだろう。本当にＵＦＯなのだろうか。

「ＵＦＯ関係の研究をしている方たちというのは、湖を見学に来られたのですか？」

「昨日は祭も見学していたみたいですよ」

「その方たちに相談すれば、空飛ぶ舟がなんだったのかわかるでしょうか？」

「どうでしょう？　むしろ音野の方が何かわかるかもしれませんよ。どうだい、音野」

「う……うん……」

音野はきょろきょろと周囲を見回すばかりで答えない。

「できればその研究者の方々にお会いしてみたいのですが、紹介していただけませんか？」

「それはちょっと……お勧めできません。それに彼らは研究者というか……」

急に視界が開ける。

そこに広がっていたのは深い藍色の湖だった。うっすらと靄《もや》がかかっており、対岸の森がかすかにぼやけて見える。湖の波はささやかで、撫でるような優しさで寄せて返す。松前家の屋敷からそれほど離れてはいないが、まるで人を寄せつけない秘境のようである。

その秘境にそぐわぬ人影が。

担架の上に正座する奇妙な女性。その担架を持つおっさんと、じいさん。二人はわっしょいわっしょいと云いながら担架を持ったまま うろうろと動き回っている。じいさんの腕力がないためかふらふらだ。その脇で楽しそうににこにこ笑っているかわいらしい女性。

まぎれもなくＵＦＯ研だ。

「ちょうどよかった、彼らがＵＦＯ研です」

「あ、あの方たちが研究者？」

「そういうことになります」

「あ、名探偵さんと白瀬さん！」

如月が我々に気づいて大きく手を振った。

「何やってるんですか、あなたたち」

「マッシーちゃんを呼ぼうと思って！」

「いやあ、うるさくしていたら余計現れないんじゃないんですかね。ところで、みなさんに彼女を紹介します。あなたたちが読んだ掲示板は、こちらの松前乙姫さんが最初に書き込んだらしいですよ」

「乙姫です」

「もしかして『浦島太郎』さん？」

おっさんが反応する。

「は、恥ずかしいのでハンドルネームで呼ばないでください」

「これは奇跡の邂逅《かいこう》だ！　間違いない。間違いなく何かが起こりますよ、今日こそ！」

「はじめまして、代表の如月です。よろしくね」

如月がぺこりと頭を下げる。

「空飛ぶ舟について、みなさんは何かわかりましたか？」

「今日はこの通り曇っているので、ＵＦＯは現れないかもしれません。でもマッシーちゃんなら！」

我々が挨拶を交わしている隙に、いつの間にか音野が担架に乗せられていた。さっきまで座っていた髪の長い女性がじいさんと交代し、おっさんと二人で担架を持ち上げ、さきほどのようにわっしょいわっしょいと音野を担ぎ上げている。

「何やってんだ音野！」

「だ、だって……」

そのまま三人はふらふらと湖の縁《ふち》まで歩いていく。担架の上の音野は、つい正座をしてしまっているようだが、もはや涙目だ。

そして思った通り、髪の長い女性が力尽き、よろめくように湖に転げていった。あっと声を上げる間もなく、派手に落水する。そのまま音野も、おっさんもろとも落水した。

三人は湖のほとりでばしゃばしゃと暴れた。溺れるような深さはない。すぐに立ち上がり陸に戻ってくる。

「大丈夫？」

如月が心配して彼らのところへ駆け寄った。

音野だけが、尻もちをついた状態のまま、いまだに湖の中にいる。彼の表情は放心しているようですらあった。

「音野、早く戻ってこい」

「何かある……」

音野は呟くと、湖中に手を突っ込んだ。

引き上げると、それは太いワイヤーのようなものだった。

「そんなのいいから、早く上がってこい。風邪をひいても知らないぞ」

音野はびしょ濡れの状態で立ち上がった。

神秘的な湖のほとりで一体何をやっているのだろうか。我々は敗走するように、松前家の屋敷まで戻った。周五郎のはからいで、落水した三人は着替えを借り、風呂に入ることを許された。

音野はUFO研のメンバーに対するトラウマからか、風呂から上がるなり屋敷を出て私の車にひきこもってしまった。こんなところに来てまでひきこもりになっていては、事件など解決していられない。

私は岩飛警部から聞いた警察の見解を音野に話した。

「このままだと警部が云っていた通りに事件が解決されそうだぞ。本当にそれでいいのか？」

「よくない……」

「それならそろそろ動かないと！」

「でも……少し考えたんだけど……犯人はどうして……こんなことしたんだろうって……」

「動機か？　祭を中止させるのが目的だったんじゃないのか？　それとも警察の考えているように、ただのいざこざが原因か？」

「ううん……」

「何かわかったことがあるのか？」

「犯人はたぶん……あの人……だと思う……」

「犯人がわかってるのか？」

「……うん……」

「誰なんだ、一体」

「それは……あの人……」

「だから、誰？」

「あの人！」

「誰だよ！」

9　真宵湖探検隊

「若柳が犯人ではないんだな？」

私が尋ねると音野は小さく肯いた。

「ってことは、洞窟に入るための鍵は、若柳の証言通り彼がずっと持っていたということか？」

音野は肯く。

「いや、しかしそれはあり得ないだろ？　若柳が持っていたというマスターキーを使わなければ、誰も洞窟に入ることができなかったはずだ。洞窟の入り口は、被害者が自らの手で施錠している。スペアキーは松前家の屋敷にずっと置かれていた。時間的にみて、スペアを持ち出すのは不可能。マスターでもスペアでもない、とすればピッキングでもして鍵を開けたっていうのか？　錠前だから、開けてしまえば施錠する際に鍵はいらないしな」

「ピッキングなら、必ず痕跡が残る……」

「ではもともと鍵なんてかかっていなかった？」

「被害者自身が、鍵をかけたと云っているから、それはない……と思う」

被害者が施錠に関して嘘をついたとは思えないし、鍵をなくしたかもしれないとわざわざ松前家の屋敷を訪れているくらいだから、かけ忘れということもないだろう。

いや、待てよ。その証言は、松前氏の口から出たものにすぎない。被害者が生前、松前氏と何を話していたのか、それはもう松前氏しか知る人はいない。仮に松前氏が嘘の証言をしているとすれば、実際は洞窟には鍵がかけられていなかった可能性もあるのではないだろうか？

松前氏がどうしてそのような嘘をつくのか？

そうか。

それは彼が……犯人だから！

「松前周五郎が犯人か！」

「えっ？」

音野はびっくりしたような顔で私を見返す。

「あれ、違った？」

「白瀬はどうしてそう思ったの？」

「いや……洞窟に鍵がかかっていた、と周囲に思い込ませる証言を彼がしているだけなのかと思って。本当は洞窟には鍵はかけられていなかったんじゃないのか？」

「被害者は鍵の所在を確認するため、仲間にも電話しているでしょう？　そのことを考えれば、松前氏だけが嘘の証言をしているとは思えないよ」

「そ、そうだな」

さすがに松前氏まで含めた祭関係者全員が犯人だった、というオチはないだろう。もしそうであれば、結果的に祭関係者が疑われるような場所に屍体を置いたりはしないはずだ。まして洞窟を密室にする意味もない。

「しかし若柳が本当にマスターキーを肌身離さず持っていたというのなら、鍵のかかった洞窟にどうやって入るんだよ」

「スペアを……使う……しかない」

「だから、スペアはずっと屋敷に置かれていたんだって」

「本当に、ずっとかな……」

「どういうことだ？」

「スペアが確認されているのは、六時、七時、八時。その時刻に確認されているだけで、誰かがずっと手元に置いていたわけじゃないよ」

「だが被害者が殺害された七時にも確認されているし、屍体が発見された直後にも確認されている。スペアキーを盗み出して洞窟と屋敷を行き来している時間なんて、あるわけがない」

「そう?」

「無理だよ。車を飛ばせば可能かもしれないが、時間的に考えて、道の途中で神輿とすれ違ってるはずだ。でもそんな車、我々は見なかった」

「車じゃない……」

「じゃあ何だ?」

「うーん……」

「たとえばバイクとか? 確かにバイクで森の中を移動すれば、神輿とすれ違うことはないな。それに森の中を直進することで、往復にかかる時間を短縮できたかもしれない。背中に屍体をおぶって、紐でくくりつけておけば、屍体と一緒に移動することもできる!」

私は自分のひらめきに興奮していた。しかし音野の表情は晴れない。

「森の中では、バイクはかえって時間がかかったんじゃない……?」

「オフロードバイクならいける!」

「普通のバイクならともかく、オフロードバイクなんか、はっきりとしたタイヤの跡が残るんじゃないの……」

「ほら、警察が到着した頃に雨が強くなりだしただろ。あれで痕跡はある程度消されたんだよ。さあ、いよいよ核心に近づいてきたな。犯人はオフロードバイクを運転できるやつだ」

「そんな人……いないよ」

「違うのか？」

「わからない……当たってるのかもしれないし、間違ってるのかもしれない……でも……」

「はっきりしないな。一体どうしたっていうんだ。具合悪いのか？　湖に落ちて風邪でもひいたか？」

音野はおおよそ犯人の見当がついているらしい。だが明言しようとはしない。音野のいつもの癖だが、犯人の名を指摘することで発生する責任を極端に嫌がる。普通に考えれば、他人を殺人の罪に問うということは、重大な責任を負うべき行為だ。音野はそのことをはっきりと自覚し、きっちりとそれを避ける。これも自信のなさの表れか。

しかし言葉の端々《はしばし》にヒントはある。

「音野は、犯人がスペアキーを使ったと考えているんだな？」

音野は肯く。

「だがよその人間が松前家に忍び込んでスペアキーを盗み出すなんて、ほとんどあり得ない話だ。それに盗み出した鍵をわざわざ戻したというのもおかしい」

「うん……」

「つまり犯人は、最初から松前家にいた人間ってことか？」

音野はためらうように首を傾げる。

「つまり松前家の人間だな？」

音野は不安そうな目でこちらを見る。それがイエスという答えだと思っていいだろう。

「やはり、松前周五郎？」

「違う」

はっきりと否定する。

「どうして？」

「犯人は祭をやめさせようとしていた……そのことを考えれば、松前氏は最初から除外できる……」

「そうか？」

「松前氏が祭の運営に関して権力を持っていたことは間違いないよ……それなら事件や事故を起こして祭をやめさせようとする必要はないでしょ。一言、祭の存続について物申せばいい」

「ああ、それは云えてるな」

犯人は金塊祭の中止を企んでいた。それは数年前から一貫している。

今回の殺人が計画通りなのか、それとも過失なのかはわからないが、やはり祭の阻止が根底にあったことが窺える。とすれば、金延村の実権をほぼ握っている松前氏が、わざわざ祭の中止のために人を殺すとは考えられない。簡単なロジックだ。

しかしそうなると、事件発生当時、屋敷にいたのは松前周五郎の他に、松前譲太郎、そしてお手伝いさんの二人だけ。事件の様相をかんがみれば、中年女性であるお手伝いさんが一人で行なったとは考えにくい。とすれば、犯人は……

「だが屋敷にいる人間が犯人だとすれば、屋敷と洞窟を短時間で行き来しなければならないだろ？」

「そう……だね……」

「やっぱりバイクを使ったんじゃないのか？」

「でも森の中をバイクなんか飛ばしていたら、エンジンの音がする……と思う……」

「そうだな。じゃあ、事件当時おかしな音を聞いていないか、松前家の人間に聞いてみるか」

私は車を降りて、門の横にある呼び鈴を押した。お手伝いさんを玄関口まで呼び出す。

迷惑そうな顔をしたお手伝いさんが顔を出す。

「何か？」

「事件のことでちょっとお尋ねしたいことがありまして……」

「はあ、早くしてもらえますか」

「お時間は取らせません。ええと、あなたはいつ頃からこちらで働いているんですか？」

「三ヵ月前。うちの派遣は三ヵ月契約だから、私もあと三日で別の人に交代します」

「事件当日……だいたい昼から夜八時くらいまでの間に、何かいつもと変わったような音を聞きませんでしたか？」

「は？　音ですか」

「たとえば、バイクの音とか」

「そんなの聞いてませんよ」

「そうですか。こちらでは、バイクに乗っている人はいませんよね？」

「いません」

「じゃあバイクじゃなくてもいいんですけど、何か変わったことはありませんでしたか?」

「変わったこと……」お手伝いさんは眉間に皺を寄せる。「別に何もありません」

「ありがとうございました。質問は以上です」

お手伝いさんは無愛想な表情で屋敷の中に戻っていった。

私は車に戻る。

「バイクの音は聞いてないそうだ。それより、お手伝いさんは三ヵ月交代らしい。たぶん彼女は犯人ではないな。まったくの部外者だし、祭に対する執着もないだろ」

音野に報告する。

「まあ、彼女が嘘をついていなければの話だが。どうだい、音野。そろそろ犯人を名指しできそうか?」

「まだ……犯人がどうやって、屋敷と洞窟を行き来したのか……」

「バイクが無理なら、別の乗り物でもいいんじゃないか」

「別の乗り物?」

「ヘリコプターでもあれば短時間で往復できるのにな。でもバイクより派手な音がするか。それこそ空飛ぶ舟でもあれば……あっ!」

思いつきで云ったことに、私は自分で驚いた。

空飛ぶ舟!

犯人は空飛ぶ舟に乗って、洞窟と屋敷を行き来したのではないだろうか？

「音野、空飛ぶ舟だよ！」

「うん……ずっとそのことを考えていたんだけど……」

「空飛ぶ舟さえあれば、スペアキーを用いて犯行が可能になるんじゃないのか？」

「うん」

「空飛ぶ舟を探すんだ！」

「でも……何処をどうやって探すの」

「乙姫さんと一緒に、もう一度湖へ行こう。何か見つかるかもしれない」

我々は屋敷に上がり込み、応接間でUFO研の人たちと談笑していた乙姫を連れ出した。

「乙姫さん、ちょっと来てください。もう少しで事件が解決できそうなんです」

「ほ、ほんとですか」

「一緒に湖に行きましょう。空飛ぶ舟を見つけるんです」

「わかりました！」乙姫も張り切っている。「UFO研の人たちは？」

「あの人たちは置いていきましょう。また音野が湖に落とされると困るんで」

「はい。じゃあちょっと待っててください。地図がありますので、それを持ってきます」

「助かります」

五分ほどで戻ってきた乙姫は、ワンピースからジャージ姿になっていた。背中にはリュックサック、頭にはライトつきのヘルメットを被っていた。

「探検用の恰好です」

乙姫はそう説明した。

我々は乙姫を先頭に、再び森の中へ入る。さっきよりも空気が湿っぽく、わずかに靄が漂って見えた。なるべく早く帰らないと、霧の中で迷子になりそうだ。

「空飛ぶ舟が、事件を解決するために必要なんですか？」

「おそらく、そうです。ちょっと地図を貸してください」

「どうぞ」

私は折りたたまれた地図を受け取る。音野と二人でそれを覗き込む。森の中に湖があり、地図上ではそのほとりのごく近くに、松前家の屋敷があった。この村ではもっとも静かで、もっとも美しい場所に屋敷が建てられたのだろう。

北東の方向に、問題の洞窟がある。

やはり想像していた通り、道路を使って洞窟へ向かうと、大きなUの字を描くことになるのだが、屋敷から洞窟へ直線を引くと、距離にしてごく短いナナメの線が描かれる。しかもその線は、真っ直ぐ真宵湖の上を通っているのだ。

「間違いない。犯人は本来の道を外れ、湖上を通過することで、スペアキーを用いた犯行を可能にしたのです」

「どういうことですか？」

「湖を真っ直ぐ突き抜けると、短時間で洞窟にたどり着けるということです」

「そっか、それで犯人は舟を使ったんですね！」

「ええ、おそらく」

しかし手漕ぎボートではあまり時間の短縮にはならない。やはりモーターボートだろうか。

「私が以前に見た空飛ぶ舟は、犯人の乗り物だったのでしょうか？」

「もしかするとそうかもしれません。犯人は今までに何度か湖を往復し、いわば予行演習を行なっていたと思われます」

しかし乙姫の話では、舟は空を飛んでいたという。空を飛ぶ舟があるのなら、湖上のショートカットも可能だろう。

だが本当に空を飛ぶ舟などあり得るのだろうか？　実際は静音式のモーターを用いたボートが疾走しているだけだったのではないか？

「よく思い出してください。舟は本当に空を飛んでいましたか？」

「はい、間違いありません。飛んでいました」

乙姫の目を疑っていても仕方ない。

舟は飛んでいたのだ。

だとすれば……セスナ機？

あるいは手作りの足漕ぎ式プロペラ機？

我々は湖のほとりに着いた。

湖面は張りつめたように動かない。風はやみ、波もない。ゆっくりと忍び寄る靄が、湖面に映って見えさえするかのようだ。

「さっきはUFO研の人たちに邪魔されたので、今度はゆっくり散歩してみましょう」

我々は湖の縁に沿って歩いた。

湖をぐるりと一周すれば、おそらく一時間や二時間では済まない距離になるだろう。湖畔《こはん》は起伏に富んでおり、散策には向かない。もちろん舗装もされていない。マッシーブームがあっても、開発に至ることはなかったようだ。

真宵湖は天然の湖だが、貯水湖に近いのかもしれない。傾斜が厳しく深い窪地に水が湛《たた》えられていると考えればいいだろう。当然ながら、岸辺から離れるに従って、標高が高くなっていく。洞窟へ向かうには、この斜面を登っていくことになる。

「このまま洞窟まで歩いてみよう」

私は提案した。乙姫は元気そうだが、普段家にひきこもっている音野の体力が心配だった。

「音野はここで休んでおくか？」

「行くよ」

「大丈夫なのか？」

音野は青ざめた顔で肯いた。

洞窟まではわりと緩やかな斜面になっていた。途中、急な傾斜が一箇所あったが、歩いて越える分には問題にならない。

そして我々はとうとう、洞窟前の開けた空間に出た。数台の車が停まっている。マスコミだろうか。お揃いのジャンパーを着た男たちが、森の中から出てきた我々を見てぎょっとしていた。

「歩いて一時間。往復二時間か」

「時間がかかりすぎですね。でもゆっくり歩いてきましたし……」

乙姫が云う。

「それに我々は湖を迂回《うかい》してきましたからね。湖上を直進していればもっと時間の短縮が可能でしょう。なあ、音野」

「はあ……はあ……は……」

「まずい、音野が虫の息だ」

「ちょっと休んでいきましょう」

乙姫はリュックサックからビニールシートを取り出してその場に広げた。

「名探偵さんを見習って、今日は私が用意してきました」

「さすがです」

我々はシートの上に座った。音野は仰向けに寝転がる。

「結局、空飛ぶ舟は見つかりませんでしたね」

「やはりぐるりと湖を見て回るしかないのかな」

私が云うと、音野はぶるぶると首を振った。

「そういえば」乙姫はふと何かを思い出したように云った。「空飛ぶ舟を見た夜のことなんですけど……」

「ええ」

「変な音を聞いた気がするんです」

「変な音？　モーター音ですか？」

「いえ、舟を目撃するちょっと前なんですけど……なんというか、キリキリというか、キュウキュウというか……表現しづらい音なんです」

「それは波の音や木々の音とは違うんですか？」

「はっきりとは云えないんですが、そういう自然の音とは違うように感じました」

「キリキリ、キュウキュウ……？」

「マッシーの鳴き声かもしれませんね」

乙姫はくすくすと笑う。

「マッシーですか」

「ああ、そういえばマッシーまんじゅうも持ってきましたよ。召し上がりますか？」

「あ、はい。ありがとうございます」私はマッシーまんじゅうの包みを取る。「ほら、音野、マッシーまんじゅうだぞ」

私は仰向けになっている音野の口にマッシーまんじゅうを突っ込んであげた。音野はもうろうとした意識のまま、もぐもぐとそれを食べ始めた。これで体力も回復するだろう。

「さて、そろそろ戻りましょうか」

我々は立ち上がり、元来た道を引き返した。今度はほとんど下り道なので、さきほどよりは楽だった。音野も歩き慣れてきたのか、途中で立ち止まることもなかった。

スタート地点辺りまで戻ったところで、そこからさらに湖に沿って反対側まで歩き続ける。進むに従って、湖と陸地の落差が顕著になっていく。一番高いところで、湖面から三、四メートルほどの高さのある崖になっている。柵もないので、落ちたらかなり危険だろう。しかし湖面に近い低地よりも、遠くまで見渡すことができる。

「あんまり崖に近づくと危ないですよ」

切り立った崖の先に立つ私に、乙姫が声をかける。

「ここからなら、湖に異変があればすぐに見つけられますね。如月さんに教えてあげようかな。マッシー探索にもUFO探索にも向いてる」

湖は靄がかかっていて、今ははっきりと湖面を見ることができない。私は目を凝らしてマッシーの影を探してみたが、何も見つからなかった。

諦めて崖を離れる。

「出直しましょうか」

我々は屋敷へ戻ることにした。

途中、崖のふもとに、ぼろぼろの小屋が建っているのに気づいた。

木造の小屋が荒廃し、ほとんど自然と一体となっていて、注意しなければ見過ごしてしまいそうだ。事実、私は今まで気づかなかった。

「あの小屋はなんです？」

「昔、湖で漁をしていた頃の名残だと思います」

「真宵湖で漁？」

「ええ。けっこう本格的にやっていたそうです。大きな船を出して網を張ったり……でもここ十年はもう誰もやりません」

「魚がいなくなっちゃったんですか？」

「いいえ、漁業を継ぐ人がいなくなって、組合が潰れてしまったんです。もともと伝統だけで継がれていたようなものだったみたいですしね」

「じゃあ、あの小屋は漁の道具を置くために使われていたんでしょうか」

「たぶん、そうだと思います。私も詳しいことはわからないのですが」

私はボロ小屋に近づき、吹きさらしになっている中を覗いてみた。ボートでも隠されているのではないかと考えたのだが、それらしいものは何もなかった。

床から雑草が生え、小屋全体を覆いつくそうとしている。その中に、錆びた金属質の物体が転がっていた。漁業用の巻き上げ機だろう。筒形の塊にぼろぼろの網の一部が絡まっていた。

さすがに犯人もこんなところに事件の重要な証拠を隠したりはしないか。私は諦めて小屋から離れた。

ぽつりぽつりと雨が降り出した。この村に来てからずっと天気が悪い。我々は屋敷へ帰ることにした。

結局、湖の探索は何も得ることなく終わってしまった。

10　解決一歩手前編

応接間ではまだUFO研の連中がマッシー談義に花を咲かせており、我々は彼らに巻き込まれるのを避けて、乙姫の部屋に集まった。乙姫の部屋は思ったほどおしゃれな飾り気などなく、意外にもタワー型のパソコンや、ノートパソコン、数台の液晶ディスプレイ、外付けのハードディスクドライブなどが機能的に並べられており、彼女のマニアックな趣味を窺わせた。

「犯人の痕跡は何も見つけられませんでしたね」

乙姫は残念そうに探検用ヘルメットを脱ぐ。

「そうとも限りませんよ」私はにやりとして云う。「実は思いついたことがあるんです」

「え、何かわかったんですか?」

「さっき崖から湖を見下ろした時、わかったんです。ここからグライダーで滑空すれば、反対岸までひとっ飛びで行けるんじゃないかと」

「あっ! その可能性はありますね」

乙姫は感心したように云う。

「飛んでいるグライダーを真横から見た時、舟の形をしているように見えたのかもしれません。

乙姫さんは、たまたま犯人がグライダーによる滑空の練習をしていたところを見てしまったんですよ。空飛ぶ舟の正体は、グライダーです。おそらくは手作りで、分解処理しやすいものだったと思われます」

「そのグライダーを使うことで、犯人にとっていいことがあるんですか？」

「屋敷の倉庫に保管されていたスペアキーを利用することが時間的に可能になります」

「ということは、犯人は私の家にいた誰か……」

乙姫の表情が曇る。

「まだ可能性の話ですから」私は素早く云い繕う。「スペアキーを利用できた、という事実を検討しているんです」

「でもグライダーを使って洞窟へ向かったとして、帰りはどうするんですか？　確かに洞窟から湖への道も斜面になっていますけど、木が邪魔でグライダーでは飛べないんじゃないですか？　それにグライダーで帰ってくるには、車やボートで引っ張って飛ばすしかないですよね。一人では無理なので、複数犯ということになりますね」

「確かにそうですね。たとえば帰りはバイク……いや、音で気づかれるから、自転車とか……いやいや、複数犯だとすれば協力してカヌーを高速で漕ぐとか！　そうだよ、これだ。行きはグライダー、帰りはカヌー！」私は自信たっぷりに肯く。「どうだ、音野。完璧じゃないか？これでアリバイに関しては白紙に戻った。空飛ぶ舟の謎も解けた」

「グライダーは無理だと……思う……」

音野は元気のなさそうな声で呟く。ひきこもりなのに山歩きをさせられて相当消耗しているようだ。私は彼にマッシーまんじゅうを食べるよう促す。

「無理って、どうしてだい」

「犯人は……たぶん……被害者と一緒に舟に乗っているから……その時被害者が生きていたのか、死んでいたのかはわからないけど……あの高さと距離では二人を乗せて飛ぶことは無理だと……思う……それだけ大きなグライダーを飛ばすことは無理だよ……」

そうか。

犯人は洞窟以外の場所で被害者を殺害し、屍体を運搬していると考えられる。もし犯人がスペアキーを利用したとすれば、屋敷を出た被害者を呼び止めて一緒に洞窟へ向かうか、あるいはその場で殺害し屍体を運搬する必要がある。つまり空飛ぶ舟は二人乗りでなければならないということだ。

考えれば考えるほど、スペアキーを利用した犯行は不可能に思えてくる。

やはりマスターキーを利用した共謀殺人ではないのだろうか？

しかし音野の考えは違うようだ。彼は何かに気づいている。

「暗かったので見落としはあると思いますけど……やっぱり舟の形をしていたように思います」

乙姫が云う。

「舟以外には、何か見ませんでしたか？　他に何かが空を飛んでいたとか」

「うーん……」

乙姫は自分の記憶に自信をなくしかけているようだ。

私は話を変えることにした。

「そういえば乙姫さんは絵本に詳しいですか？」

「いいえ、子供の頃に何冊か読んだことがあるくらいですけど……」

「実は、怪盗マゼランというのは、絵本に出てくる登場人物であることがわかりました」

「えっ」

「その絵本を書いた作家が、この村にいたそうです。ご存じないですか？」

「あ……」乙姫が急に不安そうな顔つきになる。「もしかしてその作家は、女性ではないですか？」

「詳しくは聞いてないので、わかりません。何か心当たりが？」

乙姫は私の質問には答えず、青ざめた表情で突然パソコンに向かった。短くキーボードを打つ。インターネットで何かを検索するつもりらしい。

「あ！　ありました。たぶんこれだと思います。タイトルは『ゆめみる怪盗マゼラン』……刊行日は五年前ですね。作者名は『ゆうりゆりこ』……」

私は乙姫の頭越しにディスプレイを覗いた。出版社のサイトらしい。表紙のイラストイメージには、タキシードを着たデフォルメキャラクターが森の中を走っている様子が描かれていた。

『さくひん紹介・なんでもぬすむ怪盗マゼランがもりの大切な木をぬすんでにげた？　くるま、みずうみ、わんちゃん、怪盗マゼランはつぎつぎにぬすんでしまいます。おそるべき怪盗マゼランのもくてきはいったい?』

乙姫がサイトに書かれている文章を読み上げる。こころなしか、彼女の声は震えているように聞こえた。

「どうしたんですか、乙姫さん。何か気づいたことがあるんですか?」

「もっと早く……もっと早くこうして調べていれば……」

「それは私も考えましたが、仕方ないですよ。まさかネット検索でひっかかるとは思いません

し」

「違うんです!」

「違うって……何がですか」

「この作者の方、亡くなっていませんか?」

「警部はそう云ってました」

「やっぱり!」

「どうしたんですか、何か思い当たる節があるなら、云ってください」

「私たぶん、この人知っています」

「作者の『ゆうりゆりこ』ですか?」

「はい」

「誰なんです?」

「以前、この村で車の事故があって、亡くなった女性がいるんです。あ、いえ、祭の日の自動

車事故とは別です。それよりも数年前のことなんですけど……きっとその人です。私の知っている名前とは微妙に違いますが、この名前はペンネームでしょう」

「どんな事故だったんですか？」

「女性の運転する車が、道路わきの用水路に落ちてしまったんです。接触事故なのか、単独事故なのか、わかりません。実際はそんなにひどい事故ではなかったそうなんですけど……その後、誰も彼女を助けなかったんです。女性はシートベルトもしていたそうですし、事故直後はまだ生きていたという話もありますが……でも自力では動けない状態だったのは間違いないと思います。彼女は三日間そのままの状態に置かれ、衰弱し、死んでしまったそうです」

「三日も？　どうして三日も、誰も助けなかったんですか」

「誰も気づかなかったんです」

「気づかないような場所だったんですか？」

「そうとも云えますし、そうじゃないとも云えます。普通の町ならあり得ないような話かもしれませんけど、ここはご存じのように過疎の村ですから、誰も通りかからなかったということも、充分にあり得るんです」

「いや、それにしても……」私は納得できずに云う。「三日も事故車の存在に気づかないなんて……女性に家族はいなかったんですか？」

「そのようです。一人でこの村に移り住んできた方らしくて、『よそ者』としてわりと有名な方でした。何の仕事をしているのかもよくわからないし、噂になることも何度かありました」

「乙姫さんも、女性のことを詳しくは知らなかったんですね？」

「はい」

「でも、その亡くなった女性が絵本作家であることを知っていたみたいですが……」

「もしかしたら、と思ったんです」

「それは何故です？　何かきっかけがあるんですか？」

「実は……」乙姫は俯く。「その女性が亡くなった場所に、花束と一緒に、数冊の絵本が供えられていたのを見たことがあるんです。女性は子供ではないのに、どうして絵本なんだろうと、不思議に思ったので強く印象に残っていました。その記憶が今、ふと蘇ったんです」

「なるほど。その女性を知る誰かがお供えしたんですね」

「そうだと思います」

「怪盗マゼランを名乗る人物が、その女性のことを知っていたのは間違いありません。その女性と関係の深い人物が、この村にいませんか？」

「そのことなんですけど……」

乙姫は云いづらそうにしている。

「何か知っているんですね？」

「はい……」

「教えてください」

「その女性と、私の兄が……仲よさそうに歩いているのを、一度だけ見たことがあるんです」

「譲太郎さんですか」

「はい」

「音野」私はさきほどから沈黙したままの音野の方を向いた。「もしかして、そうなのか?」

音野は一度だけ、小さく肯いた。

「でも、でも、兄には犯行は不可能でしょう？」慌てた様子で乙姫が云う。「だって、ずっとこの屋敷にいたと云ってますし！」

「確かにそうですが、実際に存在を確認されているのは倉庫の片付けをした時だけですね」

「でも屋敷と洞窟を往復することなんて！」

乙姫はそこまで云ってから、はっとしたように気づく。

「それを可能にする方法が」

「空飛ぶ舟……」

「ええ」

私と乙姫は解答を求めるように、揃って音野に顔を向けた。音野はびっくりしたように首を振って、口をつぐんでしまった。

「空飛ぶ舟のことがまだわからないのか？」

私が尋ねると、音野は首を横に振った。

「もうわかってるのか？」

音野は首を縦に振る。

「じゃあ事件はもう解決じゃないか。早く岩飛警部に知らせてこよう」

「ま、待って」

腰を浮かしかけた私を、音野が右手で制した。

「どうした？」

「まだ……調べないといけない……もし間違ってたら……だって……困るし……」

「調べるって、何を？」

「『ゆめみる怪盗マゼラン』を読まなきゃ……」

「でも在庫なしって書いてあります」

乙姫がサイトを見て云う。

「警部に相談すれば、なんとかなるかもしれない。聞いてみよう」

私はすぐに携帯電話で岩飛警部を呼び出した。いつもなら何度コールしても出ないのだが、今日に限ってはすぐに出た。

『三流、ちょうどいいところにかけてきたな。これから神輿を担いでいた連中のところへ事情聴取に行くぞ。お前も来い』

「どうして私が行かなきゃいけないんですか？」

『事件当時、お前は連中とずっと一緒だったんだろ。いろいろ証言してもらうぜ。場合によっちゃ署までの長旅に付き合ってもらうことになる』

「彼らを警察に連行するってことですか？」

『事情を聞くだけだ』

「そのまま逮捕するつもりじゃないでしょうね？」

『まだそんな段階じゃねえよ』

「それならよかった。逮捕はもうちょっと待った方がいいですよ。うちの名探偵がようやく眠りから覚めたみたいなんです。犯人も犯行方法もわかっているんですが、一つ欠けている情報があるらしいんです」

『何だよそれは』

「怪盗マゼランです。それで一つお願いがあるのですが、『ゆめみる怪盗マゼラン』という絵本をどうにかして手に入れることはできませんか？」

『お前らまだ怪盗マゼランにこだわっていたのか』

「事件の根本はそこにあるんです！」

『なんだよ、探偵がそう云ってるのか？』

「はい。どうしても絵本が必要だって」

『絵本なら部下が取り寄せた。署に来ればあるぞ』

「えっ、もう手元にあるんですか？　やけに手際がいいですね」

『警察をなめるなよ。こっちだっていろいろ考えてるんだよ。若柳たちの犯行だとしても、動機の点で釈然としないことが多いからな。もしかしたら絵本作家の死が何か関係しているんじゃないかと調べてみた。結果的には何も出てこなかったが……』

「その絵本をすぐに持ってきてください」

『俺だって忙しいんだから、お前が取りに来い』

「……ちぇ、わかりました、すぐ行きます」

『舌打ちすんな！』

私は音野と乙姫を残し、一人村を離れて、岩飛警部のところへ向かうことにした。

もうすぐだ。

もうすぐ怪盗マゼランの正体がわかる。

11　ゆめみる怪盗マゼラン

ある村に大きな木が立っていました。

村のみんなはその木の下にあつまって、はなしをしたり、おどったりしてなかよくくらしていました。

ある日のことです。

村のみんながひろばにいくと、なんと木がなくなっていました。

「これはいったい、どうしたことだろう」

そのころ、村ではいろんなものがなくなるじけんがつづいていました。

村長さんはじまんのくるまをぬすまれて、ひどくおこっています。

「わしのくるまをぬすんだのはどいつだ！」

「ぬすんだのはきっと怪盗マゼランよ」

だれかがいいました。

「ひろばの木も、怪盗マゼランがぬすんだんだ！」

怪盗マゼランはその村にすんでいました。

けれども村のみんなは、かれがどろぼうだとうわさして、だれもちかづこうとはしませんでした。

「かれは町でゆうめいな怪盗マゼランよ」

そのとおり、かれこそが怪盗マゼラン！

かれにぬすめないものはありません。

その日のよるには、村でいちばんきれいなみずうみをぬすみだしたのでした。

「かんたん、かんたん」

村長のくるまにみずうみを乗せて、怪盗マゼランはにげます。

「わたしにぬすめないものはない」

みちのとちゅうで、うつくしい花畑をみつけたので、怪盗マゼランはぬすみました。

「かんたん、かんたん」

きよらかな川をみつけたので、怪盗マゼランはぬすみました。

「かんたん、かんたん」

いきばをなくした子犬や子猫をみつけたので、怪盗マゼランはぬすみました。

「どうぶつたちも、みんな乗りなさい」

こうしてくるまには、みずうみや花畑や川やどうぶつたちが乗せられました。

「さあいこう、あたらしいところへ」

怪盗マゼランのゆくさきにはあたらしい村ができました。

ところがなにかたりません。

村のみんなが大切にしていた、あの大きな木はありませんでした。

「マゼランさん、どうしてあの木がないんですか？」

子猫がたずねました。

「わたしはあの木をぬすんではいないよ。村のかいはつのじゃまになるからって、村長が切ってしまったんだ」

そうです、あの木は村長さんが切ってしまったのです。

「でもしんぱいいらないよ。ほかの大切なものはぜんぶ、わたしがぬすんだからね。ここに、あたらしい木をうえよう。きっといい村ができるよ」

12　逃走編

「さて、皆さんお集まりですね」

松前家の応接間に集まったのは松前周五郎と譲太郎、乙姫の三人と、私、岩飛警部、そして名探偵音野順。いつものように音野は部屋の隅で固まっているだけなので、私が話を切り出す。

「あの隅っこにいる名探偵が、この金延村で起きた怪盗マゼラン事件をついに解決しました。それでは彼から説明してもらいましょう」

「あ、う……」

音野は彼なりの挨拶で応える。

「怪盗マゼラン事件だって？　やはりすべては怪盗マゼランを名乗る者の仕業《しわざ》だったのか？」

周五郎が尋ねる。

「は、はい……たぶん……」

音野が目を逸らしながら云う。

「たぶん？」

「きっと……」

音野が口ごもり始めたので、私が助け舟を出す。

「すべての始まりは怪盗マゼランによる予告状でした。怪盗マゼランを名乗る者が犯人であることは間違いありません」

「それで、怪盗マゼランは誰なんだ？」

「待ってください、警部。順を追って話しますから。音野が」

私が云うと音野はびっくりしたようにこちらを向いた。

「あ、あの……か、怪盗マゼランは……五年前に生まれました。当時この村にいた『ゆうりゆりこ』という名前の絵本作家の手によって……」

「絵本作家？」周五郎が首を傾げる。「この村に絵本作家などいるのか？　だったら、そいつが犯人じゃないか」

「いいえ、その方はもう亡くなっています。『ゆめみる怪盗マゼラン』という絵本を書いてからすぐに自動車事故で……事故車が三日間放置され、運転手の女性が亡くなったという出来事を覚えていませんか？　その亡くなった女性が『ゆうりゆりこ』さんです」

「あ、ああ！　それなら覚えているぞ」

「とても不運な……事故でした。作家の死とともに、絵本の主人公である怪盗マゼランは消えてしまいましたが……それと同時に、現実に怪盗マゼランが生まれたのです」

「現実に？」

「それが今回の、は、犯人です」

「ふむ。五年も前に怪盗マゼランが生まれていたのか」

「はい……その犯人……怪盗マゼランは、やがて村の祭を邪魔するようになりました……花火事故などを起こして、祭を中止させようとしたのです。けれども、今まで祭が取りやめになることはありませんでした」

「当然だ、百年と続く伝統を我々の代で終わらせることはできん」

周五郎が威厳を示すように云う。

「で、でも……怪盗マゼランは……どうしても祭を中止させたかったんです」

音野は周五郎に気押されながら云った。

「とすると予告状も本気だったということか？　怪盗マゼランは金塊を盗み出して、祭をやめさせようと……」

「い、いいえ。予告状はあくまで事件を目撃させる第三者を呼ぶためのものでした。本来なら……警察が呼ばれることも考えていたのではないかと思います。あるいは予告状を真に受けて祭が中止になるのなら、最良の結果ですが……やはり祭は行なわれることが決まってしまいました。そして怪盗マゼランは決意したのです。祭を中止させるには人を殺すしかない、と」

「むちゃくちゃな話だ。まったく、そんな動機は考えられん」

岩飛警部は呆れたように云う。

「結局、我々が事件の一部始終を観察していたことによって、不可能状況がはっきりしたわけだ」私はまたしても犯人に利用されていたことに悔しさを覚えていた。「遺体が運び込まれた洞窟は、二重の門があり、事件前には錠前によって封鎖されていたことがわかっている。この錠前を開けるには、神輿を担いでいた若柳さんの持つマスターキーか、松前家の倉庫にあるスペアキーを使うしかない……けれどもマスターキーは常に肌身離さず所持されており、一方、スペアキーが持ち出された形跡はなく、また時間的にも洞窟と屋敷の往復は不可能と考えられる……」

「どう考えたってマスターキーを持っていた人が怪しいでしょう？」

譲太郎が口を挟んだ。

「警察もそう考えたんですよね？」

私は岩飛警部の方を見る。

彼は口元を歪めて肩を竦《すく》めるだけだった。

「それこそ……は、犯人の罠というか……企みというか……計画というか……」音野が遠慮がちに云う。「所在がはっきりとしているのに、それを犯行に用いるのは、あまりにも安易というか……」

「ではスペアキーを使ったというのか？」

岩飛警部が尋ねる。

「スペアキーはずっと倉庫にあったのだぞ？」

周五郎が云う。

「でも……誰かが見張っていたわけでは……な、ないですよね……」

「そうだが、しかし七時にも八時にも鍵は倉庫にあったんだぞ。確かにこの目で見ている」

七時は被害者の死亡推定時刻でもある。そして八時は屍体発見時刻だ。

「スペアキーによく似せたダミーだったということもありませんよ。見ればすぐにわかりますからね」

譲太郎が付け加える。

「スペアキーを持ち出して、屋敷と洞窟を往復するのは不可能だ」

岩飛警部が云った。

「いいえ……か、可能なんです……たぶん……」

「たぶんじゃないだろ」私は素早くつっこみを入れる。「可能なんだ。そうだろ？」

「う、うん……」

「一体どうやって！」

「それにはまず……乙姫さんが見たという空飛ぶ舟の話をする必要が……」

音野がもごもごと何か云っているので、私は彼に代わって空飛ぶ舟の話を披露した。もともとは乙姫の話だが、我々が湖の探索で調べたことも付け足して話した。

「絵本の話に次いで、今度は一体どんな夢物語だね。舟が空を飛んでいたって？　そんなことがあるわけないだろう」

周五郎はいよいよ機嫌を悪くし始めたようだ。

「でも私、見たんです」

乙姫が真剣な顔で云う。

「お前は寝ぼけていたんだ」

「いいえ、見ました！」

「ではその空飛ぶ舟について、名探偵から説明してもらおうではないか。当然、説明できるんだろうね？」

「は、はい……」

「大丈夫か、音野」

「うん。舟が空を飛ぶ……その話を聞いただけでは、荒唐無稽に思えますが……もしも空飛ぶ舟がアリバイを作るために利用されていたとしたら……今回の不可能犯罪も可能になるのではないかと……思ったんです……」

「どういうことだね？」

「屋敷を出て洞窟まで行く場合、村の道を通るために、どうしても往復に時間がかかってしまいます。この距離を縮めるためには、屋敷の裏手から洞窟まで、点と点を一直線に結び、その線上を行き来すればいいのです。けれども、その最短距離を行くには、どうしても湖上を通過する必要が出てしまうのです。これを高速かつ静かに行なうには……舟が必要なんです」

「モーターボートか？」

「モーターボートでは……派手な音がします」

「しかしあの湖なら、村までモーター音は聞こえまい」

「でも……この屋敷には音が届いてしまうのではないですか？　窓から湖が見えるくらいですし、モーターボートの音は必ず届いてしまうでしょう」

「うむ、確かにそうだな。ではモーターボートではないとすれば、一体何を使って湖を渡るというのだね。空飛ぶ舟とはなんなんだ？」

「それは……普通の舟です」

「普通の舟は空を飛ばない」

「はい。だから空に道を作るんです」

「空に道？」

「犯人は空中にレールを敷いたんです」

「どういうことだ」

「湖ではかつて漁業を行なっていたことがあるそうですね。だとすれば、網を巻き上げる機械もあったと思います。漁業が廃れて以降保管されていた機械……あるいは新しく何処かで購入した機械……どちらでもいいのですが、それを用意して、湖の崖上に設置するんです。杭のようなもので地面にしっかりと固定して……」

「巻き上げ機を固定？」

「はい。でも巻き上げるのは網ではありません。漁業用の頑丈なワイヤーロープです。長い長いワイヤー……それも湖上を横断するほどの……その長いワイヤーの端を、湖のほとりに打ち込み、固定します。一方は崖上の巻き上げ機に繋がっています。巻き上げ機を起動させるとワイヤーが引っ張られて、たるみはなくなります。空中にピンと張られたワイヤー。そのワイヤーを二本用意して、平行に渡せば……立派なレールになります。崖上から反対岸までは下りの傾斜になっていて、そのレール上にトロッコ様のもの……たとえば舟の底にトロッコの車輪を取りつけたものを載せれば……空を駆ける舟になります」

「空中にワイヤーのレールを敷く……だって？」

岩飛警部は言葉をなくしたようにきょとんとした目で音野を見つめた。

音野の説明により、私はようやく空飛ぶ舟の姿をリアルに想像することができた。今まではどうしてもファンタジーというか、それこそ絵本や童話じみた話として、輪郭のはっきりしない想像しかできなかったが、今は違う。二本のワイヤーをレールにしたトロッコ舟の姿が想像できる。

「し、しかし巻き上げ機だってモーターや発電機で動かすわけだから音がするだろ」

「モーターボートの音ほどではないと……思います……」

「それが空飛ぶ舟の正体だったんですね」

「はい……それにマッシーの正体でもあると思います」

「マッシー？」

「レール用のワイヤーは、いつもは湖中に沈んでいます。人目についたら大変ですから……これを崖上から巻き上げ機で巻くことによって、ピンと張りのある空中レールにすることができます。犯人は何日も時間をかけてこれを設置したと思います。もともと漁業用のワイヤーロープなので、錆びる心配はありません。設置する過程で、ワイヤーが湖面近くを漂う不気味な生物の影に見えてしまったこともあるかもしれません。それがたまたま誰かに目撃されてしまったこともあるかもしれません」

「湖中のワイヤーがマッシー？」私はマッシーのファンになりかけていただけにショックだった。「そうか、乙姫さんが聞いたマッシーの鳴き声は、巻き上げ機の音だったんだな。それにしても随分と長いワイヤーを用意したもんだ。長さにして一キロ以上はあるし、重量も相当なものになるだろう？　それを空中に張り渡すなんて、本当にできるのか？」

「なるべく軽くて丈夫なワイヤーを選んだと思うけど……巻き上げ機の性能次第では、不可能ではない……と思う……」

乙姫が夜中に見た空飛ぶ舟は、暗くてワイヤーのレールが見えなかったのだろう。

「しかし……」周五郎が戸惑ったように声を上げる。「犯人はどうやって空飛ぶ舟を利用して犯行に及んだというのかね？」

「被害者の上川さんが鍵の所在を確かめるためにこの屋敷を訪れて、出ていったのが六時頃ですね。この時、犯人は屋敷を離れようとする被害者を呼び止めます。そして足止めします。被害者の身体に手足を縛った痕跡や、睡眠薬などが用いられた形跡はないみたいなので、単純に会話をすることでその場に留めたのではないかと思われます。被害者の死亡推定時刻はこの一時間後。犯人は屋敷の近く、人目につかない森の中で、被害者を、さ、刺します」

「屋敷の近くで？　ということは洞窟まで屍体を運んだということか？」

「はい……そのための空飛ぶ舟です。でもその前に……倉庫からスペアキーを盗まないといけません。この鍵がないと洞窟には入れません」

「七時といえば、ちょうど倉庫の片付けをした頃だ。その時鍵はあったぞ」

「その直後に盗まれたんです。犯人は鍵を持って、屍体とともに舟に乗り、ワイヤーのレールで崖上から一気に反対岸まで駆け抜けます。当然、舟はあらかじめ森の中に隠しておいたのでしょう」

「反対岸に着いたらどうするんだ？」私は尋ねた。「そこから洞窟まで登り道になっていただろ。屍体を担いであの登り道を進むのはけっこう大変じゃないか？」

「レールはまだ続いていて、慣性というか……勢いで……登り道の中腹くらいまでは行ける……」

「まだレールが続いているのか？　レールは湖上だけじゃないのか？」

「山道のレールは単純に、二本のワイヤーを平行に並べただけ……真っ直ぐではなく、多少曲がっていてもいいけど……それでもレール上のトロッコを押す要領で、屍体を洞窟近くまで運ぶことができるんだ……ワイヤーのレールは金具を打ち込んで固定していた可能性もある……ワイヤーの痕跡は残ったかもしれないけれど、森の中では注目されることもない……」
「つまり森の中、洞窟近くまで、ワイヤーのレールがずっと繋がっていたということか」

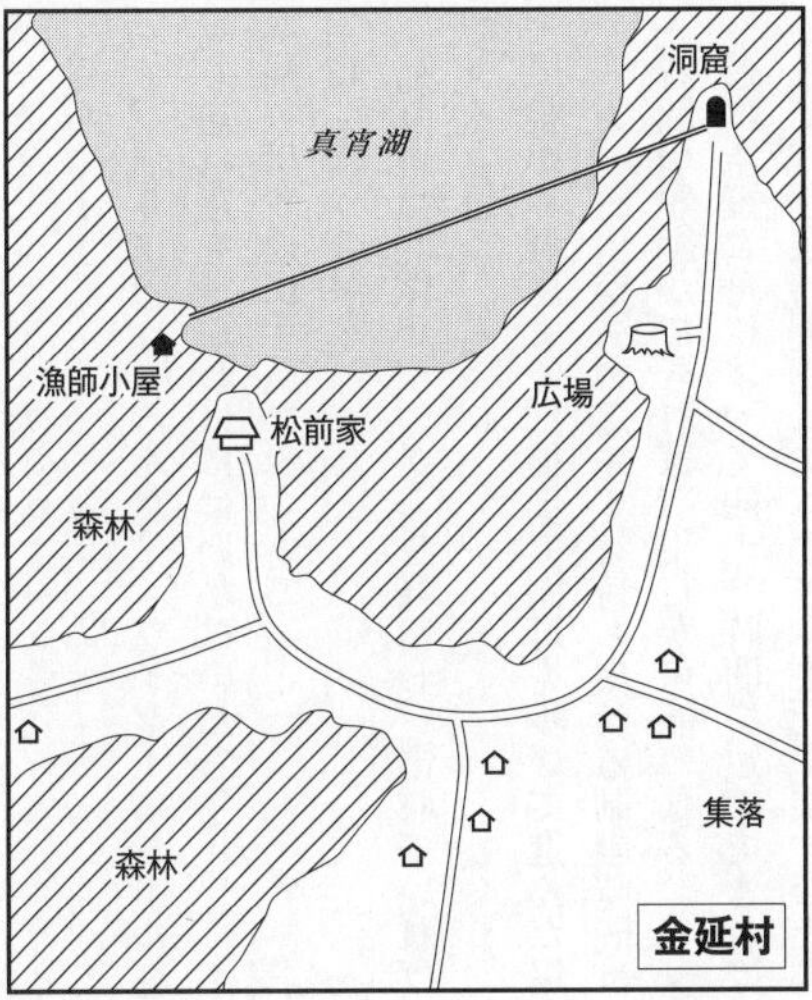

「うん……」
洞窟の中にも模造のレールがあったので、車輪のついたボートをそこまで押していけば、さらにレールに載せることができたかもしれない。さすがに車輪の痕跡が残ってしまうので、犯人が実際にそうしたかどうかはわからないが、事件前後には雨が降っているので、痕跡が消えることを見越して、屍体を乗せたボートを押して洞窟内まで一気に進んだ可能性は充分にある。
「屍体を洞窟の奥に置いたのは、やはりマスターキーを持っている人間が犯人であると思わせるためか」

「うん……」

「で、帰りはどうするんだ？　ワイヤーのレールを処理しながら湖まで降りなきゃいけないし、帰り道は空を飛ぶわけにはいかないだろ？」

「帰りは普通に手漕ぎボートで……」

「間に合うのか？」

「帰り道は屍体がないから身軽だし、慣れていれば徒歩で湖畔を歩くよりずっと早く湖を横断できると思う……」

屋敷から洞窟まで、徒歩で湖畔を歩いて進んだ場合、往復二時間かかる。

一方、犯人がスペアキーを持ち出せる制限時間は一時間。つまり往復二時間かかるところを、一時間の短縮ができれば、犯行が可能になる。

仮に空飛ぶ舟によって四十分時間を短縮できれば、帰り道はその半分、二十分だけ短縮することで、制限時間内にスペアキーを元に戻すことができる。

大ざっぱな計算だが、空飛ぶ舟ならもっと時間を短縮できるだろうから、帰り道が手漕ぎのボートだけでも間に合う計算になるだろうか。

「なるほど、空飛ぶ舟を使って、屋敷と洞窟との往復時間を短縮し、一見不可能に見えるスペアキーの持ち出しを可能にしたわけか」岩飛警部は腕組みして云った。「ということは、犯人は……」

「わ、わしじゃないぞ！」

周五郎が慌てて手を振る。

「おい、探偵。つまり犯人は誰なんだよ？」

「犯人は何年も前から、祭を中止させようとしているんです。松前周五郎さんなら、そんなことをする必要はないです……一言『やめよう』と云えば、やめさせられるだけの権力を持っているでしょうから」

「ほうら、わしじゃない。わしじゃないぞ」周五郎が嬉しそうに云う。「ということは……」

我々の目が一人の人物に注がれる。

スペアキーを持ち出すことができた人物。

「譲太郎、お前なのか？」

譲太郎はすでに、自分が疑われていることを覚悟している様子だった。どこかしら諦めた表情でもある。

「空飛ぶ舟に乗って、屍体を置いてくるなんて、とても僕には思いつかない話ですよ」

譲太郎は静かに首を振る。

「そ、そうだな。空飛ぶ舟だの、マッシーだの、こんなに馬鹿げた話はない」周五郎は冷や汗を浮かべながら肯く。「上川は全然別の誰かに殺されたのだろう。錠前を開けるのが得意な人間がこっそりやったんだ。そうとしか考えられん。だいたい、息子がやったという証拠でもあるのかね？」

「……湖の底を探せばいくらでも……たぶん……証拠品となりそうなボートや巻き上げ機などは、もう深い湖の底かもしれませんけど……ワイヤーの一部くらいなら見つかると思います」

そういえば音野が湖に落ちた時、湖中からワイヤーが出てきた。あれが事件と関係あるものかどうかはわからないが、調べてみる価値はあるだろう。

「仮に見つかったとしても、それが実際に犯行に使われたものだと示すことはできんはずだぞ？　空飛ぶ舟の話も、全部君たちの空想話だ。そうだな！」

周五郎は威圧的である。息子に殺人の容疑がかかっているとなれば、どんな手を使ってでも圧力をかけて打ち消してやるという意気込みの表われだろうか。

「音野、どうなんだよ」私は音野の傍に立ち耳打ちする。「なんか不利な状況になってないか？　このままうやむやにされるぞ」

「う、うん……」

音野は戸惑っている。

「お兄様」突然、乙姫が云った。「これでは『ゆうりゆりこ』さんは浮かばれません。祭はいずれ再開されるでしょう。今ここではっきりと、決着をつけておくべきではないですか？　そうしなければ彼女の想いは果たせませんよ！」

乙姫が何を云っているのか、私にはすぐには理解できなかった。

乙姫は気づいていたらしい。

怪盗マゼランの産みの親である絵本作家。そして彼女とひそかに通じていた譲太郎。

今回の事件は、彼らの関係に発端があるということを。

「僕は別に否定はしていないよ」譲太郎はゆっくりと首を振る。「空飛ぶ舟みたいな発想は、僕にはできない。でも彼女なら違う。空飛ぶ舟で湖を渡るのは、彼女が考えたことだ。もっともそれは童話のアイディアだったが、殺人のアリバイ作りのために使おうと考えたのは僕だ」

「お、おい、譲太郎、何を云っている！」

「名探偵さんの云う通りだよ。僕が上川さんを殺したんだ。空飛ぶ舟を利用してね」

意外にも彼は犯行をあっさりと認めた。

「お兄様、どうして上川さんを手にかけたのですか」

「もう説明はいらないだろう。彼が邪魔だから殺したんだ。それだけだよ」

「邪魔？　邪魔とはどういうことですか？」私は尋ねる。「全然わかりませんよ。あなたと絵本作家の女性は一体どういう関係だったのですか」

「ご想像の通りですよ。身寄りのない彼女が、ある日この村にやってきた。当時僕はまだ高校生。彼女は画家として活動していたけれど、村の人間たちには彼女が何をしている人間なのかまるで理解できませんでした。得体のしれない彼女のことをここの人間たちは『よそ者』と呼んで忌避していました。夏の夜、湖のほとりでスケッチしている彼女と僕は出会い、次第に彼女に惹かれるようになっていきました。ありがちな話かもしれませんが、この小さな村で生きてきた僕には、彼女の世界が新しく見えたんです。彼女は絵本作家になることを夢見ていて、五年前に、その夢を叶えました。彼女がその直後、事故で亡くなるまでは、彼女と一緒の日々が僕の誇りでした」

とつとつと語る彼の言葉を遮る者はいなかった。取り乱す様子はなく、彼が本当に殺人犯なのか疑わしく思えてくるほどだった。

「だからって、どうして上川さんを殺したんですか。事故車を放置し、彼女を見殺しにしたこの村の人間たちが許せなかったんですか？　誰でもいいから村の人間を殺そうと思ったんですか？　だからって、どうして祭を中止させる必要があるんです？　彼女に対する弔いを忘れ、楽しんでいる人たちが憎かったんですか？」

「いいえ、白瀬さん。全然違いますよ」譲太郎は口元にふっと笑みを零《こぼ》した。「確かに事故で彼女を失い、僕は周囲の人間たちを呪いました。彼女を救えなかったこの村の人間たち……でもそれには僕自身も含まれるのです。そんなことで村の人間を殺したくなるほど憎んだりはしませんよ。事故は事故……仕方なかったんです」

「それなら、何故！」

「あの祭ですよ」

「祭がどうしたっていうんですか！」

「別にわからなくていいんですよ。理解されたいとは思わない。この件が公《おおやけ》になれば、どうせ僕は狂人として扱われるだけです。別にそれでいい」

「当然だ、君は人を殺した。どんな理由があろうと人を殺してはいけない。それに……他人の命を奪っておいて、理解されなくてもそれでいいなんて云っちゃいけない。君は、人の命を奪った理由をきちんと説明する義務がある」

「ここまで僕を追いつめておいて、理由を説明しろなんて最後に云うあなたの方こそ、僕には理不尽に思えますよ。ねえ、白瀬さん。もう終わったことです。この一件で祭は完全に終わる。僕の役目はここまでです。今、ここで、命を絶ってもいい」

　譲太郎の言葉に、応接間の空気が一瞬にして凍りつく。

　しかしその空気を吹き飛ばしたのは、彼自身の乾いた笑い声だった。

「安心してください、死にませんよ。まだ」

「黙ってろ」ついに岩飛警部が動き出す。「逮捕状はまだだが、お前を捕まえる。悪いが自殺のおそれがあるため拘束させてもらうぜ」

　のっそりと動き出した岩飛警部を見て、突然音野が前に出る。

「どうした？」岩飛警部は怪訝そうに音野を見た。「まだ何かあるのか？」

「祭をやめさせたい理由……わかる……」

「ほう？」

「広場……木……」

　張りつめた空気に緊張しているのか、それとも怖気づいているのか、音野の声はぶるぶると震え、要領を得ない。

「なんだって、音野？」

「村の観光開発のために……木を切った……そうですよね？」

木を切った？

私は村の広場の中央にあった大きな切り株のことを思い出す。

「あ、ああ。本来あの広場は観光客を受け入れる駐車場になる予定だった。例によって頓挫したままだが……」

周五郎が答える。

「それがどうしたんだ？」

私がそう尋ねた瞬間だった。

譲太郎が勢いよく立ち上がり、応接間の出入り口のドアを摑んだ。

逃げるつもりか！

ドアが開く。

素早く反応したのは音野だった。

反応したといっても、実際には反射的に驚いただけ。私にはそのように見えた。

ところが、音野はそのまま走り出した。

そして何を思ったのか、そのドアから、一人で廊下へ逃げ出した！

犯人より先に逃げた！

譲太郎は予測しない出来事に驚いたようだが、気を取り直した様子で戸口に立ち、振り返ると、我々を牽制するように云った。

「動かないでください。まだやり残したことがあるんです。本当なら事件の騒ぎが落ち着いた頃にやろうと思っていたんですけどね」

そう云ってすぐさま廊下に出て、ドアを閉じてしまう。

「野郎っ！」

岩飛警部がドアに飛びつく。

直後、廊下側から重たい何かが倒れる音。同時に硝子《ガラス》の割れる音が響く。

「開かねえぞ！」

「今の音、廊下の棚を倒してドアが開かないようにしたんですよ！」

私は岩飛警部に加勢し、ドアを一緒に押す。廊下に倒された棚が少しずつ移動し、ドアが細く開いていく。これではまだ、我々は外に出られない。

「くそっ、窓から出るぞ！」

岩飛警部は時間のかかるドアを諦め、窓に近づく。素早く窓を開けて、ひらりと外に飛び出した。身軽な熊が宙を舞う。

いつの間にか雨はやんでいたが、足元はぬかるんでおり、スリッパ履きではとても不自由だ。

私は岩飛警部を追って外に飛び出し、屋敷をぐるりと回って玄関に向かった。

屋敷の横手から玄関へ進む途中、ちょうど玄関から走って出てくる二人の影を目撃した。

音野と譲太郎だ。

何故か二人揃って行動している。しかも何か白い大きな包みを、二人で一緒に小脇に抱えて走っている！

ついに音野が犯人の手によって人質にされてしまった！

いや、それにしては二人の距離が微妙だ。譲太郎は音野を脅しているようには見えない。傍から見れば、二人は仲よく併走しているようにさえ見えた。

よくわからない。

よくわからないけど、何故か音野まで犯人と一緒に逃走し始めた！

「どうしちゃったんだ、音野は」

「ついに狂ったか」

我々の目と鼻の先を横切るように走って逃げる二人。

しかしスリッパのまま追いかけてはいられない。我々は一度玄関から中に入り、靴に履き替える。そんな些細《ささい》な動作がもどかしい。

岩飛警部はスーツのポケットからさっと携帯電話を取り出した。

「警部、待ってください！」

「邪魔すんな、すぐに緊急配備だ！　あのアホ探偵もろとも捕まえてやる！」

「もしかしたら音野に何か考えがあるのかも」

「にわとりみたいにビビって逃げ回ってるんじゃなけりゃ、ついに犯人の肩でも持つようになったってわけだ。俺はいつかこうなるんじゃないかと思っていたぜ」

確かにそうかもしれない。

音野は犯罪者に対して同情しやすいというか、しなくてもいいのに犯罪者の目線に下りていく。名探偵なら上から見下ろす目線で、指差して、お前が犯人だ、と云っていればそれでいい。同情は彼らの関係者がしていればそれでいい。それなのに音野は、犯人が捕まったあとのことまでくよくよ考えたりする。それがいつかあだとなって、悪い結果になるのではないかというおそれが、私にはあった。

いずれ犯人に同情を誘われ、いいように利用されてしまうのではないか、と。

「ひきこもり野郎の足ならすぐに追いつける。行くぞ」

私と岩飛警部は飛び出した。

門の先、ちょうど道が曲がっているところへ消えていく二人の姿が見えた。

「余裕で間に合う！」

我々は走って門へ向かう。

そこへ突然、真横から白いワゴン車が現れた。

ワゴン車は門の前に横付けする形で停まり、見事に我々の行く先を封鎖してしまった。

ワゴンの横っ腹には、控え目な文字で『如月ＵＦＯ研究会』と書かれていた。

「行けー！　名探偵！　我々に構わず行けーっ」

ＵＦＯ研のおっさんが窓から顔を出して叫んでいる。

「てめえら邪魔するな！」

「殺すなら殺せ！　だが先には行かせないぞ」

「何を云ってるんだ！　あいつらは逃走中の殺人犯なんだぞ！」

「何を！　ウンニャラモニャラ……」

髪がぼさぼさの女性がいつになく攻撃的だ。何を云っているのかはよくわからないが呪詛《じゅそ》攻撃をされているようだ。

「如月さん、どうしてこんなこと！」

「すみません、白瀬さん」助手席から如月が顔を出す。「名探偵さんを信じてあげてください」

「信じてますとも！　でも追いかけなきゃ、何をやらかすか……」

「ふざけんじゃねえ、信じられるか！　あんな野郎早く捕まえて一生砂場の穴掘りでもさせとくべきなんだ！」

岩飛警部がワゴン車をガンガンと叩きながら云う。今にもボディがひしゃげそうだ。

「音野が何をやろうとしているのか、如月さんにはわかったんですか？」

「いいえ。でも何か大きなものを抱えていました」

「あれ、何でした？」

「さあ……布から木の枝みたいなものが見えましたけど……」

「木の枝？」

「そういやさっき、あのクズ野郎が広場がどうとか木がどうとか、云いかけてたな」岩飛警部が閃く。「広場だ！　やつらはそこに向かったに違いない！」

「そうか……」

私にもようやく見えてきた。

私は『ゆめみる怪盗マゼラン』の内容を思い出す。あれはまさしく金延村の出来事を、寓話的に子供向けの物語にした本だ。

物語の中に失われた大きな木が登場するが、それこそまさに広場の切り株のことだろう。かつてあそこには立派な巨木が立っていたに違いない。それが中途半端な観光地化によって切られてしまう。

そうか、わかった。

譲太郎にとって今回の事件は、『ゆうりゆりこ』の描いた夢、『ゆめみる怪盗マゼラン』の現実化なんだ。

それこそが、彼女を愛した彼の、弔《とむら》いなんだ。

しかし……どうして人を殺す？

彼女を見殺しにした村人への復讐？

いや、それは彼自身否定していた。ならばどうして殺人を犯したのだろう。どんな美談があろうと人殺しは絶対に許されない。

彼はそれをわかっているのか？

「如月さん、車に乗せてください。広場に行きましょう」

私がそう云うと、如月はしばらく考え込んだのち、肯いた。

「わかりました、行きましょう」

「いいんですか、代表！」

おっさんがうるさく口を挟む。

「うん。これ以上、白瀬さんの邪魔をするわけにはいかないわ」

「ありがとう」

「おい、俺のことも忘れんな」

岩飛警部が無理やりワゴン車に乗り込む。

「いざ、救世主様のもとへ！」

ハンドルを握るのは、あのよぼよぼのじいさんだった。妙に生き生きしている。

ワゴン車が急発進する。

「だ、大丈夫なのか？」

「運転は任せておけ！」

ハンドルを握っている間は十歳以上若返っているかのようだ。

しかしワゴン車はのろのろと道を進む。

私は窓辺から鬱蒼《うっそう》とした森を眺めながら、事件について考える。

譲太郎は祭をどうしてもやめさせたかった。しかし百年の伝統ある祭だ。祭をやめるべきだと父親に云っても聞かないことはわかっている。だから実力行使に出た。けれど、どうしてそこまでする？　どうして祭をやめさせたかったのか？

わからない。

まもなく、車は広場に着いた。

広場にはうっすらとした霧が漂っている。広場の中央に見えるのは、巨大な切り株。その近くに二つの人影があった。

二人は地面を掘っているようだった。遠目には夜な夜な墓荒らしに来る盗人のようである。

「音野！」

私が遠くから声をかけると、片方の影がびくりと動いた。どうやらそちらが音野らしい。

我々が近づいても、二人はもう逃げ出さなかった。

……仕事が終わったということか。

霧の中に見えてきたもの。

それは、植えられたばかりの小さな幼木だった。

音野と譲太郎は新しい木を植えていたのだ。

「探偵さん、ありがとうございました」譲太郎は音野に向かって深々と頭を下げた。「ご迷惑をおかけしました。もう何も思い残すことはありません」

彼がやり遂げたかったのはこれだったのか。

「たった一本の木を植えるため……ここまで……」

音野はそれを理解したうえで、殺人犯である彼と一緒に広場を訪れ、木を植えたのか。

「祭のたびに広場は荒らされ、植物は根付かない。広場を木々や花々でいっぱいにするには祭を終わらせるしかない。祭を終わらせるには人を殺すしかない」

譲太郎は決然とした表情で植えたばかりの木を見つめた。

それは彼女の願いだったのか。

それとも彼女に報いるための、彼の願いだったのか。

私にはわからない。

「松前譲太郎」岩飛警部はすっと彼の前に立つと、彼の頬を殴りつけた。「甘ったれるな。こんなことをして許されるわけがねえんだよ。一生かけて詫び続けろ。彼女に対してもな」

岩飛警部は幼木を指差して云った。

地面にくずおれた譲太郎は、目の前の幼木にすがるようにして、号泣し始めた。

「おい、クズ探偵。お前もだ。反省しろ」

岩飛警部はこともなげに音野を殴りつけた。

音野は二メートルくらい吹っ飛んで倒れた。

彼はしばらくそのまま起き上がれずにいたが、ようやく身体を起こして、宙に目をさまよわせた。

私は彼に近づいて手を差し伸べた。

「音野。次は私を置いていくなよ」

音野は私の手を取ると、よろよろと立ち上がり、植えられたばかりの木を哀しそうに眺めた。

怪人対音野要

1

チェシャー州チェスター郊外にあるバーンズ城は古城と呼ぶには見た目が新しく、現代にあってもなお廃れた気配はない。しかし歴史は古く、築城されたのは十七世紀頃とみられている。当時はイングランド中で市民戦争が起きていたため、バーンズ城は築城後間もなく破壊され、百年ほどの間、廃墟として打ち捨てられていた。再建されたのは十八世紀後半。ウェールズの貴族が居城とするために大幅な改築を施した。現在伝わるバーンズ城という名は、その貴族の名前に由来している。

バーンズ城の周囲にはのどかな田園風景が広がっており、揺れる若草の波の形から、風を目で見ることができた。

降り出しそうな雨空の下、牧歌的な風景には不似合いなドイツの高級車が、バーンズ城を目指して走っている。

「チェスターの中心地からそれほど離れてはいない。悪くない場所だ。観光客の中には、この景色の中に溶け込むことこそ、幸福だと感じる者も少なくないだろう」

後部座席に座る恰幅《かっぷく》のいい男が云う。豊かなグレーの髪が甘い香りのする整髪剤でうしろに撫《な》でつけられている。彼は現在、バーンズ城を所有する富豪のヘンリー・スネアーズである。

「芸術はこういうところから生まれるものだ。違うかね、オトノ君」

「たとえば『不思議の国のアリス』ですか?」

ヘンリーの隣に座る長身痩躯《そうく》の彼こそが、ドイツの国立楽団で指揮をするマエストロ、カナメ・オトノである。ダークスーツに身を包んだ姿は、そのまま指揮台に立てるほど優雅である。

「あれは芸術とは違う。おふざけだ。とはいえここはルイス・キャロルの故郷でもある。彼の名を使わない手はない。客を呼び込むためにはな」そう云ってヘンリーはにやりと笑った。

「私が城を買った時、あんな田舎に住んでどうするんだと揶揄《やゆ》した者もおったが、とんだ見当違いだよ。私はあれをホテルにして、金持ちの客を招くのだ。国内外から……たとえば君の国、日本の観光客とか」

「今の日本人はブランドよりエコロジーです。そういう意味では、ここの環境は最高です。空気が美しい。悪くない計画だと思いますよ、スネアーズさん」

「ヘンリーでいい」

「ヘンリーさん、それで私に見てもらいたいものというのは、そのお城ですか? それとも、城をうろつく幽霊?」

「おお、君は鋭いな。そう、確かに古城には幽霊の噂でもないと始まらん。むしろ幽霊でもいた方が、客に対してはいい宣伝効果になる。夜な夜な、誰かがシーツを被って城をうろつけば、そのうち幽霊城として有名になることもあるかもしれんな」ヘンリーは機嫌よさそうに云う。

「実は我がバーンズ城にも、怪しい伝説の一つや二つないわけではないが、しかし今日君を呼んだのは別の理由があってのことだ。シーツを被ってもらうために、高名な音楽家を呼んだりはせんよ」

「高名だなんて」

オトノは謙遜《けんそん》するように云ったが、言葉半ばでヘンリーがそれを遮《さえぎ》る。

「オトノ君、宝探しは好きかね？」

「宝探し？」

「小さい頃、友人たちとやった経験はないか？　宝は……そう、なんでもいい。きらきらした石でも、ピーナッツバターの瓶に入れたコインでも。それを野山に隠して、宝の地図を作り、友人たちと探し当てて遊ぶ、例のやつだよ」

「ああ、なるほど。似たようなことなら、小さい頃によくやりましたよ。弟のおもちゃを隠して、その隠し場所を暗号にして渡したり。弟はふてくされていつも寝てしまうだけでしたが」

「今日、君にやってもらうのは、いわばその宝探しだ。もちろん見つけるのは君たち兄弟のおもちゃじゃない。バーンズ城に伝わる隠し財宝だよ」

「へえ！」

「一説によると、以前の所有者が相当裕福な貴族だったらしく、城のあちこちに絵画や宝石、高級家具などを置いていたと云われている。しかし第二次世界大戦の頃、バーンズ城は国に接収され、金目のものはすべて奪われてしまった。当時の城主は生粋の愛国者で、進んで財産を渡したと云われているが、おそらくはプロパガンダによる歪曲だろう。大戦後に城はこの田舎町に払い下げられ、この数十年閉ざされた城として、ひっそりとその門が開けられるのを待っていた」

「それをあなたが買い取り、再び門を開けた」

「そうだ。それほど高い買い物ではなかったよ。古城をホテルにするという計画は以前から考えてはいたが、そこにちょうどいい物件を見つけたというわけだ。観光客を呼びたい自治体との利害も一致した。そして……私は地元の人間から、バーンズ城の隠し財宝の噂を聞いてしまった。これでは買わずにはいられんだろう」

「それこそ噂の一種なのではないですか？　古城には幽霊の噂がつきものであるように、隠し財宝というのもまた、ありがちな夢物語です」

「そう、夢だよ。私はそれを買ったんだ。そして眠っていた城が目覚めると同時に、夢はついに醒《さ》め、隠し通路の向こうに財宝が姿を現した」

ヘンリーは小声で囁《ささや》くように云う。

「見つけたんですか？」

「ああ。だが確信がないんだ」ヘンリーは車窓から平べったい田園の向こう側を眺めた。「だから君に来てもらったんだ、オトノ君」

「どういうことでしょうか」

「隠し部屋にあったのは、楽器だった。それもたくさんの楽器だ」

「なるほど」オトノは大きく肯いた。「私に楽器の価値を調べてほしいというのですね？」

「察しがよくて助かるよ、オトノ君。だが単なる査定のためだけに君の力を必要とはしない。我々はもっと困難な状況にある。つまり……そこに隠されていた楽器は、どうやらほとんどが平凡な……ゴミばかりらしいのだ。だが私は、それらのすべてがゴミだとは信じていない。必ずその中に宝があるはずなんだ。そうでなければ、どうしてわざわざ隠し扉の奥にしまうのだ？　接収された宝石以上に価値あるものが隠されていなければおかしい。そこにある楽器の本当の価値を見抜けるのは君だけだ。私はそう信じている」

「それらの楽器が平凡なものだと、誰が判断したのですか？」

「音楽家のダニエルという男だ。彼は弦楽器のプロだが、やはりただの演奏家にすぎん。君を前にして、彼を音楽家と呼ぶのは失礼な話だろう。だが楽器を見る目は確かだ。おそらく彼の見立てに大きな間違いはないと思う」

「しかし真に価値のある楽器が、平凡な楽器の山の中に埋もれていると、あなたは信じているわけですね」

「いかにも」

「わかりました。古城に眠る楽器ですか。とてもわくわくする話じゃないですか。ぜひ見させてもらいますよ」

「君が話のわかる男で助かるよ、オトノ君」

高級車はやがて小高い丘の道を登り、バーンズ城の前にたどり着いた。

かつて刑務所として利用されたこともあるチェスター城とは違って、バーンズ城はそれほど厳《いか》つい印象はなく、住まいとしての見栄えを重視した改装がなされている。堅牢な城門があったと思しき部分には、今は何もなく、自動車がそのまま城壁の内側へ入っていくことができた。

車は涸《か》れた噴水の前に停まった。オトノが車を降りると、ぽつぽつと雨が降り始め、遠雷の音が聞こえた。雨で湿った空気の中に、埃っぽい、独特なにおいがたちこめ始めた。

「ひどい天気になりそうだな」ヘンリーが空を見上げて云った。「さあ、早く中へ入ろう」

ヘンリーに誘われるままオトノは居城へ足を踏み入れた。

中は思ったより質素で、だだっ広いだけで何もない。ちょうど片田舎の教会みたいに、さびしくひんやりとした空間が広がっていた。そこはホテルにたとえればエントランスロビーといったところだろう。

「ここにフロントを置く。ここが玄関だ」

「いつ頃、営業を開始する予定なんですか？」

「巧《うま》くいけば半年後だろうな。それも隠し財宝の件に左右されることになる。場合によっては営業資金に回せるからな」

「売ってしまうんですか？」オトノはびっくりした表情で尋ねた。「ここで発見されたものは、ヘンリーさんの所有物ということになるんでしょうか？」

「そういう契約で買ったのだから、誰にも文句は云わせんよ。まあ、戦争のごたごたで以前の所有者の行方についてはまったくわからん状態だからな。文句を云うやつはこの世にはもうおらんだろう」

「まだ改装は済んでいないみたいですね」

「さすがに業者を入れるわけにはいかんよ。やはりこの件が片付いてからだ」

「では早速、楽器を見ましょうか」

「そう慌てんでもいい。長旅で疲れているだろう？」

「いいえ、問題ありません。行動していないとくたびれる性質《たち》なんです」

「元気で結構。それなら見てもらおうか」

「はい、行きましょう」オトノは張り切った様子で云った。「小さい頃から元気だけが取り柄だったので、指揮者になったようなものです」

「そういうものかね」

二人は連れ立ってホールを抜け、別の部屋へ移動する。城内は電気設備が整えられており、照明が廊下を明るくしていた。

「書斎に隠し扉がある。百年近く、誰も気づかなかったようだ。オトノ君、自分で見つけてみるかね」

「意地悪ですね。いいですよ、見つけましょう」

書斎に入るとまず目につくのは、壁一面の本棚であった。また室内は屹立《きつりつ》する本棚によって迷宮のように入り組んでいた。

「ポーランドの屋敷で、ユダヤ人がヒトラー親衛隊から逃れるために設けたという隠し部屋を見たことがあります。それは本棚の裏に入り口が隠されていたのですが……」

オトノは長身を折り曲げながら仔細に本棚を眺め、少しずつ移動していく。

「はたしてどうかな?」

ヘンリーは面白そうにオトノを見ている。

「おや」

オトノは本棚から本棚へと移動する途中、壁に設けられている暖炉をちらりと見遣り、突然立ち止まった。

「ここですね」

オトノは屈み込むと、暖炉の飾り棚を肩に担ぐようにして、そのまま立ち上がった。すると暖炉の囲いから火床にいたるまで、全体がするすると上にスライドし、その下に秘密の入り口が姿を現した。

「どうしてわかった?」

あっけに取られた顔でヘンリーが尋ねた。

「簡単ですよ、ヘンリーさん。黒い足跡が半分だけ、暖炉の直前で消えているんです。ちょうど足跡の上に暖炉が重なっています。となれば、暖炉が動いて、足跡の上に重なったとしか考えられません。左右には本棚があるので、上下にスライドするのだとすぐにわかりました。この足跡は、おそらく暖炉から零《こぼ》れた灰を踏んでしまったために残されたのでしょう」

「これは不注意だったな」

ヘンリーはオトノの説明に感心しつつも、重大な痕跡を残してしまったらしいことを悔いているようだった。靴の裏をチェックするが、もう汚れてはいなかった。

「実は今日の午前中に一度、隠し部屋に入っているんだ。もう一度ダニエルに楽器を調べさせた。君が来る前に、できるだけ整頓しておこうと思ってね。足跡はその時についたんだろう」

「しかしすごい仕掛けですね」

「ちょうどつるべ式のエレベーターみたいな仕組みになっているらしい。壁の中の空洞に、暖炉の重量に相当する錘《おもり》がぶらさげられているようだ。裏から見ると隙間からかすかに錘が上下しているのが見える」

「ヒントがなければ気づきませんね、これは」

「いや、それにしても君の観察力も大したものだ。では奥に案内しよう」

秘密の入り口をくぐると、大人二人が並んで歩ける程度の通路がおよそ十フィート（約三メートル）続く。その途中で、鉄の十字格子が厳然と行く手を阻んでいた。

「この鉄格子はもともとあったものだが、錠前は私が新しく用意した。鍵は肌身離さず持っている。この鍵以外にスペアはない」

ヘンリーはそう云ってジャケットの内ポケットから鍵を取り出した。側面に複雑な複数の穴が開いた特殊な鍵である。防犯性が高く複製が困難だ。ヘンリーの用心深さが窺《うかが》える。

「午前にここに来た時も、当然私が開け、私が閉めた。ダニエルが楽器を見ている間も、私はここで彼を待っていた。今回もそうさせてもらうが、構わないかね？」

「ええ、もちろんです」

「君が楽器を持ち出すんじゃないかと、そんな疑いを持っているわけじゃない。それは理解してもらえるね。だいたいにして、こっそり持ち出せるような楽器は一つもないがね。一応、これはけじめというやつだ。私は城の歴史を見守る騎士《ナイト》になるというだけのこと」

「わかっています」

「では入りたまえ」

鉄格子が開かれた。

その十字格子の隙間から室内の様子はすでに窺うことができていたが、そこには様々な楽器が整然と並べられていた。まず目につくのは中央のグランドピアノで、その作りが明らかに古いのが見てとれる。値段は簡単にはつけられないが、一般的なグランドピアノが一万ポンド（およそ百八十万円）だとして、アンティークとしての付加価値を考えればその数倍はするのではないか。もちろん状態にもよるが……

オトノはヘンリーから白い手袋を受け取り、ピアノの蓋を開けてみた。悪くない。これがバーンズ城の隠し財宝だと云われても、何の問題もないように思える。

「見たところ、高価なピアノだと思いますが」

「そうだな。私もこれは嫌いではない。大きさから考えて、この部屋はまずピアノが先にあって作られたものだと思う。それだけに丁重な扱いを受けていたことがわかる。しかしバーンズ城に伝わる隠し財宝としては、やはり足りないんだ」

「音色の美しさこそが宝だったのかもしれませんよ」

「そんな詩はいらんのだよ。必要としているのは現実性だ。つまり……」

「金額ですね」

「そう、現実的な値段で考えてもらいたい」

「では頭を切り替えて、音楽家から質屋になりましょう」

「音楽家で、なおかつ質屋だ」

「わかりました」

オトノは苦笑しながら部屋を見回した。

ヴァイオリンのケースが飾り棚に五つほど並べられている。まずその飾り棚からして高級そうな外見をしており、そこに置かれたものの価値の高さを感じさせた。オトノはそれを後回しにすることにして、別の場所に目を向けた。

他の楽器は、ケースに入れられることなく、無造作に並べられている。チェロやヴィオラは雑多に置かれているだけだ。トランペットやトロンボーンなどの管楽器は変色し状態がよくない。これらは一目で価値がないものとわかる。他にはティンパニやハープ、木琴などが並べられているが、どれも古めかしくて、修理なしでは演奏もできそうにないものも多い。楽器は多く揃っているが、さすがにこれではオーケストラは組めそうにない。そのほとんどが、まるで打ち捨てられたかのように置き去りにされているのだ。

「一応これでも整理したんだ」ヘンリーがオトノの心中を察したように云った。「床はむき出しの石張りだったが、絨毯《じゅうたん》を敷いて、万一床に落とすような事故があってもダメージが少ないように配慮した。適当に並べられていた楽器も種類ごとに分けた」

「状態が思わしくないものが多いですね。ただ弦楽器は古くなるほど音がよくなるものです。たとえばこのチェロは……」そう云ってオトノは床から一つチェロを拾い上げた。「無銘ですが製作年や製造国からみて四千ポンド（約七十四万円）の価値はあると思います」

「ダニエルはせいぜい六百五十ポンド（約十二万円）がいいところだと云っていたな」

「でも音色によっては四千の十倍出してもいいという人もいるかもしれません」

「ううむ、そういうものかね」

「そうですね。銘が入っていればもっと簡単に換金できると思いますが、見たところどれも無銘ですね」

オトノは飾り棚の前に移動し、ヴァイオリンケースを見下ろした。これだけは別格に違いないという予感があった。ヴァイオリンケースは留め具が壊れていて、どれも中途半端に開いた状態になっている。オトノはゆっくりとケースを開けた。

そこに横たわっているヴァイオリンを手に取り、全体を見まわしてから、f字孔を覗く。中にラベルが貼ってある。フランスの有名な複製家ヴィヨームの弟子エスコフィエの名前があった。高級ヴァイオリンだ。しかし、これも一万から二万ポンド（約三百七十万円）すればいい方だろうか。

もしかしたら未発見のストラディバリウスに出会えるかもしれないと期待していたオトノは、これを見てさすがに落胆した。期待度が高すぎたのかもしれない。

とはいえフランスの名器だ。他の三つのヴァイオリンも、同様にフランスの名工たちの名前がラベルに記載されている。オトノが指揮するオーケストラでは、これよりももっと値段の張る楽器を扱っている演奏者も少なくないが、しかしゴミなどと呼ぶにはあまりにも高貴な楽器である。

それでも、オトノは違和感を覚えずにはいられなかった。何かがおかしいような気配。それはピースの足りないパズルのような、物足りなさ。

この楽器は本当にその程度のものなのか？

「どうかね？」

「いいヴァイオリンです」

オトノはおおよその見積もりを伝えた。

「ダニエルの云っていた値段とそう変わらんな。本当にその程度の楽器なのか？」

「充分に優れた楽器です」

「そうか」ヘンリーは傍《はた》から見て明らかなほどに肩を落としていた。「君が云うのなら、間違いないだろう」

「立派な隠し財宝ですよ」

「そうだな」

「他の楽器も詳しく調べましょうか。私の知識にも限度がありますが……もしかしたらヘンリーさんの云うように、本当の財宝がこの中に眠っているかもしれません」

「やってくれるかね？」

「ええ」

それから一時間ほどかけて楽器を調べて回ったが、ヴァイオリンやピアノに並ぶほど高価な楽器は一つも存在しなかった。かつての所有者が何を思い、隠し部屋にこれらをしまったのか。オトノにはなんとなくわかるのだが、それをヘンリーに説明しても伝わることはないだろうと考え、何も云わなかった。彼は詩はいらないとはっきりと云ったのだ。

まもなくオトノとヘンリーは疲弊《ひへい》した様子で隠し部屋を出た。ヘンリーは憔悴《しょうすい》していたが、きちんと鍵をかけることを忘れなかった。

2

使用人のアダムによって紅茶が用意され、オトノとヘンリーは応接間で休むことにした。

「隠し部屋が他にもまだ存在していて、そこに別の宝物が隠されているという可能性はありませんか？」

オトノは幾分《いくぶん》元気を取り戻した様子である。一方、ヘンリーはすっかり疲れ果てたらしく、ベッドがあればすぐにでも眠りこけてしまいそうであった。

「それはないよ、オトノ君。建築家に調べさせた。現代的な科学装置も幾《いく》つか使ってね。おそらくこれ以上隠し部屋や隠し通路が見つかることはない」

「仮に宝物が壁や地面の中に完全に塗り込められているとしたら、見つけるのは建築学者ではなく、解体業者ですね」

「そういうことになるな」

「そんなにしょげることはないですよ。ピアノとヴァイオリンだけでも、そこそこの値段で売れます。よければ私が、高く買い取ってくれる相手を紹介することもできます」

「いや、君ほどの男にそんな業者みたいな真似させるわけにはいかん」

ヘンリーは重いため息をついた。

「そんなに期待していたんですか？」

「そうだな。大人としての打算と、それ以上に宝物を見つけた時の子供みたいな高揚感があった。年甲斐もなくはしゃいでしまったよ」

それから二人は静かに紅茶を飲んだ。窓の外では激しい雨の音がしていた。時折雷が鳴った。使用人のアダムはずっとヘンリーの背後でかしこまっていた。

「そういえばここに来る途中、車の中で幽霊の話をしたね。実はこの城にも出るって話がある」

ヘンリーは突然そう切り出した。「しかし出るといっても、ここに出るのは幽霊とはちょっと違う」

「何が出るんです？」

「怪人だよ」

「それはいい！」オトノは愉快そうに云って、すぐに照れたように居住まいを正した。「すみません、ちょっと面白そうな話だと思って」

「うむ、確かに興味深い話だ。この城には隠し財宝を守る怪人が昔から住んでいて、宝に近づく人間を殺してしまうというのだ」

「『オペラ座の怪人』みたいなものですか？」

「そうかもしれんな。実際に見たことはないから、どんな恰好をしているかはわからんが。しかし私がこの城を買い取ってから、生活している間に、怪人が姿を見せたことは一度もない」

「もう守るべき隠し財宝を暴かれてしまったからじゃないですか？」

オトノは冗談っぽく云う。

「あるいは、本当の隠し財宝を見つけていないから、か」

ヘンリーは真剣な表情だった。

「本当の隠し財宝を見つけた時、怪人が殺しに来るということですか？」

「あくまで噂だよ」

雷光が一瞬部屋を明るくした。そして陰鬱《いんうつ》な獣の遠吠えみたいに、雷鳴がバーンズ城の上空で鳴り響いた。

その時、応接間の扉が開かれ、二人の男が入ってきた。片方は背の低いスーツ姿の男である。神経質そうな顔つきをしており、雷の音に怯えているようだった。もう片方はカジュアルな恰好をした若者である。大学生くらいだろうか。

「ああ、紹介しよう」ヘンリーが彼らを見るなり云った。「スーツの彼がダニエル。私が最初に楽器調査の依頼をした男だ。チェリストでもあり、ヴァイオリニストでもある。もう一人は私の息子、ロイだ」

オトノは立ち上がって二人と握手した。

「お会いできて光栄です、オトノさん」ダニエルはいささか緊張した面持ちである。「私はいつも指揮者に怒鳴られてばかりなので、こうしてあなたのような立派な指揮者を前にすると、自然と震えてしまうんです」

「私は怒鳴ったり嚙みついたりしませんよ」

オトノはにこやかに笑いながら答えた。

「もう楽器を調べてきたのですか？」

「ええ。あなたの見積もりには間違いがなさそうでしたよ、ダニエルさん」

「そうですか。フランスのヴァイオリンはご覧になりましたか？」

「ええ。素晴らしい名器です。おそらく経年によってより深みのある音が出るはずです。もし可能ならば音色を聞いてみたいところですが……」

オトノはもの欲しそうな顔でちらりとヘンリーを見たが、ヘンリーは取り合わないぞというように、腕組みしたまま椅子に座っていた。演奏して楽器が壊れてしまうことを恐れているようだ。

「ピアノと弦楽器に関しては状態もかなりいいみたいでした。さすがに演奏するには、調律する必要があるでしょうけれど」

ダニエルは肩を竦《すく》めて云った。

「やはり演奏してみたいと思いますか？」

「ええ。でも遠慮しておきますよ」

ダニエルは重い空気を察したように、ゆるゆると首を横に振った。

「で、結局どうだったの？　なんかいいもんあった？」

ロイが気さくに尋ねる。

「私から見た限りでは、いい楽器ばかりでしたよ」

「でも大した金にはならないってこと？」

「そうですね」

「ほらやっぱり」ロイは父親のヘンリーに向かって云う。「呼ぶだけ無駄だって云っただろ。あれだけありゃ充分だって。とっとと売っ払って、早くホテルにしちまおう」

「うるさいぞ、ロイ」

「もたもたしてるとバーンズ城の怪人に追い出されちまうぜ」

ロイは吐き捨てるように云いながら、ソファの肘かけに足を乗せて、ほどけた靴ひもを結び直した。

「客人の前で行儀が悪いぞ、ロイ！」

「はいはい」

面倒くさそうに答えるが、靴ひもを結び終えるまでやめようとはしない。

「すまんな、オトノ君」

「いえ。なかなかいいスニーカーですね。ちょっと見せてもらっていいですか」

オトノは興味深そうにロイの靴をあちこち見回していた。

「ロイ、早く出ていけ」

「わかってますって」

「まったくお前というやつは！」

声を上げるヘンリーをしり目に、ロイはへらへらと笑いながら部屋を出ていってしまった。

「あの……ところでご相談があるのですが」あらたまった様子でダニエルが云う。「外がこんな嵐で、今日は帰れそうにないので、一晩部屋をお借りしてもよろしいでしょうか？」

「ああ、全然構わんよ。オトノ君も今晩は泊まっていくんだろう？　明日の午後までは自由の身だと聞いたが」

「はい。時間になれば嫌でも迎えが来ます」

「忙しいところすまんな。夕食もこちらで用意するから、部屋でゆっくりしていてくれ。アダム、オトノ君を部屋まで案内しろ」

「ご主人様はどちらに？」

「部屋で少し休む」

「ご夕食はいかがなさいますか？」

「時間になったら起こしてくれ」

「了解いたしました」

ヘンリーは二階にあるという自室へ向かい、ダニエルもいつも借りている部屋へ向かうため応接間を出ていった。

オトノはアダムに先導されるように城内を歩いた。雷の音はますます城に近づいているように聞こえた。まるで雷雲がバーンズ城を取り囲んでしまったかのようだ。

アダムという使用人は、いかにも年を経て洗練された英国執事を思わせた。もしかすると英国執事協会みたいなところから派遣されているエキスパートの執事かもしれない。オトノは真剣にそう思った。

客室の前にたどり着き、アダムは振り返った。

「洗面所はこの廊下を突きあたって右にございます。浴室は部屋にありますのでご自由にお使いください。夕食の時刻になりましたらお知らせに参ります」

「アダムさんはずっとヘンリーさんのところで働いているんですか？」

「いいえ。ご主人様とロイ様がバーンズ城に住み込むことが決定してからになります」アダムは少し考え込んでから、ふと思い出したように云った。「雷のせいか電源の調子が悪く、一部の照明がつかない状態になっています。特に地下室は電気がつかないために危険ですので、近づかないほうがよろしいかと思います。もし室内が停電になりましたら、ベッドサイドの机の中に懐中電灯が常備してありますのでそちらをご利用ください」

「わかりました」

「では失礼いたします」

アダムは廊下の奥へ消えていった。

それから夕食の時間までオトノは本を読んで過ごした。フォーレに関する興味深い伝記である。本を読んでいる間も雷は鳴り続け、何度か照明が明滅することもあったが、停電には至らなかった。

七時頃に食堂に招かれ、オトノはヘンリーたちとともに夕食をとった。現在バーンズ城には、オトノ、ヘンリー、ダニエル、ロイの四人の他に、アダムと一人のコックがいるだけだった。

夕食を終えて、オトノとヘンリーは再び応接間で会した。

「少し考えたのですが」オトノは云った。「もしかしたらヘンリーさんが隠し扉を見つけるよりも先に、誰かがすでにその存在を見つけ出していた可能性もあるのではないでしょうか」

「ふむ、しかし私があの隠し部屋の前に立った時点で、鉄格子には古い錠前がそのままかけてあった。もし事前に何者かによって盗難にあっていたとしたら、当然錠前は破壊されていただろう」

「ではヘンリーさんがあの部屋を見つけてからあとは？　何者かが侵入した形跡はありません

でしたか？」

「ないな。さっきも云ったが、錠前は新しくつけかえたし、鍵は私しか持っていない。風呂に入っている間も、寝ている間も、片時も手放したことはない。私でさえ、あの部屋に入ったのは数えるくらいしかないしな」

「ヘンリーさんの他に、あの部屋に出入りしたことがある人は？」

「ダニエルだけだ……当然ながら彼が楽器を持って外に出たことはない。私が目の前にいる以上、彼に楽器を運び出すことは不可能と云っていい。それに彼が出入りしたのは今までに二回だけ。もちろん部屋に入る時と出る時はいずれも手ぶらだった」

「そうですか」オトノは指先を組み合わせてじっとそれを見ていた。「バーンズ城の怪人は、もしかしたら宝を守る者ではなく、盗む者だったのではないかと、ふと思ったのです。城に盗みに入った人間がたまたま付近の住民に目撃され、そのような噂になったのかと」

「なるほど。しかし怪人などおらんよ。他愛もない噂話だ」

「それならいいのですが」

その時、突然部屋の外で怪音が響き渡った。

最初それは雷の音に聞こえた。しかし雷はすでに遠ざかっており、そんな間近から聞こえるはずはなかった。

悲鳴？

それは悲鳴に違いなかった。

しかも男の断末魔の声だ。

オトノとヘンリーは立ち上がり、互いに顔を見合わせてから、応接間を飛び出した。

声のした方へ走り出す。

「ホールの方から聞こえたぞ」

ヘンリーの言葉に従い、オトノはホールを目指す。

廊下は薄暗い。

オトノとヘンリーはホールに飛び込んだ。

目についたのは、鮮やかな赤。

ホールの中央辺りに血まみれの男が横たわっていた。

ダニエル。

小柄な演奏家だ。

彼は死んでいた。

オトノに演奏の腕前を見せないままこの世を去った。

彼の命を奪った黒い影が、血のついた短剣を手に、今まさにホールから出ていこうとしている。

黒いマントをなびかせ、フードをすっぽりと被った異様な影。フードのせいで顔は見えない。

バーンズ城の怪人！

怪人はオトノたちが入ってきた扉とは別の扉から廊下に出ていってしまった。

ヘンリーがダニエルのもとに駆け寄る。

「おい、しっかりしろ！」

ダニエルは返事をしない。

オトノは怪人を追って廊下へ飛び出した。廊下は真っ直ぐ正面に続き、左へ折れている。見たところ一本道だ。しかし怪人の姿はすでにない。走り去る音だけが、遠くからかすかに聞こえてきた。

オトノは走り出した。三十フィート（約九メートル）ほどで突きあたりを左に曲がる。

その廊下もやはり真っ直ぐだった。しかし左側に二箇所扉があり、廊下の長さもさきほどの倍くらいある。正面突きあたりは左右に廊下が続いており、ちょうどT字路の形になっていた。

怪人の姿はすでになく、廊下の先を、右と左、どちらに消えたのかわからない。

とにかくオトノは走って突きあたりを目指した。

その途中で、唐突に左側の扉が開き、ロイが顔を覗かせた。

「なんだ、どうした？　さっきの声は悲鳴か？　それに今誰かが走り去る音が……」

「部屋に誰か入ってきましたか？」

「いや、誰も」

「怪人が現れたんです」オトノは努めて冷静に云う。「ダニエルさんを刺して逃げました」

「なんだって」ロイは息を呑む。「この先に逃げたのか？」

「はい」

「追うぞ！」

ロイはオトノと一緒に廊下を走り出した。

突きあたりに到達したその瞬間。

廊下の左から急に使用人のアダムが現れ、ロイとぶつかりそうになった。

「アダム！」

「ロイ様」

「そっちに誰か行かなかったか？」

「いいえ、こちらには誰も」

状況を測りかねた顔つきでアダムが答える。

「ってことは、やつは地下室に向かったのか」

廊下は左右に分かれており、右に曲がると、そこから先は階段になっていた。真っ暗でよく見えない。ロイが壁にあるスイッチを入れたが、反応しなかった。

「ちっ、そういや朝から電気がつかなかったな。確か朝、アダムに伝えたよな？」

「原因がよくわからないので、直せずにいたのですが……」

アダムは当惑している。まるで電気設備を早急に直さなかったために、恐ろしい悲劇が招かれたとでも考えているかのように。

「暗いままじゃ危険だ。アダム、至急懐中電灯を持ってきてくれ」

「かしこまりました」

アダムは踵を返して、何処《どこ》かの部屋へ入っていった。

その間に、オトノは一度廊下を引き返し、途中にあったもう一つの扉を開けてみた。室内は空っぽで、窓もない。誰かが隠れている気配はない。

三分ほどしてアダムが戻ってくる。

「懐中電灯が一つしかありませんでした」

「それでいい」ロイが懐中電灯をひったくる。「よし、行くぞ。俺に続け。地下は一本道で行き止まりだ。怪人が闇に潜んでいるかもしれないから気をつけろよ！」

「待ってください」オトノが彼を制する。「この先は行き止まりなんですか？　それなら無理に追わずに、ここを封鎖する方が得策では？」

「あっ」アダムが不似合いな大声を上げる。「地下牢から外へ通じる秘密の通路があるんです。行き止まりとはいえ、それを知っている者ならば、そこから脱出することができると思います」

「そういうことだ。もたもたしているうちに逃げられるかもしれねえぞ！」

「急ぎましょう」

ロイを先頭に、オトノとアダムが続く。

細い階段を下りると、右手に通路が延びている。その先は懐中電灯の明かりも届かない。相当長い通路になっているようだ。

ロイが明かりを周囲に巡らせる。怪人の姿はない。

通路は真っ直ぐ延びていた。足元には薄手の絨毯が敷かれており、オトノたちの足音はそれに吸い込まれるようにして消える。怪人の足音も聞こえない。

「この地下はどういう構造になっているんですか？」

「真っ直ぐの通路になっていて、もう少し先に進むと左手に牢屋が現れる。もちろん今は牢屋としては使われていない」ロイが説明する。「二つ牢屋があるんだが、奥の方の牢屋に秘密の出入り口があって、そこをくぐっていくと外に出られるんだ」

長い通路の行き止まりがついに見えてきた。ロイの云っていた通り、左手に鉄格子が見える。鉄格子の向こうは小部屋になっているが、人の気配はない。かつては実際に牢屋として使われた経緯があるのだろうか。それとも、牢屋は脱出路を隠すためのカムフラージュに過ぎないのか。

行き止まりだ。怪人の姿はない。

「おや、なんだあれは」

最初にそれを見つけたのはオトノだった。

突きあたりの壁の真下に、黒々としたものが落ちていた。布を丸めたもののようである。三人は小走りで近くまで駆け寄った。ロイがおそるおそるそれを拾い上げて、明かりの中で広げた。紛れもなく怪人が着ていたフードつきのマントであった。返り血と思しき血痕《けつこん》がついている。それは懐中電灯に照らされてぬらぬらと光って見えた。

絨毯の上には赤く汚れた短剣が落ちていた。おそらくそれがダニエルの命を奪ったものに違いない。しかしさすがに血のついた凶器を拾い上げる者はいなかった。

「ここでマントを脱ぎ捨てて、外へ逃げたのか」

ロイは牢屋の奥へ明かりを向ける。鉄格子の向こうの壁が、一部ぽっかりと口を開けていた。鉄格子は施錠されずに開いたままの状態だったので、そこへ逃げ込むことは可能だっただろう。

怪人はその身にまとっていたマントと、手にしていた凶器を残して、その場から消えていた。

3

バーンズ城で殺人事件発生の一報を受け、地元警察署のアンドリュー警部は帰宅途中の道を引き返し、嵐の中、現場へと自動車を走らせた。現場に着いたのは通報を受けてから二十分後。バーンズ城の周りにはすでに数台の警察車輛が停まっていた。アンドリュー警部は仲間たちの存在に心強さを感じながら、現場へ急いだ。

激しい雨から逃れるように、急いで城内へ入る。するといきなり殺人現場に出くわした。ホールだ。数名の顔見知りが仕事に勤しんでいる。古城の観光気分も一気に吹き飛ばされた。

「アンドリュー警部」後輩の刑事が声をかけてきた。「さっきオフィスでお別れしたばかりですね」

「ひどいもんだぜ。この雨の中戻れってよ。自分の畑が心配でたまらんじいさんだって、この雨じゃ家でじっとしてるよ」

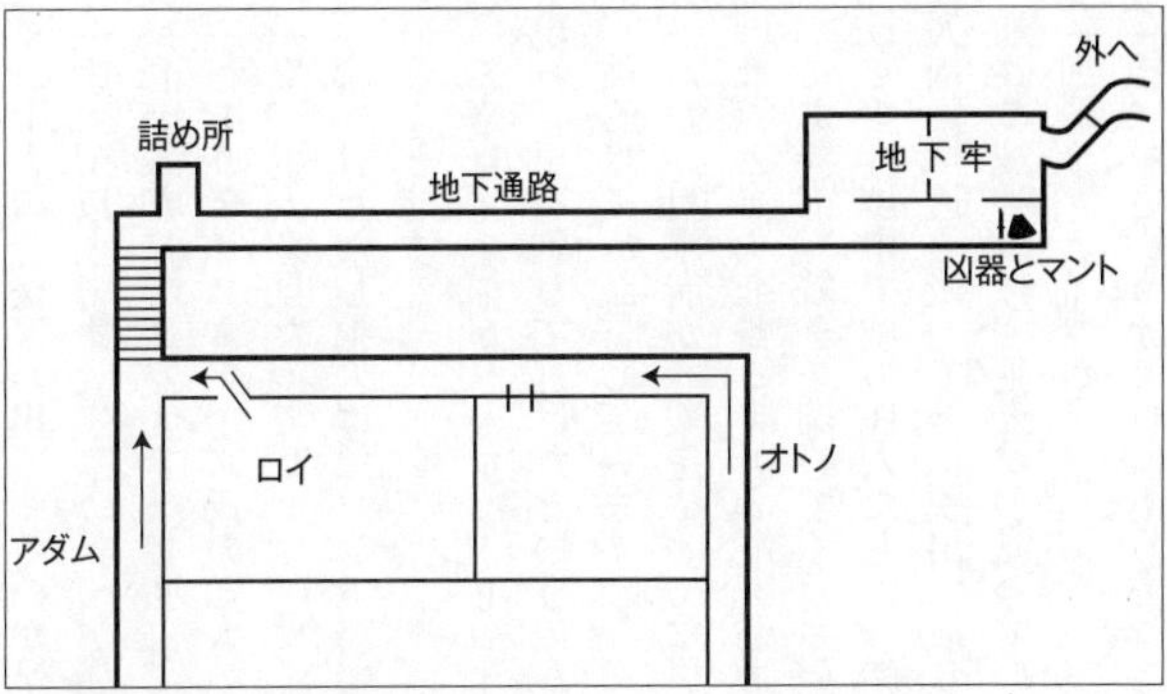

「全部犯人のせいですよ。捕まえてやりましょう」

「そうだな」アンドリュー警部はコートの水滴を払う仕種をした。「お前、いいことを云う。やる気が出てきたぜ」

「それはよかった。事件が起きたのは午後十時頃です。被害者はダニエル・ロス。音楽家です」

「音楽家？」

「主にチェロとヴァイオリンを弾いていたとか」

「それで？」

「城内にいた複数人が被害者の悲鳴を聞いています。悲鳴の聞こえた時刻と、被害者の死亡推定時刻はほぼ一致しています。その時に犯人に刺されたのは間違いないと思われます」

「目撃者は？」

「犯人を目撃したと名乗る人物が二人います。この城の所有者であるヘンリー・スネアーズ。もう一人は日本人の音楽家、キャナメ・オトノ」

「それで全部か？　それともこのあとにまだ、中国人やインド人の音楽家が出てくるのか？」

「いえ、以上です」

「音楽家が揃ってパーティでもしていたのかね」

「ヘンリー・スネアーズ氏の知人のようですね」

「で、犯人を見たって？」

「はい。ただし犯人は黒マント姿でフードを目深に被っており、顔や体形はわからなかったということです」

「ふざけてるのか？」アンドリュー警部は後輩の刑事に詰め寄った。「古城にマントの怪人が現れ、男を刺して逃げたというのかね？」

「彼らはそう証言しています」

「ふむ。目撃者が麻薬をやってないか調べろ。尿検査でも血液検査でもいい。簡易キットがあっただろ。あれを……」

「まあ警部、続きを聞いてください。現場から逃走した犯人を、即座に日本人が追いかけたそうです。途中で城の住人たちと一緒になりつつ、地下まで犯人を追い立てました。ところが犯人は抜け道を使って外に脱出。取り逃がしてしまったとのことです。その証拠として、地下の通路の一番奥に、犯人が羽織っていたマントと、犯行に使われた凶器が落ちていました」

「凶器？　ナイフか？」

「ナイフというよりは、もうちょっと大きめの短剣ですね。傷口からみて、その短剣が犯行に用いられたのはまず間違いないそうです」

「血液反応は？」

「もちろんべったりと血が付着していました。血液型は被害者のものと一致しています。またマントにも返り血と思われる血液が付着していました。これらはすでに押収し、科学班に回しています。ＤＮＡ鑑定も頼んでおきました」

「日本人と一緒に、犯人を追ったのは誰だ？」

「城主ヘンリーの息子のロイと、使用人のアダムです。彼らが地下通路の途中から光を投げかけた時、すでに行き止まりのところにマントと凶器が落ちていたということなので、三人が口裏を合わせているのでなければ、無実でしょうね。だって先回りしてそんなところにマントと凶器を置いてから、何食わぬ顔で戻るなんて不可能ですし」

「不可能って、何がだよ」

「地下通路はけっこう長いんですよ。そこを行き止まりまで往復してたら、途中で捕まってしまいますよ。そういうことです」

「ふん、どうもおかしな事件だな。まずは挨拶も兼ねて、ヘンリー氏から話を聞くか」

アンドリュー警部と後輩刑事は応接間へ向かった。ソファにはうなだれた恰好で紅茶を飲んでいる初老の男が座っていた。

「ヘンリーさんですね？」

「いかにもそうだが」

「具合悪そうですね。医者を呼びましょうか？」

「いや、結構。大丈夫だ」

「今晩はお気の毒でした。まさかこんな素晴らしい城の中で殺人事件が起きるなどとは、思ってもみなかったでしょう」

アンドリュー警部の言葉にはささやかな棘《とげ》が無数に仕込まれている。しかしヘンリーは気にすることなく、沈鬱《ちんうつ》な面持ちで俯《うつむ》いたままだった。

「ダニエル氏の悲鳴を聞いた時、あなたはどちらにいましたか？」

「ちょうどこの部屋で、オトノ君と話をしていた。悲鳴を聞いてホールに向かうと、すでにダニエルは事切れていて、何者かが……怪人が部屋を出て行こうとしていた。オトノ君はすぐに怪人を追ったが、私はその場から動くことができずにいた。五分くらい経ってからやっと、電話をするために立ち上がることができた。警察には私が通報した」

「あなたは黒マントの犯人を見たんですね」

「ああ、そうだ。私は犯人を見た。刑事さん、私は犯人を見たんですよ。それは闇だった。あるいは影だ。怪人だった」

「怪人というのは？」

「財宝を守るバーンズ城の怪人だ。我々は城を荒らし、宝を盗もうとした。だからダニエルは殺されたんだ」

「財宝？」

「実際にはそんなものはなかったがね」

「それなのに怪人が襲ってきたというんですか」

「ああ。我々は踏み込んではいけないところに踏み込んでしまった。それだけのことなんだ」

「その怪人は何処から現れたんです？」

「この城に住んでいる。私の気づかないところで、息をひそめて暮らしておったのだ」

アンドリュー警部と後輩刑事は顔を見合わせた。何を云っているんだこいつは、という顔でアンドリュー警部は眉根を寄せた。

バーンズ城に住んでいるのはヘンリーと息子のロイ、そして住み込みの使用人アダムだけ。怪人という名前の住人は少なくとも確認されていない。

「被害者のダニエルさんと、日本人の……キャナメ・オトノというのは、あなたがここに呼んだのですね？　何か用事があったのですか？」

「この城に所蔵されている楽器について、相談を受けてもらっただけだ。私は楽器に疎いんでね。専門家に楽器の価値を伺《うかが》ったというわけだ」

「楽器ですか」アンドリュー警部は鋭く云う。「それは何処にあるんです？」

「書斎の奥の、隠し扉の向こうだ」

「見せてもらってもいいですか？」

「見たところでなんにもならんと思うが」

「参考までに」

「いいだろう。こんな事件が起きるまでは、無関係な人間には見せるつもりはなかったが、今となってはどうでもいいことだ」

ふらりと立ち上がったヘンリーは、覚束ない足取りのまま応接間を出ていった。アンドリュー警部もあとに続く。

書斎へ入ると、暖炉の仕掛け扉を開けて、隠し通路へと進む。

「大したもんですな」

「楽器はこの奥だ。さあ、鍵は開けたぞ。自由に見てくれたまえ」

ヘンリーは通路を出て、本棚に寄りかかるように立った。その横をすり抜けるようにしてアンドリュー警部が隠し部屋に入る。ぐるりと周囲を見回し、ほう、と感嘆の声を上げた。

「アンティークの楽器コレクションですか？」

「そのようなものだ」

「殺害されたダニエル氏は、これらのコレクションの価値を調べるために城を訪れていたのですね？」

「そうだ。オトノ君も同様だ。ダニエル一人では信用できない部分もあったからな。もう一人、楽器のわかる高名な音楽家を呼んだんだ」

「日本人ですね。彼もこの部屋で調査を？」

「ああ。一通りチェックしていたよ」

「どうしてダニエル氏が殺されてしまったと思いますか？　つまり犯人の動機について心当た

りは」

　アンドリュー警部は唐突な質問を投げかけてみた。

「この隠し財宝に触れたからかもしれんな。バーンズ城の怪人の怒りを買ったんだろう」

「怪人の顔を見ましたか？」

「いや、フードに隠れていて見えなかった」

「背はどれくらいでしたか？」

「ううん、警部さん、あんたより大きかった気もするし、小さかった気もする」

「怪人はしょっちゅう姿を見せるんですか？」

「いや、今夜が初めてだ」

「今まで一度も城内で見かけたことはない？」

「ない」

「なるほど。よくわかりました。もう閉めてもらって結構です」アンドリュー警部は隠し部屋を出ると、振り返らずに言葉を続けた。「ちなみにこれらの楽器は高価なものだったんですか？」

「いいや、どれもゴミだ」

「バーンズ城の怪人にとっては、これこそが財宝というわけですか」

「そうかもしれん」

「何者なんです、その怪人は？」

「私にもわからんよ」

アンドリュー警部はその場でヘンリーと別れ、次に日本人の音楽家オトノを探し始めた。後輩の刑事からオトノの部屋の場所を聞いて赴《おもむ》いたが誰もいなかった。何処かに消えてしまったらしい。まさか周囲を警察車輛が取り囲んでいる状況で、しかもこんな嵐の夜に逃亡したりはしまい。アンドリュー警部はオトノを探すのを諦めて、ロイとアダムのところへ向かうことにした。

ロイとアダムは食堂で紅茶を飲んでいた。彼らは刑事が二人食堂に入ってきたのを見て、心底うんざりといった顔をした。とはいえアダムの方は、使用人らしい控えめな表情ではあったが。

「そろそろお疲れでしょう。夜も更けてきました」

アンドリュー警部はねぎらいというよりも、その事実を言葉ではっきりと認識させる目的で、そう云ったかのようだった。ロイがますます嫌な顔をしたのは云うまでもない。

「もうだいたいのことは話したぜ、刑事さん」

「他の刑事には話したかもしれませんが、私はまだ何も聞いていません」

意地悪そうに笑って云うと、ロイはいよいよ諦めたように大きく肩を竦めた。

「ダニエル氏の悲鳴が聞こえた時、それぞれ何処で何をしていましたか?」

「だから……俺はゲームルームで一人でビリヤードをしていたって云ってるだろ。悲鳴が聞こえてきて、それからすぐにバタバタと誰かが走り去る音が聞こえてきて、何事かと思って廊下に出てみたら、そこに日本人の……名前はなんだっけ……あいつが現れたんだよ」

「それから二人で地下室の階段の方へ向かったのですね」

「そうだ。そこで左から来たアダムと鉢合わせた」

「はい、ロイ様のおっしゃる通りでございます」アダムはベストのボタンを気にしながら答えた。「私はキッチンで食器の片付けをしておりました。すると誰かが猛烈に走る足音が聞こえてきましたので、気になって廊下に出てみたのです。私はキッチンから真っ直ぐ地下室のある方へ向かいました。そこでロイ様と衝突しそうになりました」

「それぞれ、悲鳴が聞こえた時のアリバイはないというわけですね」

「だから一人でビリヤードやってたっつってんだろ」

「はい、コックは仮眠を取るために奥の部屋で休んでおりましたので、片付けをしていたのは私一人でした」

「階段の前で三人が集まるまでの間に、黒マントの男を目撃しませんでしたか」

「見てないって」

「見ていません」

「だからさ、黒マントの怪人は地下室に下りていったんだって。地下通路のずっと先に、マントが脱ぎ捨てられていたのを俺らが見つけたんだよ？　凶器もそこにあった。他に行き道はないんだから、そこから犯人は逃げたんだろ」

「犯人を追うのはそこで諦めたんですね？」

「諦めたというか……もういないことがわかったから、とりあえず安心してしまったというか……外へ出るための扉は内側からしか施錠できないから、それさえ閉じとけば問題ない。そして今に至るというわけだ」

「その後犯人の姿を目撃していないんですね？」

「当然だろ」

「そうですか、わかりました。私からの質問は以上です」

「あのさあ、刑事さん。あんたたち一度聞いた情報をみんなで共有できないもんなの？　なんで同じことを何度も云わなきゃいけないんだよ」

「あ、最後に一つ」アンドリュー警部はロイの言葉を無視して質問する。「お二人は楽器について詳しいんでしょうか？」

「楽器？　親父がご執心だったやつか。あれは全部ガラクタだろ。バーンズ城の隠し財宝なんて、子供みたいなことをあの歳《とし》で云っているんだから、息子の俺の方が情けなくなるぜ」

「私は楽器についてはまったく知識がありません」

「わかりました。ありがとうございます」

アンドリュー警部は文句を云われる前に素早く部屋を出た。後輩刑事とともに地下室の階段へと向かう。地下は朝から電気がつかない状態で、今もなお復旧していないという。

「ライトならありますよ」後輩の刑事がマグライトを暗闇に向けた。「行きますか？」

「用意がいいな。でもまさか鑑識班までライトを手に持って作業しているわけじゃあるまい」

階段を下り切ると、右手に通路が延びている。

通路の正面を見ると、暗闇のはるか先に、夜間作業用の照明を灯した鑑識班がもぞもぞと動いているのが見えた。それは銀河宇宙にたとえれば何光年も先の光景にも思えたが、実際のところは百五十フィート（約四十五メートル）程度であるらしい。

通路に入ってすぐ左手に、小規模なスペースが設けられている。かつては守衛の詰め所として利用されていたらしい。昔はここに机と椅子を置いて、気の毒な兵隊が地下に出入りする人間を一晩中見張っていたのだろう。

「黒マントの怪人は被害者を刺し、この先に逃げた。地下は一本道で他に逃げ場はない。しかし外に出るための秘密の通路が存在する。これを利用して外へ逃亡したのだとすれば、犯人はバーンズ城に詳しい人物ということになる」

「かなり限られてきますね」

アンドリュー警部は考え込むようにして、ゆっくりと肯いた。

やがて地下通路の最奥にたどり着いた。鑑識班が絨毯の上に残された犯人の痕跡を求めて目つきを鋭くしている。アンドリュー警部には、彼らが獲物を探し求める猟犬に見えてならなかった。

「こんな地下通路にも絨毯を敷いてあるんだな」

アンドリュー警部の声が石壁の通路で反響する。

「ヘンリー氏がこの城に来てまず行なったのは、絨毯を敷くことだったみたいですよ。万一発見した宝物を落としても壊れないように、と」

「そこまでするかね」

アンドリュー警部は呆れたように両手を広げた。

「犯人が脱ぎ捨てたマントはこの辺りに落ちていたそうです。マントや凶器についた血が、絨毯にも付着していました」

「犯人は何故、マントをここで脱ぎ、凶器も捨てていったと思う？　証拠品を現場に残すのは不利だって、ガキにもわかることだ」

「邪魔になったからじゃないですか？　犯人が逃走中に凶器を投げ捨てていくことはよくあります」

「マントをわざわざ脱いだのは？」

「ひらひらして邪魔だったから？」

「それなら最初からマントなど着ない。そもそも犯人はどうして黒マントなんか羽織っていたのか……いろいろ理由はあるだろう。返り血を浴びずに済むし、もし誰かに目撃されてもある程度背恰好をごまかせるかもしれない。だが一番の理由は、やはりバーンズ城の怪人になりきるためだろうな」

「怪人になりきる？」

「ああ。もしかしたら犯人はわざと目撃者に自分の姿を晒《さら》し、『バーンズ城の怪人』の存在を印象づけさせたのかもしれない。そうすることによって城の住人たちは恐怖を覚える。城を出ていく者もいるかもしれない。少なくとも、ヘンリー氏のホテル計画をつまずかせる要因にはなるだろう」

「なるほど！　この城から手を引け、というヘンリー氏に対する警告だったということですね」

「マフィアの手法だがね」アンドリュー警部は苦々しい顔つきで奥歯を噛む。「オトノとかいう日本人がヤクザじゃないことを祈ろうじゃないか」

「でもそれほどの価値が、この城にあるんでしょうか？」

「わからん。本当に何処かに隠し財宝があるのかもしれないし、なくてもその存在を信じている者がいれば同じことだ」

アンドリュー警部は地下牢の中に入り、そこから外に通じるという秘密通路へと進んだ。闇はさらに深くなり、じめじめとした空気が肌にまとわりつく。

少し進むと、重々しい木製の扉があった。太いカンヌキで施錠するタイプだ。今はカンヌキは外され、扉が開きっ放しになっている。

扉の向こうは舗装もされていない土の地面になっている。壁も岩がむき出しになっていたり、植物の根が張っていたりする。大人が立って歩けるだけの高さは確保されているが、まるでモグラが掘った穴である。

「ひどい洞窟だな」

「補強はしてあるみたいなんで、危険はないと思いますが……」

「雨水が染み出してるじゃねえか。もうここは誰か調べたのか？」

「はい。ただしご覧の通り足元は水浸しで足跡は発見されませんでした」

「くそっ、靴が濡れちまう」

「引き返しますか？」

「いや、出口まで進んでみよう」

アンドリュー警部は果敢にも洞窟の中を歩き始めた。

よく見ると足元の水たまりにはかすかな流れが生じている。城から出口へ向かって、ゆるゆると流れているようだ。

「どれくらい歩くんだ？」

「さあ？」

二百フィート（約六十メートル）程度歩くと、外から吹き込む風と、雨音と、異様な轟音《ごうおん》が聞こえてきた。

アンドリュー警部は歩く速度をゆるめ、おそるおそる出口に近づいた。真夜中なので、洞窟を出た先に何があるのか、はっきりと見えない。

ようやく外の空気を感じ、アンドリュー警部はマグライトを正面へ向けた。

目の前はディー川だった。

降り続く雨の影響で勢いを増した泥流がごうごうと流れていた。

「危ねえ、俺に注意力が足りなかったら流されてたぞ！」

「ほ、本当ですね、まさか目の前が川だなんて」

「しばらくここには近づかないように連絡しとけ」

「はい」

後輩刑事は慌てて無線を取り出した。

「城が丘の上にあってよかったぜ。おそらく洞窟の中は川へ向かってゆるやかな下り坂になっているんだろう。高低差がなけりゃ川の水がさっきの地下まで流れ込んでるところだぜ」

「城が敵に襲われた際の脱出路でしょうね」

「俺も長くこの町に住んでるが、こんな洞窟知らなかったぜ」アンドリュー警部は増水した川を眺める。「しかし犯人はここから逃げたっていうのか？　この川に飛び込むのは自殺行為だぞ。事件当時から、水量はそれほど変わってないだろう」

「ボートを用意していたとしても、これではかなり危険ですね。舵取りできないし、転覆しかねない」

「ここから逃走することは命取りになる」

「それなら……犯人は何処に消えたんです？」

アンドリュー警部は事件の様相が大きく捻じれていくのを感じていた。それは経験上、取り返しのつかない失敗を予感させた。このままでは事件は迷宮入りしてしまうのではないか。

あらためて考え直さなければ。

アンドリュー警部は城に戻るなり、仲間を集めて情報を持ち寄らせた。ほとんどが既知の情報だったが、事件を整理するのにはちょうどいい。

黒マントの怪人をその目で直接目撃したのはヘンリーとオトノの二名。オトノはすぐに怪人を追って廊下に出たが、ヘンリーはホールにしばらく残ったと云っている。

その後廊下でオトノとロイが遭遇し、直後にアダムと鉢合わせしている。

「犯人は地下の秘密通路ではなく、何処か別の場所へ逃げたんじゃないのか?」同僚刑事が云う。「床に捨てたマントと凶器を釣餌にして、まんまと追跡者の目をかいくぐったのかもしれない」

「しかしあの一本道で三人のうちの誰にも見つからずにすれ違って逃げるというのは無理だろう」

「別の隠し通路があるかもしれん」

「ヘンリー氏は否定していたが、それについては徹底的に調べる必要がある。電気が復旧次第、取りかかろう」

「内部犯行の可能性はないのか?」アンドリュー警部は口を挟む。「ヘンリー、オトノ、ロイ、あるいはアダム。彼らのうち誰かが黒マントの男だったという可能性は。ヘンリーとオトノは二人一緒に怪人を目撃しているから、除外してもいいかもしれんが」

「なるほど、素早くマントを脱ぎ捨てて、何食わぬ顔で追跡者たちの仲間に入るというわけか」

「あ、それは無理だったんだ」アンドリュー警部は首を振って自ら否定する。「時間的に間に合わない。マントと凶器は地下通路の奥に捨てられていたんだ。往復にかかる時間を考えると、オトノ、ロイ、アダムの三人はその場に居合わせられなかったはずだ。この中の一人が百五十フィートの距離をわずか数秒で往復できたはずがない」

「じゃあオトノたち三人のうち誰かが、マントと凶器をこっそり手に持ってて、地下通路の奥にたどり着いた時にさりげなく捨てたのでは？」

「そんなあからさまな行為が見咎《みとが》められずに可能だろうか？ それにかなり離れた位置から、床に落ちているそれらを発見したらしい。誰かがこっそり捨てたというのはない」

「あるいはマントと凶器のダミーをそれぞれ用意しておいて、あらかじめ地下に置いておくというのはどうだろう」

「マントにも凶器にも被害者のものと思われる血が付着していた。だからダミーというのはありえない。犯人が被害者を殺害後にそれらを地下に置いたんだ」

「しかしオトノも、ロイも、アダムも、そこに行って戻ってくるだけの時間がない」

「ということは外部の犯行か。黒マントの怪人が何処からともなく現れて、地下から外へ逃げたということになるのか……」

「しかし逃走しようにも、あの川の流れでは、とてもじゃないが逃げられないぞ。犯人があそこから逃走したとはとても考えられない」

「じゃあ犯人は忽然《こつぜん》と消えたっていうのか？」

歴戦の刑事たちも、異様な状況にさすがに沈黙せざるをえなかった。

「あらゆる面で不可能性が露呈してきたな。だとすれば証言に誤りがあるのか、それとも誰かが嘘をついているのか……」

「全員が嘘をついているのかもしれん。黒マントの怪人をでっちあげて、今夜ここで起きたことを隠蔽するつもりだったのでは？　そもそも黒マントの怪人なんていないんだよ。目撃したと云っているのはたった二人だけだぞ」

「この城の主と、怪しげな日本人か」

「そういえば日本人は何処にいるんだ？」

刑事たちは顔を見合わせてお互いに首を振る。

「おい、誰も把握してないのか？　そもそもオトノから話を聞いたのは誰だ？」

「はい、私です。一言二言喋って、早々に何処かに行ってしまいましたよ。忙しいとか云って……」

「は？　まさか逃亡したんじゃないだろうな！」

刑事たちが色めきたった。ただでさえ取っ掛かりのない事件だっただけに、怪しい日本人の存在はもはや無視できない事態になっている。

「おい、日本人を探せ！　今すぐにだ！」

アンドリュー警部が大声を上げた。

その時、同時に、廊下から別の声が聞こえてきた。

「怪人が出たぞ！」

「なんだって！」

刑事たちは群れをなして廊下に飛び出す。

アンドリュー警部は彼らに遅れて部屋を出た。

廊下の正面から走ってくる黒い影。

黒いマントを翻しながら近づくその影は、刑事たちの群れを見て足を止めた。フードを目深に被っているので顔は見えない。

怪人の向こう側に制服警官がいる。彼が怪人を追い立ててきたらしい。

挟み撃ちだ。

怪人は動きを止める。

声を聞きつけた城の住人たちが姿を現す。ヘンリーをはじめとして、ロイとアダムも青ざめた顔で現れた。

張りつめた空気を肌で感じ、誰も動くことができない。刑事たちは銃を携帯していなかった。

怪人もそれを知ってか、臆する様子はない。

「もう逃げられないぞ。観念しろ！」

アンドリュー警部が一歩怪人に近づいた。

怪人の右手にはヴァイオリンケースが提げられている。

「それを置いて下がれ！」

アンドリュー警部の声に怪人は大人しく従う。

アンドリュー警部はゆっくりとヴァイオリンケースに近づき、怪人の動きを警戒しながら、しゃがみ込んで、それを開けた。

中身は普通のヴァイオリンだった。

「なんだこれは？　盗むつもりだったのか？」

怪人は首を横に振って答える。

「お前は一体何者なんだ」

「お答えしましょう！」

そう云って怪人は威勢よくマントを自ら剝《は》ぎ取った。

「私は名探偵音野順《じゅん》の兄、音野要です！」

4

事件の関係者がホールに集められた。屍体はすでに搬出されていたが、血痕は生々しく残されている。また鑑識班が施した指紋採取の痕跡や、証拠用の撮影機材などが目につき、雑然とした印象だ。そこに刑事たちを含め、数名が輪を作っていた。

その中心にいるのはオトノである。

「さて皆さん、お集まりですね」

オトノは両手を広げて云った。

「どういうつもりだ、お前」アンドリュー警部はいきなり突っかかった。「場合によっちゃ、お前さんを逮捕しなけりゃならないところだぞ。わかってるのか？」

「ご安心ください！　その必要はありません」そう云ってオトノはふと腕時計に目を落とす。

「夜も遅いし、私にはあまり時間がありません。手短に済ませましょう。退屈な演奏とつまらない話は観客を眠らせてしまう」

「さっきの茶番はなんだったんだ」

「はい。実験です。いかにして怪人は消えたかという問題に取り組んでいたところでした。途中で止められてしまったのですが……ちなみにあれはマントではなく部屋にあった斜光カーテンです。お借りしてしまいました」

「お前が持っていたヴァイオリンはなんだ？」

「それについては後で話します。まずは、怪人が何処から来て何処へ消えたのか、説明しましょう」

「まるですべてわかっているかのようだな」

「ええ、わかっています」オトノはさらりと云って、さらに言葉を続けた。「怪人は最初から城の中にいました。といっても、伝説にあるように、バーンズ城に怪人が住んでいたというわけではありません。その人物は我々に対しては普通の顔を装いながら、今夜だけ怪人に化けたのです」

「つまり……犯人はこの中にいると云うのか？」

「そうです。彼はこのホールでダニエルさんを殺害しました。犯人と被害者は当然顔見知りで、ダニエルさんは犯人に対し気を許していたと思います。ダニエルさんがよそを見ている隙に、このホールの何処かに隠しておいたマントをまとい、短剣を持ってダニエルさんにこっそり近づき、刺したのです。この時点でマントを着たのは、返り血を防ぐためでしょう。そして悲鳴を聞いて、我々がここに駆けつけました」

「その時お前は犯人を見たんだろう？」

「はい。黒マントの怪人の姿がそこにありました。しかしすぐに怪人は逃走したので、私は追いかけました。廊下を出て、角を曲がって走っていると、そこにロイさんが現れました。ロイさんは部屋から出てきて、何事かと聞いてきました。それから二人一緒に怪人を追いかけようとすると、そこへアダムさんが現れて、ロイさんとぶつかりそうになりました。アダムさんは何者ともすれ違っていないと証言したので、怪人が地下へ向かったのだと推測されたのです。もう一つの部屋は、誰もいないことを私が確認しましたからね。そして我々は地下へ向かうことにしました。アダムさんが懐中電灯を用意し、それをロイさんが持って先頭に立ち、地下へ下りたのです」

「そして通路の奥に、血まみれの凶器とマントを見つけたんだろう？」アンドリュー警部が云う。「云っとくが、秘密の通路を抜けても外には逃げられないぜ。なんせこの雨で川が荒れていて、とてもじゃないが脱出は無理だったんだ。怪人は消えちまったんだよ。そうでなけりゃ、三日後に下流で屍体になって発見されるだろう」

「怪人は消えていません」

「だったらなんだ、お前がさっき云ったようにこの中に犯人がいるとでもいうのか？」

「ええ。では結論から云いましょう」

オトノはゆっくりと歩いて、ある人物の前に立った。

「犯人はあなたですよ、ロイさん」

オトノは真っ直ぐにロイを指差した。

「お、おい、突然何を云い出すんだ！　刑事さん、この人捕まえた方がいいんじゃないのか？」

「根拠はあるのかね」アンドリュー警部は冷静に尋ねる。「そもそも彼が怪人のはずがないだろう。怪人は地下通路の奥にマントと凶器を捨てているんだ。もし彼が怪人だとしたら、十秒で百五十フィートを往復しなけりゃならない。そうしなければ走って追ってくるお前の前に、ひょっこり顔を出すなんてことできないからな」

「ところができるんですよ」

「不可能だ。彼がオリンピック選手だとしても無理だ。あるいは超能力者だというのなら、俺も考え直してやっていいが」

アンドリュー警部は嘲笑《ちょうしょう》するように云う。

「十秒あれば地下へ下りる階段を往復するくらいはできます。そう、階段だけなら」

「階段？　凶器とマントは階段の下にあったんじゃない、百五十フィート先の床に落ちていたんだ」

「実は百五十フィートの通路をゼロフィートにする方法があるんです。それを使って、犯人は一瞬で、通路の奥に凶器とマントを置くことを可能にしたのですよ」

「百五十フィートの通路をゼロフィートに?」

「地下通路を思い出してください。絨毯が敷いてあったでしょう。真新しい絨毯でした。ヘンリーさんが用意したものと聞きました」

「そうだ」

ヘンリーが静かな声で同意する。

「百五十フィート分の絨毯はすべて繋がっていますか?」

「いや、三枚くらいに分かれていたはずだが……」

「しかし三枚なら、裏面にテープを張るなどして、一枚の長い絨毯として連結させることは可能ですね?」

「可能だろう」

「それが答えです」

「何が答えなんだ?」

「絨毯を端から丸めておくんです」

「は?」

「奥から絨毯を丸めてきて、全部丸めきっておけばいいんです。すると巨大な円筒形になるでしょう。ちょうどバウムクーヘンみたいな……そのバウムクーヘンを階段の下に置いておきます。バウムクーヘンの中心にはある程度の空間をつくっておき……そこにマントと凶器を突っ込みます。そして再びバウムクーヘンを転がして一枚の絨毯に戻した時、マントと凶器は通路の奥、ちょうど行き止まり近くの絨毯の上に落ちているような状態になります」

「そ、そりゃ確かに原理的にはそうかもしれんが、そんなことが可能なのか？」

「彼はやってのけました。彼は逃げながらマントを脱ぎ、急いで地下に下りて、あらかじめ用意しておいたバウムクーヘンの中心に凶器とマントを突っ込んで、階段を引き返し、私が来る前にゲームルームに入ったのです」

「いや、待て。絨毯の幅と通路の幅は一緒だ。バウムクーヘンも通路にぴったりとはまっていて、その中心に横から手を入れることはできないんじゃないか？」

「いいえ、地下の階段下には詰め所としてのスペースがありました。これを利用すれば横から手を入れることは可能です」

「しかし丸まった絨毯を転がさなきゃ、元のように一枚の絨毯として床に敷かれた状態にはならんのだぞ！　転がしているだけでも時間がかかってしまう。むしろ走って往復するよりもずっと時間がかかるんじゃないか？」

「円筒形をしているのだから、ちょっと蹴っ飛ばしてやればあとは勝手に転がっていきますよ」

「そんなはずはない。実際にやってみろ、慣性でいくらか転がったとしても、絶対に途中で止まるはずだ」

「そうかもしれません。でもご存じかどうかわかりませんが、地下通路は奥に進むに従って高度が下がっているはずです。これは脱出路を作るために、構造上そうするしかなかったのだと思います。水平の通路を作ってしまったら、丘の中腹にぽっかりと目立つ脱出口ができてしまいます。できるだけ川辺の人目につきにくいところに脱出口を設けるため、傾斜させてあるのだと思います。きっと丸めた絨毯はほどよく転がったんじゃないでしょうか」

「確かに出口へ向かって傾斜しているようだったが……しかしそれでは逆に丸めておいたものが勝手に転がっていってしまわないか？」

「試してみないとわかりませんが、最初の一押しがあるまでその場で保っていられたのではないかと思います」

「そんなものをあらかじめ……ずっと地下の入り口に置いてあったのだとしたら、さすがに誰かに気づかれる可能性が高いだろ」

「犯人は今朝から地下の電気がつかないように細工していたみたいです。電気がつかなかったのはけっして嵐のせいではありません。真っ暗だから地下に入れない、というもっともな理由をつけて人を遠ざけたのです」

「仮に本当にそのトリックが使われたのだとして、どうして犯人が彼だと云えるんだ？　条件はアダムも一緒じゃないか」

アンドリュー警部の指摘に、アダムはむっとしたが、すぐに執事流の無表情に変わった。

「地下通路を進む時、ロイさんが常に先頭に立って進みました。明かりも彼が持っていました。もしも絨毯がうまく転がっていなかったり、あるいは何らかの不手際があったりした場合を考え、先頭に立つことで処理しようとしたのでしょう」

「それだけ？　それだけで犯人扱いか？　冗談じゃねえよ！」

　ロイはついに声を荒らげた。

「そして、もう一つはそれです」オトノは怯むことなく、ロイの靴を指差した。「スニーカー」

「は？」ロイは怒りの矛先を見失い、身体を震わせた。「なんだって？　俺の靴がどうしたって？」

「今日はずっとその靴を履いていましたね？」

「あ、ああ！　だからなんだよ」

「ではここでヘンリーさんにお尋ねします。楽器がたくさん置かれている隠し部屋にロイさんを入れたことはありますか？」

「いや、ない。ロイは興味がないと云って近づかなかった」

「では今日の午前中は？　ダニエルさんと一緒に部屋に入ったそうですが、その時、ロイさんは同行しましたか？」

「いいや」

「やはりそうですか」オトノはアンドリュー警部に向き合う。「刑事さん。至急、書斎を封鎖して、足跡の調査をした方がいいですよ。暖炉の近くにロイさんの足跡が残されています」

「ああ！」ヘンリーが思い出したように云った。「あの灰を踏んだ足跡は私のものではなく、ロイのものだったのか」

「はい。靴底の形状からして、ヘンリーさんのものとは違いました。ダニエルさんの足跡かとも考えましたが、それも違うようでした。ロイさんの靴を確認してみると、形が一致する。おそらく靴底のパターンも一致することでしょう」

「おいおい、例の隠し部屋と今回の事件、何の関係があるというんだ」

「ロイさんが盗んだんですよ。バーンズ城の隠し財宝を」

「隠し財宝だと？」

「オトノ君、それは無理だ。隠し部屋に入るための鉄格子を開けるには、私が持っている鍵が必要だということを知っているだろう？」ヘンリーが当惑した口調で云った。「鍵はずっと私が持っていた。合鍵を作るには審査を必要とし、私の承認なしにはまず不可能だ。あの部屋から何かを盗み出すことなんて、できないはずだ」

「確かにあの鉄格子を開けることは、ヘンリーさん以外には不可能だったでしょう。しかし鉄格子を開けずに中身を盗み出すことが可能だったんです」

「ば、馬鹿なことを云うな」アンドリュー警部が云う。「俺も隠し部屋を見させてもらったが、鉄格子から手を伸ばしたところで、楽器には届かないぞ。それにあの十字格子では、ヴァイオリン一つ通るまい」

「それでも彼らは盗み出したんです。これを」

そう云ってオトノは足元のヴァイオリンケースを指差した。

「こんな大きなもの、どうやって鉄格子を開けずにあの部屋から持ち出すんだ？　それに……彼ら？　盗みを働いたのは、ロイだけじゃないのか？」

「はい。殺害されたダニエルさんも、盗みに関与していました」

「どうしてそう云える？」

「ある程度知識がなければ、それが貴重なものだと気づかないからです。ダニエルさんは今までに二度、隠し部屋に入っているそうですが、おそらく一度目でその存在に気づき、二度目で盗み出す手はずを整えたのでしょう。つまり今日の午前中に、ロイさんとダニエルさんはついに盗み出すことに成功したのです。おそらくは、ヘンリーさんが私を迎えるため、城を留守にしている間に……足跡はその際についたものと考えられます。しかし貴重な宝を巡って二人の間に何らかの問題が生じました。金銭の分配に関する問題か、それとももっと単純に、どちらかが独り占めしたいと考え始めたのか。おそらく後者でしょう。ロイさんはダニエルさんの殺害を当初から計画していたとみられるので、ダニエルさんを利用するだけして、宝は全部自分のものにするつもりだったのかもしれません。いずれにしろ、これが今回の事件を招いた宝です」

「このヴァイオリンが？」

アンドリュー警部はヴァイオリンケースを覗き込む。そこには一見して普通のヴァイオリンしかない。

「オトノ君、あの部屋からヴァイオリンは一台もなくなっていないぞ。君も見ただろう？」

「ええ。実はこのヴァイオリンケースとその楽器は、ダニエルさんの遺品です。バーンズ城にあったものではなく、彼が持参したものです」

「じゃあ何が貴重な宝なんだ」

アンドリュー警部は焦れたようにオトノに詰め寄った。オトノは涼しい顔をして、ヴァイオリンケースの蓋裏についているジッパーを開けた。

「この中にあります」

蓋裏の収納場所に、木製の杖のようなものが見えた。それは光沢のあるつやを放っており、まったく古さを感じさせない。オトノはその先端をハンカチで優しく包んで、手に取った。

それはヴァイオリンを演奏するための弓だった。

「弓……？」

「はい。実は隠し部屋で初めてヴァイオリンを見た時、何かが足りないと感じました。確かに悪いヴァイオリンではないけれど、決定的に何かが足りないと。すぐにそれが何かわかったのですが、些細《ささい》な問題としてヘンリーさんにはあえて問いませんでした。もしその時尋ねていれば、今の状況は変わっていたかもしれません。あのヴァイオリンに足りなかったのは、それを演奏するための弓でした。とくにあのようにケースに入れられて、貴重そうに置かれている様子からみて、美しいヴァイオリンと、美しい弓はセットであったと考えていいはずです。鳥にたとえるなら弓は片方の翼。それが欠けていては空を飛ぶことはできません」

「その弓は貴重なものなのかね？」

「高名なフレンチボウ、トルテの最高級品です。ヴァイオリンはその本体の音の深さも重要ですが、演奏する弓次第では、かえって粗末な音しか奏でられないこともあります。逆にいい弓を使用すれば、奏者の技量にかかわらず素晴らしい音が出るとも云われます。この世で最高の音を奏でる弓。これこそバーンズ城の隠し財宝といっていいでしょう。売買価格は三十万ポンド（約五千五百万円）はするでしょう」

「そ、それが三十万ポンド？」アンドリュー警部の声が裏返る。「そんなに値が張るのか！　そんなものが……」

「ヘンリーさんが初めにダニエルさんを隠し部屋に招いた時には、ヴァイオリンケースとともに弓があったはずです。覚えていませんか？」

「いや、残念ながら弓には注意を払わなかった。ヴァイオリンこそが価値あるものだと思い込んでいたからな」

「弦楽器に詳しくない人には仕方ないことです」

「ダニエルは私の無知を利用し、弓を盗もうとしたのか」

「おそらく。そしてヘンリーさんの息子、ロイさんの力を借りることにしたのでしょう。ダニエルさんにとってこの城は他人の家ですし、内部の協力者がいた方が成功すると考えたはずです」

「そして今日決行されたわけだ」

「しかしどうやって盗み出したんだ？　私は彼の行動を見守っていたが、弓を持って外に出ることはなかったぞ」

「ヴァイオリンを調べる際に、こっそり弓に細い糸を仕掛け、その糸のもう一端を鉄格子近くまで持っていきます。部屋を出る時にさりげなく手元の糸を落としていったのでしょう。頑丈な十字格子でも、手を伸ばせばその近くに落ちている糸を取ることくらいはできます。そして糸の先にある弓を手繰り寄せることも。ヴァイオリンケースは留め具が壊れていたので、その中にある弓を隙間から引き寄せることも可能だったでしょう。そうです、ヴァイオリンの本体は取り出せなくても、弓だけなら鉄格子の向こうから取り出せるのです。それに床には絨毯が敷いてあるので、傷つけずに手に入れることができます」

「なるほど……今回の事件は弓の盗難に絡んだ悲劇だったわけだ」

アンドリュー警部はついに納得したように云った。

「トルテの弓は全部で四本ありました」オトノは静かに弓をケースの中に戻すと、蓋を閉じた。「いずれの弓も弓毛の劣化具合からみて、ダニエルさんが演奏用に持ち歩いていたものではないことは確かです。ちなみにこのヴァイオリンケースは、ダニエルさんのものですが、ロイさんの部屋で見つけました。警察に押収される前に、彼が回収しておいたのでしょう。ロイさんが事情聴取を受けている隙に、こっそり忍び込んで取り返しておきました。スニーカーの件で、おおよその目星はついていたので、宝はそこにあるだろうと踏んでいたんです。さて、これはヘンリーさんのものです。お返しします」

オトノは弓を入れたヴァイオリンケースをヘンリーに手渡した。

「こんな雨の日でなければ、怪人は地下通路から外へ逃げたと、誰しもが考えたでしょう。嵐の夜には人殺しなんてしないものです。以上、私からの話は終わりです」

オトノはにっこりと笑って云うと、オーケストラの指揮を終えた時のように、深々と礼をした。

ロイは顔面を真っ青にして、完全に言葉を失っている。刑事たちがロイを取り囲んでいた。

こうしてバーンズ城の殺人事件は幕を閉じた。

「ところで刑事さん」オトノは急に慌てた様子でアンドリュー警部を呼びとめた。「私用があって、私は今すぐに空港へ行かなければならないんです」

「空港？」

「オトノ君、明日の午後までは自由の身ではなかったのかね？」

ヘンリーが云うと、オトノは静かに首を振った。

「仲間の指揮者が病気で、急遽代わりが必要になったらしいんです。彼らの楽団を指揮できるのは他に私しかいませんからね」

オトノは気障《きざ》っぽくウインクしてみせた。

「お前さんにはまだまだ聞かなけりゃならんことがたくさんあるんだが、いいだろう、我々の仲間を同伴させるという条件でなら、許可する」

「そうですか、ではアンドリュー警部、一緒に来られますか？」

「お、俺か？　俺は忙しい。よし、お前行け」

アンドリュー警部は後輩刑事を差し出した。

「い、今からですか？　一体どちらまで……」

「パリです」

「パ、パリ!」

「空港までパトカーで先導してやろうか?」

「いえ、迎えがそろそろ来る頃です」

オトノはホールから外に出ていった。雨はまだ降り続いていたが、嵐は通り過ぎたようだ。霧雨が細々とバーンズ城を濡らしていた。

オトノを追って外に出た刑事は、自分の目を疑った。

空からゆっくりと、まばゆい光が下りてきた。

それは轟音と強風で地面を圧倒しながら、バーンズ城の前に着陸した。

ヘリコプターである。

オトノはヘリコプターまで駆け足で向かった。

ステップに足をかけたところで、振り返る。

「それではみなさん、さようなら」

バイバイ、と気軽に別れを告げるように、オトノは着の身着のままでヘリコプターに乗り込んだ。彼のあとを、同行を命じられた刑事が追いかける。彼はオトノの手を借りながら、やっとヘリコプターに乗り込むことができた。

ヘリコプターがすぐさま地上から離れていく。その光景をアンドリュー警部たちはあぜんとしたまま見送った。

やがてヘリコプターのストロボ灯が視界から消え、ローター音が聞こえなくなると、静かな雨音だけが残された。

マッシー再び

1

金延村《きんのべむら》の事件以来、音野順《おとのじゅん》はすっかりひきこもりを悪化させていた。事件のあと、岩飛《いわとび》警部からこっぴどく叱られたことが一因であるのは間違いない。けれどそれ以上に、探偵としての責務と、犯人に対する同情心が、彼の中で拮抗《きっこう》し、堂々《どうどう》巡りの自己矛盾に陥《おちい》ってしまったのが原因だろう。

もちろんどんな理由があれ、殺人が許されるはずはないし、音野もその前提に疑念を抱くことはないと思う。事実、これまでいくつかの事件を通して、探偵として犯人を告発することに、誇りのようなものさえ芽生え始めていたはずだ。けれど……音野は優しすぎた。被害者の気持ちに寄り添うだけならともかく、犯人の気持ちにまで寄り添ってしまう。そんな調子では、いつか彼の心が耐えられなくなってしまうのではないかと恐れてはいたが……ついにその時が来てしまったのだ。

音野はもう、事件と向き合うこと自体が嫌になってしまったみたいだ。

以前にも増して彼は部屋に閉じこもり、一日中ごろごろと過ごしている。南極の風景写真のジグソーパズルを組み立てては崩すのを繰り返し、パズル雑誌の空欄を片っ端から埋め、ドミノをあちこちに並べては倒し、それ以外の時間は毛布を被って寝ているという有様だ。

こうなってしまったのは、私の責任でもある。探偵としての才能を少しでも活かせればと、彼をあちこち連れ回したせいなのだ。私は少し急ぎすぎたのかもしれない。だから彼が立ち直るまで、無理に引っ張り出すことはやめにした。世界一ゆっくりな探偵でいい。とにかく彼の心の傷が癒えるまでは……

すると音野もそんな状況に甘え、変化に乏しいひきこもり生活のまま月日が流れていった。私も作家としての仕事に追われる毎日で、この状況を脱却しようと考えている余裕はなかった。

そんなある日……久々に探偵事務所のインターホンが鳴った。

ドアを開けると、そこには一メートルはあろうかという細長い首に、爬虫類《はちゅうるい》のような顔をした生き物がいた。パステル調の水色の身体は、筒状に丸々と膨らんでいて、両脇にヒレがついている。でこぼことした太い尻尾を廊下に引きずっていた。

そのデフォルメされた恐竜のような姿には見覚えがあった。

真宵《まよい》湖のマッシーだ！

「お久しぶりです、白瀬《しらせ》さん」

マッシーが喋った！

……なんてことは当然あり得ず、マッシーの陰から姿を見せたのは、松前乙姫《まつまえおとひめ》だった。

彼女は金延村の有力者である松前家の娘で、前回の事件の依頼者でもある。

「乙姫さん！　どうも、ごぶさたしてます。いつも手紙をありがとうございます」

事件後、乙姫は定期的に我々のもとに近況を知らせる手紙を送ってくれていた。メールではなく手紙というのが、いかにも古風なお嬢様を思わせる彼女らしい。

「あれからいろいろありましたけど、白瀬さんたちのおかげで金延村もなんとかやっていけています。その節は本当にありがとうございました」乙姫は深々と頭を下げる。「バタバタしているうちに時間がどんどん過ぎてしまって……なんだかここに来たのは十年以上も前のような気がします」

「そんなご冗談を。一年ぶりくらいですよ」私は笑って応じる。「それにしても……この巨大なマッシーはなんですか？」

マンションの廊下を占拠する水色の恐竜を指差す。一般的なぬいぐるみをはるかに超えた巨大ぬいぐるみだ。

「真宵湖から連れてきました」乙姫は冗談っぽく云って笑った。「白瀬さん、前にすごく欲しそうにしてましたから……ぜひ差し上げようと思って。これ、特注品なんですよ」

「えっ……もらってもいいんですか？」

「もちろんです！」

乙姫は大きく肯く。

「いやあ、感激です！」私は早速マッシーの首を抱きかかえ、部屋の中に引き入れる。「ここまで運ぶの、大変だったでしょう」

「いえ、そんなに重たくありませんし」

「乙姫さんもどうぞお上がりください。散らかってますけど」

私はどうにか巨大マッシーを室内に運び込み、ソファに座らせた。なかなか据わりがいい。

乙姫はその隣に座る。

「今日はわざわざこれを届けに？　連絡いただければ、こちらから伺《うかが》ったのに……」

「急ですみません」乙姫は恐縮した様子で目を伏せる。「実は白瀬さんと音野さんにご相談したいことがあって……マッシーはそのついで、と云ってはなんですけど、ちょっとしたお土産というか……」

「そんな気遣いはいりませんよ。我々はいつでも味方になりますから」私は彼女の向かいに座る。「それで、何か困ったことでも？」

「村でまた、ちょっとした事件が起きまして……」乙姫はそこで言葉を区切り、室内を見回した。「あの……音野さんはいらっしゃらないんですか？」

「彼は隣の部屋にいますよ。ただ、ちょっと調子が悪いんで横になっています」

「えっ、大丈夫なんですか？」

「あ、心配しないでください。名探偵だけが時々かかる風邪みたいなものですから」

「そんな風邪があるんですね……」

「それで事件というのは？」

「それが少し奇妙な話で……白瀬さんたちに相談するしかないと思ったんです。聞いてもらえますか？」

「もちろんです。音野はともかく、私は話を聞くくらいしかできませんからね。なんでも聞きますよ」

「ありがとうございます」乙姫は居住まいを正し、隣に座るマッシーをちらりと見やった。

「マッシーのことはもちろん覚えてらっしゃいますよね？　白瀬さんには説明するまでもないとは思いますが……金延村にある湖、真宵湖に生息するとされる謎の水棲生物です」

「結局、見間違いだったということで、オチはついたんですよね？」

「そのはずだったんですけど……最近になってマッシーブームが再燃しているんですよ。というのも、金塊祭《きんかいまつり》が廃止になったあと、村は代わりの観光資源としてあらためてマッシーを売り出し始めたんです。それが何故かネットで評判になって……金鉱の村としてアピールしていた頃より、はるかに観光客が増えているらしいんです。それに伴って『マッシーを見た』という噂が再び出始めたりして、その噂がさらに人を呼ぶような状況になっています。金塊祭なんか早くやめていればよかったと、父は云っているくらいです」

「なるほど……あの事件以来、村も変わりつつあるんですね」

「ええ。これに関しては村の人たちも、白瀬さんたちに足を向けて寝られないと云っています。お二人がいなければ、伝統ある金塊祭をやめるという決断はできなかったでしょうから。名探偵さんの銅像を建てようかという話もあるくらいですよ」

「それは……なかなかいいアイディアですね」

私は笑い出したいのをこらえながら云う。音野の銅像を想像すればするほど、おかしくて仕方なかった。歴史ある偉人たちのように威風堂々《いふうどうどう》とはしていないだろう。膝を抱えてしゃがみ込んでいる銅像だろうか。

「ところで白瀬さんは、マッシーが本当にいると思いますか？」

「個人的な意見としては、ぜひいてほしいですけどね……例の事件のいきさつを知っている立場としては、やはり見間違いの類《たぐい》だろうと思いますよ」

「そうですよね……私もそう思っていました」

「思っていました？　というと、まさか乙姫さんもマッシーを目撃したとか？」

「いえ、直接見たわけではありません。ただ、マッシーが現れたとしか思えない出来事が起きてしまったんです」

乙姫の声のトーンが一段下がる。笑みを零《こぼ》しつつ聞いていた私も、表情を引き締めた。

「それは一体、どんな？」

「つい先月のことなんですけど……村に観光に来ていた男性が、道の外れで亡くなっているところを発見されました。直接の死因は頭部の損傷で、それ以外にも全身を強打したような痕跡《こんせき》が見られたそうです。現場で検視に立ち会った医者が、私のかかりつけの先生だったので、内緒で詳しく話を聞くことができました」

「警察はどのように判断したんですか？」

「当初の見立てでは、事件とも事故とも云いきれないという話でした。被害者の身体や衣服に残された痕跡からみて、道路上でなんらかの強い衝撃を受けて弾き飛ばされ、道端に倒れたのだろうというところまでは推測できるのですが、そもそも何が起きてそうなったのか、特定できなかったという話です」

「交通事故ではないんですか？」

「ええ、確かにそうとしか思えないような状況なんですけど……不思議なことに、現場にはブレーキ痕や、自動車の破片、塗料など、交通事故だと断定できるような物的証拠がまったくなかったそうなんです」

「なるほど……なんらかの強い衝撃ですか」

「他にもいくつか不可解な点があって……遺体のすぐそばに大きな石が落ちていて、それが被害者の頭部に致命傷をもたらしたものだと断定されたのですが……その石は金塊祭の時に使用されていたフェイクの金塊だったんです」

「えっ？　あの大きな石を金色に塗っただけの、あれ？」

「そうです、あれです」

金塊祭では、巨大な金塊が神輿《みこし》に載せられ、若い男たちの掛け声とともに村を一周していた。けれど十年くらい前から、その金塊はフェイクの石とすり替えられており、実際にはなんの価値もなかった。

金塊がフェイクであるという事実は、例の事件を通じて、村人のほとんどが知るところとなったようだ。しかし村人たちの反応は薄く、怒りの声を上げたり、関係者を糾弾したりする者はいなかったという。誰もが「やっぱりね」程度にしか思わなかったらしい。金塊が本物でないことは、みんなが薄々察していたのかもしれない。

今となっては誰も金塊祭について語りたがらないという。村の恥として、封印したい記憶となってしまったのだろう。

「あのニセ金塊って、洞窟の奥の祭壇に置かれていましたよね」

「はい。でも祭の廃止が決まったあと、祭壇は取り壊されました。物々しい鉄格子の門も二ヵ所とも撤去されて、今は立ち入り禁止と書かれたフェンスが立っているだけです。その後、洞窟は役場の倉庫として利用されてきました。金塊も処分する案が出たんですが、今まで守り神として崇《あが》めてきた手前、そう簡単に捨ててしまうこともできず……結局、もう使われることのなくなった神輿と一緒に、洞窟の奥に保管されていました」

「観光客の遺体は、洞窟の近くにあったんですか？」

「いえ、近くはありません。洞窟から村の集落の方へ下った辺り――歩いて十分程度の距離でしょうか」

「洞窟にあったはずのニセ金塊が持ち出され、観光客の遺体のそばで見つかった……そう考えると犯罪の臭いがしてきますね。しかもそれが致命傷をもたらしたものだとすると、凶器として殺害に使われた可能性も……」

確かにここまでの話を聞く限り、犯罪とも事故とも判断し難い。あるいはその両方という可能性もあるだろう。たとえば自動車事故に遭って倒れていた被害者に、誰かがニセ金塊を振り下ろしてトドメを刺したとか。

しかしその場合、何故殺人者の手元にニセ金塊があったのか謎だが……

そもそもニセ金塊は、凶器として扱うには大きすぎる。重量も相当なものだろう。フェイクとはいえ立派な石だ。大雑把《おおざっぱ》に見積もって三、四十キロ、大きさも縦横四十センチ程度はある。私の力で持ち上げられるかどうかも疑わしい。はたしてそんなものを凶器に選ぶだろうか。

「もともとそこに落ちていた金塊に、被害者が何かの拍子に頭をぶつけて亡くなったという可能性は？　それこそ交通事故で弾き飛ばされた際に……」

「それはなさそうです。金塊は血痕《けっこん》のついた面を下にして落ちていたそうなので、被害者の方からぶつかったとは考えられません」

「そうですか……」私は腕組みして唸《うな》る。「少なくとも誰かが金塊をそこまで持ち運んだことは間違いないわけですね」

「ええ。警察も、何者かによって金塊が洞窟から盗み出されたと考えているみたいです。その証拠に、遺体から少し離れた雑木林の中で、破壊された神輿が見つかっているんです」

「神輿が？　一体何故……」

「洞窟を管理していた人の話によると、もともと金塊は神輿に載せられた状態で保管されていました。神輿はちょうど神社のお社《やしろ》を小さくしたような造りで、祭の時は四方の両開きの扉を開け放して、中にある金塊が見えるようにしていたのですが、保管する際に扉を封印し、さらに厳重にお社全体に鎖を巻きつけて施錠したそうです。もし鍵を使わずに金塊を盗むなら、神輿をバラバラにする必要があるだろうという話でした。このことから、泥棒はいったん神輿ごと金塊を持ち出し、作業のしやすい場所へ運んだのではないかと考えられます」

「ずいぶん大胆な犯行ですね」

そうまでして金塊を盗もうとしたということは、それがフェイクであることを知らなかった者の犯行だろう。おそらく村の外から来た者だ。

神輿ごと運ぶのであれば、最低でも担ぎ手が四人は必要になる。平行に並んだ長い担ぎ棒が二本、お社はその中央に据えられているため、台座を挟んで前に二人、うしろに二人。もちろん人数を増やせば、より速やかに運び出せるはずだ。祭の時は、十人以上で担いでいたように記憶している。

「ここまで情報が揃っていれば、事件の構造は明らかじゃないですか。おそらく金塊の噂を聞きつけた窃盗団の犯行でしょう。彼らは神輿ごと金塊を盗み出すことに成功したが、途中で仲間割れを起こして一人を殺害。金塊がフェイクであることに気づいて、それを捨てて逃げた……といったところでしょう」

「さすが白瀬さん。警察もその方向で捜査を進めているそうです」

「それならもう我々の出番はありませんよ。警察に任せておけば、きっと解決してくれます」

「ところが……父から聞いた話ですけど、ここに来て捜査が難航しているらしいんです」

「どういうことですか？」

「実はかなり早い段階で容疑者が特定されていたそうなんですが、逮捕までには至らず……決め手を欠いたまま捜査は今もなお膠着《こうちゃく》状態だという話です」

「容疑者が特定できているのに？」

「はい……その人物は、被害者の男性と一緒に村に来ていた堀川秀樹《ほりかわひでき》という三十五歳の男です。現場にあった金塊から指紋が検出され、窃盗の罪で前科のある人物として、その男が特定されたそうです」

「指紋か……それならもう決まりじゃないですか。堀川が金塊で被害者を殴り殺したんでしょう？」

「それが……堀川は観光で金延村を訪れたことは認めましたが、殺人については否認しました。被害者の男性とは村で別れてそれきりだ、と。金塊の指紋はどういうことかと問い詰めると、確かに洞窟に忍び込んで金塊に触れたのは事実だが、それ以上のことは何もしていないと主張したんです」

「洞窟は誰でも入れる状態だったんですか？」

「そうですね……一応入口にフェンスが立ててありましたけど、工事現場にあるような立ち入り防止柵に、チェーンと南京錠で施錠していただけなので、壊そうと思えば簡単に鍵を壊せますし、そのあとフェンスをどかせば誰でも出入りできてしまいます。堀川は、南京錠は初めから壊れていたと供述しているそうですが、本当かどうかはわかりません」

「怪しいなあ……中に侵入している時点でもう盗む気満々じゃないですか。金塊は神輿のお社の中にしまわれていたはずですよね？　直に触れることができる状態だったんですか？」

「はい。お社の構造上、封印されていた扉の下に隙間がありましたし、外から指で触れること自体は可能でした。堀川はあくまで興味本位で触れただけだと主張しているそうです」

「そこまでしておいて、何もせずに帰ったというのは、さすがに筋が通りませんよ。その堀川という人物が犯人で間違いありません！　そいつが神輿ごと金塊を盗んだあと、それで仲間を撲殺したんです」

「でも……それは不可能なんです」

「不可能？」

「堀川は事件の半月前、工事現場で働いている最中に足場から転落し、右肩を骨折していました。そのことは病院の医師やレントゲンの写真からも確認が取れています」

「ということは……金塊を持ち上げることすらできない……」

「そうなんです。怪我をしていない人でも、あの金塊を凶器にするのは難しそうですけど、右肩を骨折している人にはなおさら無理だと思います。ましてや片手だけでは、持ち上げることすらできませんよね」

「それじゃあ堀川本人ではなく、他の仲間がやったんじゃないですか？　きっと大勢の仲間を引き連れていたはずですし……」

「いいえ、被害者以外に仲間らしき存在は確認できなかったそうです。村の旅館には堀川と被害者の二名だけで宿泊していることが確認されていますし、彼らが立ち寄った場所でも、仲間らしい人物が目撃されたという情報はありません」

「それじゃあ堀川は無関係……？」

被害者と一緒に村に来て、なおかつ凶器と思しきニセ金塊に指紋を残しておきながら、犯人ではないなんてことがあり得るのだろうか。

しかし右肩の骨折が事実である以上、堀川に犯行は不可能だ。他に仲間もいないとなれば、ニセ金塊による殺害は不可能と判断せざるを得ない。

「なるほど、確かに一筋縄ではいきそうにない事件ですね」私は苦し紛れに云う。「警察が慎重になるのも肯けます。うーむ、謎めいた事件だ」

「白瀬さん……本題はここからです」

「えっ？ 今までのは前フリ？」

「はい」乙姫は深刻そうな顔で肯く。「実は遺体が発見された現場の周辺に、ある奇妙な痕跡が残されていたんです」

「なんですか、それは？」

「砂、です」

「砂って、あの砂ですか？」

「はい。特に遺体の周辺や、壊された神輿の周りで顕著だったのですが、本来ならそこにあるはずのない砂がたくさん発見されたんです」

「何か特別な砂なんですか？」

「いえ、これといって特徴のない普通の砂です。強いて云えば粒子が細かくてさらさらとしていることくらい……この砂を警察が調べたところ、真宵湖湖畔《こはん》の砂だということが判明しました」

「どうして湖畔の砂が、遺体の周りに？」

「問題はそこです。警察は頭を抱えているみたいでしたけど、私はすぐにピンときたんです。湖畔の砂を運んできたもの……それは彼じゃないかって」

乙姫はそう云うと、秘密めかすようにこっそりと、隣に座る巨大マッシーを指差した。

「マッシーが……？」

「ええ。最初に云ったじゃないですか。『マッシーが現れたとしか思えない出来事が起きてしまった』って。私が思うに、今回の事件はマッシーの仕業《しわざ》なんじゃないでしょうか。そう考えるとすべて辻褄が合うんです」

「そ、そんな……」

馬鹿な、と云いかけて、やめた。仮にも彼女は依頼人だ。彼女の意見は傾聴すべきだろう。

「マッシーが湖から這い上がってきて、観光客を襲った……ということですか？」

「はい。遺体の周辺に残されていた砂がその証拠です。被害者の男性は、金塊を盗むために神輿を運び出そうとしていたところを、マッシーに襲われたのです。被害者が強い衝撃で弾き飛ばされたにもかかわらず、道路上にブレーキ痕や自動車の破片などが見つからないのも、その衝撃がマッシーによるものと考えれば筋が通ります」

「金塊については、どう説明するんですか？　いくらマッシーが怪力でも、このヒレじゃ金塊を持ち上げられませんよ」

「持ち上げる必要はありません。口でくわえて投げつけるとか、尻尾で叩いて弾き飛ばすとか、マッシーならどうにかできたはずです」

「うーん……なるほど……」

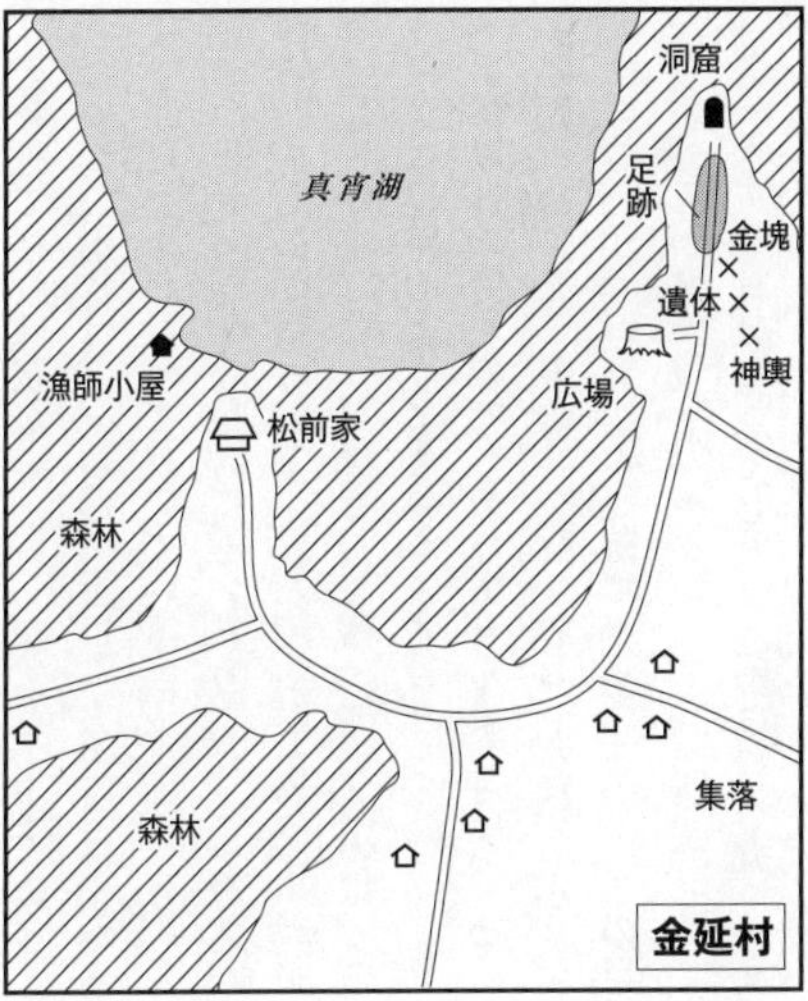

さすがにちょっと苦しい気がする。
私が苦い顔をしているのに気づいたのか、乙姫は携帯電話を取り出して、画面を私に突きつけた。
道路の写真だ。道の両脇には鬱蒼《うっそう》と木々が生い茂っている。緩やかな傾斜のついた、ひび割れだらけの田舎道。見覚えがある。金延村の道路だ。
「これをよく見てください。事件後にたまたま近くを通りかかった人によって撮影されたものです。道路上に、点々と何かが歩いたような痕跡があるでしょう？」

云われてみれば確かに、右、左、右……といった具合に、灰色の足跡のようなものが窺《うかが》える。一つ一つの形状は、三角形に近い。大きさは十から二十センチといったところか。それが数メートル以上にわたって続いている。

「これはマッシーの足跡に違いありません。遺体が発見された周辺に、こうしてはっきりと足跡らしきものが残されていたんです。ただ、事件後に車が何台か通ったため、すぐにかき消されてしまいました。証拠として残っているのは、この画像だけです」

「確かに足跡のようにも見えますけど……」

「足跡以外の何ものでもありませんよ。ほら、ヒレの形してるじゃないですか」

乙姫はぬいぐるみのマッシーのヒレを指し示す。

「仮にこれがマッシーの足跡だとしたら……この足跡の付き方だと、二足歩行していることになりませんか？」

「あっ……それは盲点《もうてん》でした」乙姫は目を丸くする。「マッシーは立って歩くことができたんでしょうか……？」

事件の犯人が謎のUMAマッシーだという時点でめちゃくちゃな話だが、それが二足歩行で襲ったのだとしたら、もはや怪獣映画の世界だ。

しかし……この足跡らしきものが、事件のあった時と場所を同じくして見つかっているのだとしたら、まったく無関係なものだとも思えない。

これをどう解釈したらいいのだろう？

見れば見るほど、マッシーの足跡にしか思えなくなってくる。

「まさか本当にマッシーの仕業なんてことは……」

「白瀬さんもそう思いますよね？」乙姫は目を輝かせて云った。「やはり真宵湖にマッシーはいるんでしょうか？」

「いや……我々にマッシーの存在を証明しろなんて云われても、さすがにそれは無理ですよ。我々にできるのは、せいぜい事件の真相を突き止めることくらいです」

「ええ、もちろん。それで充分です。むしろ正しい答えがほしくて、私は今日、ここに来たんですから。私を含めて、村の人間がまた調子に乗って、マッシー祭なんて始めてしまわないように、正しく導いてほしいんです」

「わかりました。請け負いましょう」

私は覚悟を決めて云う。きっと音野なら事件を解決してくれるだろう。そんな期待を込めた返事だった。

「ありがとうございます」乙姫は丁寧に頭を下げる。「早速ですけど、私が知っているマッシーの秘密を、一つだけ教えておきますね」

「マッシーの秘密……？」

乙姫は悪戯《いたずら》っぽく笑うと、巨大ぬいぐるみの背中にあるチャックをおもむろに開けた。まさかそんなところが開くようになっていたとは。そして彼女はぬいぐるみの中に手を突っ込んで、何かを引っ張り出した。

「実はこれ、背中が『マッシーまんじゅう入れ』になってるんです！」

乙姫はマッシーまんじゅうを一つ、私に差し出した。

ああ、これだ。

懐かしの味、マッシーまんじゅう。

「たくさんあるので、音野さんと分けて食べてくださいね」

2

乙姫を見送ったあと、私は早速マッシーの背中からマッシーまんじゅうを取り出し、それを持って音野の部屋の前に移動した。

「おーい、音野。話は聞いてたんだろう？」

返事はない。寝ているのか、それとも寝たふりか。

私はマッシーまんじゅうをドアの前に置いた。

「これ、いらないのか？　あーあ、もったいないなあ。私が全部食べちゃおうかな。ほら、たくさんあるぞ。早く出てこないとなくなるぞ。音野の大好物がなくなっちゃうぞ」

「別にマッシーまんじゅうなんか好きじゃないってば」

ついにドアの向こうから声が聞こえてきた。

「ん？　どうして『これ』がマッシーまんじゅうだとわかったんだ？」

私はマッシーまんじゅうをドアの前に積み上げ、ピラミッドを作った。すると、とうとう音野がドアを開けて出てきた。

「お供えしないでよ」

音野はピラミッドをすくいあげると、ぬいぐるみの背中へ戻した。そこが『マッシーまんじゅう入れ』になっているのを知っているということは、やはり一部始終を聞いていたとみていいだろう。

「名探偵の召喚成功だな」

私はキッチンに立ってインスタントコーヒーを用意した。部屋の隅で膝を抱えて座る音野に、コーヒーのカップを手渡す。音野は大人しくそれを受け取った。

「せめて一言でも、乙姫さんに挨拶すればよかったのに。彼女、音野に感謝してたよ。手紙でも、君に救われたっていつも書いてくれてる」

音野は沈黙したまま、手元のカップを見つめていた。

探偵として誰かを告発すれば、犯人だけではなく、その人を取り巻くすべての人に、人生の崩壊をもたらす可能性がある。犯罪者という悪を成敗してめでたしめでたし……とはいかないことの方が多い。私の知る限り、世の名探偵と呼ばれる人々は、その点に関してはほとんど鈍感である。誰かが泣くことになろうとも、真実を突きつけるべきだと考える。私が書く小説に出てくる名探偵も、もちろんそっちだ。その方が断然かっこいい。

しかし音野はというと、完全にその正反対。はっきり云ってかっこよくはない。けれど、フィクションと現実を混同すべきではないし、そのかっこ悪さこそが、音野の探偵としてのよさなのだと思う。かつてマッシーまんじゅうで召喚された名探偵がいただろうか？　いるはずがない。

「それで、音野はどう思う？　人が一人死んでるけど、マッシーの仕業だと思うか？」

「思うわけないでしょ……」

「じゃあニセの金塊で頭を殴られた屍体の謎は？　破壊された神輿の謎は？　道路上に残された足跡の謎は？」

「わからないよ……話を聞いただけじゃ……」

「マープルおばさんは話を聞いただけで事件を解決できるぞ」

「一緒にしないでよ」

「それじゃあ久々に事件を調べにいってみるか」

「えっ……白瀬一人で行って……」

「そういうわけにはいかない。正式に依頼されてるんだから、ちゃんと調査をしないと」

「もう何も……考えたくない……」

「じゃあ今回は私が探偵役になろう。音野は助手だ。助手は探偵のうしろをついて回ってるだけでいい。簡単だろう？」

「白瀬が事件を解決するの？」

「これでも推理作家だからね。もし私がマッシー事件を解決したとなったら、とんでもない売れっ子作家になってしまうかもしれないなあ。そうしたらもう少し広い部屋に引っ越しもできるな。ここもそろそろ手狭になってきたし……」

私は基本、楽観的である。大抵のことは、とりあえずなんとかなるだろうと思っている。そしてなんだかんだでうまくいくだろうと思っている。もちろんそれで痛い目を見ることも多いが、それでくじけるような私ではない。そうでもなければ小説家なんてやっていられない。

「それじゃあ早速、明日金延村に行ってみようか」

「あ、明日？　なんでそんな急に……」

「もたもたしていたらマッシーが逃げてしまうかもしれないだろ。マッシー探検隊出動だ！」

「はぁ……」

音野はため息を零し、恨めしそうにマッシーのぬいぐるみを見つめた。

せっかく音野が部屋から出てきたのだから、このまま勢いで現場まで連れ出した方がいいかもしれない。私はそう考えていた。私も音野も、ただひきこもり生活を享受《きょうじゅ》していたのではない。きっかけを待っていたのだ。

名探偵として復活するきっかけを。

そうして翌日、私たちは自動車に乗り込み、金延村へ向かった。

音野は今回も大きなリュックを背負っており、中には着替えの他に、非常食やサバイバルグッズを詰め込んでいた。仮にサバイバルが必要な状況になった場合、まっさきに脱落するのは音野自身ではないかという気もするが、準備は万端であるに越したことはない。

気づけば車は山道に差しかかっていた。周囲の山々は紅葉で色づき始めている。前にこの道を走った時は、もっと寂しくて暗い印象だったが、今日はそんな雰囲気は感じられない。空が青く澄み渡っているからだろうか。

旅館の駐車場に車を入れる。入り口には『マッシーのいる里・金延村へようこそ』という幟《のぼり》が立てられていた。

「ようこそいらっしゃいました」

若い仲居さんが頭を下げる。その横にはマッシーの巨大パネル。もちろん顔を出すための穴が開いている。記念撮影用のあれだ。

部屋に通される途中、土産物売り場を覗くと、前とは比較にならないほどのマッシーグッズが並べられていた。若いカップルが楽しそうにグッズを吟味している。

「マッシーに興味がおありですか？」

仲居さんに尋ねられ、私は肯いた。

「当旅館では、大人気のマッシーまんじゅうの他に、マッシーぬいぐるみ、マッシーうちわ、マッシーカレンダー、マッシートレーディングカード、マッシーキーホルダー、マッシースマホケース、マッシーミニチュアフィギュア、マッシーTシャツ、毎号マッシーパーツがついてくる『週刊マッシー』創刊号……」

仲居さんのいつ終わるとも知れないグッズ紹介に、私はあらためてマッシーブームの熱を思い知った。以前は空回りしているように思えたが、どうやら今回は本物だ。

部屋に着くと、やはりお茶受けにはマッシーまんじゅうが置かれていた。

「もうマッシーはいいよ……」

音野は見飽きたとばかりにマッシーまんじゅうを視界から追いやろうとする。

「マッシーが人を襲ったなんてことになれば、イメージダウンは必至だな。我々はマッシーの無実を証明しなきゃならない」

それから一時間後、旅館のロビーに乙姫が現れた。彼女には事前に金延村に向かうことを伝えてあり、旅館で落ち合う約束をしていた。

「音野さん！」乙姫は私のうしろで小さくなっている音野を見つけるなり、駆け寄った。「ごぶさたしてます。手紙にも書きましたけど、兄が音野さんによろしくと云ってました。感謝を伝えてほしいって……」

「あ……はい……」

音野は肩をすぼめて小さく肯く。

「音野さんがいなければ、私たちはどうなっていたかわかりません。何も知らないまま、のうのうと生きていたのか、それともいつか崩壊していたのか……それを考えると今でも怖くなる時があります。でも、音野さんが事件を解決してくれたおかげで、私たちの今があります。本当にありがとうございました」

乙姫は世にも美しい角度でお辞儀する。

一方で音野はおろおろと戸惑うばかりだ。こんな時くらい、胸を張っていればいいのに。

おそらく音野は、自分の暴いた真実が、乙姫たちの人生を壊してしまったのではないかと悩んでいたのだろう。彼は乙姫からの手紙を読もうとはしなかった。そこには音野に対する感謝が何度も綴《つづ》られていたというのに。

心を閉ざせば嫌なことを見ずにすむが、他人の優しさに触れることもできない。音野が早くそのことに気づいてくれればいいのだが。

「それじゃあ早速ですけど、遺体が発見された場所に案内してください。私の車で移動しましょう」

我々は車に乗り込んだ。音野は後部座席で、案内役の乙姫が助手席だ。

旅館から村の集落を抜けて、北へ向かったところで車を停めた。周囲には何もない林道だ。緩やかに登っていく道の先に、金塊と神輿が保管されていた洞窟がある。

車を降りて、あらためて現場を確認する。

「遺体はこの辺りにあったそうです」

乙姫が道端の草むらを指差す。事件からひと月が過ぎているので、人の死を思わせるようなものは何も見当たらない。

音野はしぶしぶといった様子で車を降り、まるで猫が見知らぬ場所を初めて訪れた時みたいに、慎重に、ゆっくりりと、恐る恐る周囲を歩いた。

「例の金塊は何処《どこ》に落ちていたんですか？」

私は尋ねる。

「遺体より少し山側にあったという話ですから……この辺でしょうか？」

乙姫は遺体のあった場所から一メートルほど離れたところを指差した。

「なるほど……ちょっと距離がありますね。あれだけ重たそうなものが凶器として使われたとしたら、遺体のすぐ横に落ちていないと不自然です」

「被害者の方が、頭を殴られたあとで、よろよろと移動したとか……？」

乙姫は首を傾《かし》げた。

「その可能性もありますね。ただ……強烈な一撃であったことは想像に難くありませんので、被害者にそれだけの余力があったかどうか……」

私と乙姫が議論している間に、音野はとうとう草むらの中にしゃがみ込み、身動きしなくなってしまった。

「大丈夫か？」

私が声をかけると、音野は小さく肯いた。

「神輿……」

「え？」音野の声は今にも消え入りそうなほど小さくてよく聞き取れなかった。「神輿？　ああ、そういえば……」

私は周囲を見回す。道路を外れて少し歩いた先には、雑木林が広がっている。枯葉をはらはらと降らしている木もあれば、青々しい常緑樹も見える。

「乙姫さん。壊された神輿というのは、どの辺にあったんですか？」

「この先です」乙姫が木々の間を指差す。「ちょうどあの辺り」

「ちょっと見てみましょう」

私は乙姫が示した場所へ近づく。

そこには大きな杉の木が立っていて、足元に太い根を張り巡らせていた。私のうしろから音野がついてきて、その杉の幹を指差した。

「それ……傷……結構新しいんじゃない？」

地面から一メートルほどの位置に、斧でも叩きつけたかのような大きな傷が斜めについていた。

「神輿を壊す際に、誤って傷つけてしまったのでしょうか……」

乙姫が首を傾げる。

「ふうむ……」

私は振り返り、道路の方を眺める。

そこで気づいた。

壊された神輿、遺体、金塊の三つは、一直線に並んでいる。

「音野……これを見てくれ」

私は興奮気味に、その見えない直線を指し示す。音野もそれには気づいているらしく、眉間に皺《しわ》を寄せて、謎のラインが導くその先を見つめていた。

「この先には洞窟があるんですよね。金塊と神輿が保管されていた……」

「ええ、そうですよ」

「ちなみにマッシーの足跡が見つかった場所は、今私が指差している方向と一致しますか？」

「ええ、そうです。よくわかりましたね」

「この奇妙なラインは一体なんなんだ？」

私は愕然《がくぜん》として呟《つぶや》く。

音野は難しそうな顔をしているだけで、私の問いには答えてくれなかった。

「音野、何かわかったなら教えてくれよ」

「でも……今回は助手だから……」

「助手は率先して探偵を助けるもんだぞ」

「そう云われても……まだよくわからないし……」

いや、私にはわかる。音野が妙に嫌そうな顔をしている時は、解決の手掛かりを掴んだ時だ。彼はみんなの前で事件の説明をするのが嫌だから、解決に近づくたびに表情が曇《くも》っていく。

「じゃあ他に何処か調べておきたい場所はないか？」

私はアプローチの仕方を少し変えて、音野から真相を引き出そうと試みる。

「……砂浜」

「ここは山間の村だぞ？　砂浜なんて何処にも……」

「いえ、あります！」乙姫が何かを察して声を上げる。「真宵湖ですよ！　湖岸の一部が砂浜になっている場所があるんです」

「ああ、なるほど……もしかして現場周辺で見つかった砂というのは、その砂浜のものだったんですか？」

「はい、そうなんです」

「ってことは、調べておく必要がありそうですね。よし、マッシー探検隊出発だ！」

我々は車に乗り込み、乙姫の案内で湖の北側を目指した。

目的地に着くと、早速『マッシーのいる里・金延村へようこそ』という幟が我々を出迎えた。テニスコートほどの広さしかない砂浜だが、どうやら村の観光協会もここに目をつけたらしい。近くに広い駐車場が整備され、真新しい公衆トイレや土産物屋などが建っていた。

「なかなか魅力的な砂浜ですね……湖の水も綺麗だし、ちょっとしたリゾート地みたいじゃないですか」

我々は車を降りて、白い砂浜を見渡す。

「父の話では、ここにマッシーの像を建てる予定らしいです」

「観光客で騒がしくなって、マッシーが逃げなければいいですね……」

「村としては、人が集まってくれればなんでもいいみたいですけど」

乙姫は少し棘《とげ》のある云い方をする。観光産業のためならなりふり構わずという態勢は、この先も変わることはないかもしれない。それでまた悲劇が引き起こされなければいいが……

「白瀬」音野が背後から私を呼ぶ。「あの店で……聞いてきて」

「何を？」

「なんでもいいから……何か……」

「人使いの荒い助手だな。まあいいや。一緒に行こう」

我々は土産物屋に向かった。軒先では季節外れの風鈴が鳴り、かき氷の旗が揺れている。夏場の水遊びに来る客をターゲットにしているのだろうか。

硝子戸《ガラスど》を引いて中に入ると、のそのそと白髪のおじさんが出てきた。おじさんは乙姫の存在に気づいて、急に背筋を伸ばす。

「これはこれは、松前のお嬢さん……いつもお世話になってます。へぇ」

「ごぶさたしてます、佐藤《さとう》のおじさん」

「へぇ、お嬢さんもお元気そうで。へぇ」

「少し伺ってもよろしいですか？」私から切り出す。「ここ最近、何か変わったことはありませんでしたか？」

「へぇ。変わったことですか？」おじさんは白髪頭を掻きながら考え込む。「いや、これといって……」

「たとえばマッシーを見たとか！」

乙姫が口を挟む。

「そういえば……あれは霧の深い夜でした。妙に胸騒ぎがするので、気を落ち着けようと湖畔を散歩していたら、湖の真ん中辺りに何やら巨大な影が見えて……」

「それはいつ頃の話？」

「へぇ、一年くらい前です」

「うーん……」

乙姫は唸ったあと、私の方を見て、首を横に振った。今回の件とは関係なさそうだ。そもそも今の口上からいって、観光客向けの台本トークのような気もする。

「ひと月くらい前ですけど、この村で観光客が亡くなった事件をご存じですか？」

私は尋ねる。

「ああ、それならよく覚えてますよ。亡くなった方が、前日にここにいらっしゃっていたもんで……警察が防犯カメラの映像を見せてくれって来たんです。ほら、そこにあるちっちゃいやつですけど……」

おじさんはレジの上にある防犯カメラを指差した。

「店に来たのは、亡くなった方一人だけでしたか？」

「いや、二人組でしたね。へぇ」

「なるほど……警察は堀川と被害者の足取りをたどってここに来たんだ」

「その二人組はここで何をしていたんですか？」

乙姫が尋ねる。

「へぇ、何をって……買い物ですよ。ここは土産物屋ですし……」

「それ以外は？　何かおかしなことをしてませんでしたか？　妙なことを喋っていたり、挙動が変だったり……」

「いんや、別にこれといって……」

「あ、あの……」音野が喋った！　「そ、その二人は……何を……」

「えっ？」

「な、何を……」

「えっ？」

「何を買っ……」頑張れ音野。「か、買っていきましたか……？」

「あ、ああ。何を買ったかって？　そこにある浮き輪ですよ」

おじさんは棚の端に置かれているビニールの包みを指差した。空気を入れる前の状態でぺちゃんこになっているが、確かにそれは浮き輪だった。

「夏場の湖水浴用に置いてあるんですけど、そのお客さんが来た時期は、もうシーズンも過ぎてたもんで、びっくりしたんですよね。泳ぐんですか？　って思わず聞いちゃいましたから。へぇ」

「二人はなんて答えたんですか？」

私は尋ねる。

「いやあ、笑ってはぐらかすだけで、なんも答えてはくれませんでした。へぇ。しかも、あるだけ全部くれと云われたんで、おかしなお客さんだなあと思ったのをよく覚えてます」

「浮き輪を……あるだけ全部?」

「へぇ。といっても、四つしかなかったんですけどね。それを全部売りましたよ」

確かに不可解な行動だ。

堀川と被害者の男は、事件の前日に浮き輪を四つ買っていた……これは一体、何を示しているのだろう?

ふと音野の方を窺うと、見るからにどんよりとした顔をしていた。

「音野……何かわかったのか?」

「えっ……う、うん……」

「もしかして事件の真相が?」乙姫が目を輝かせる。「やっぱりマッシーが関係しているんですか? それとも……」

音野はぶるぶると首を振ってそれを否定する。

そして店の片隅に移動すると、浮き輪を一つ手に取った。

「これ……ください」

3

我々は砂浜に移動した。

心地よい秋晴れの空の下、真宵湖も澄み切った青色に染まっている。足元の砂は、まるで砂糖のように白くさらさらとして、南の海のビーチを思わせた。もし真夏だったら、とりあえず目の前の湖に飛び込んでいたかもしれない。

しかし秋の風は冷たい。湖水はもっと冷たいだろう。我々は砂浜の上にビニールシートを敷いて、そこに座るだけにしておいた。

「そういえば……」乙姫が云った。「お二人が金塊祭を見にいらっしゃった時も、こうしてビニールシートを広げて、一緒に座りましたね」

「そんなこともありましたね」

私は空を見上げる。

湖の静かな波音が眠気を誘う。

「ハッ、自然を満喫してる場合じゃなかった」私は慌てて身体を起こす。「音野、その浮き輪をどうするつもりなんだ？」

「……膨らませて」

音野は浮き輪を私に突きつけた。膨らませるくらい音野にもできるだろうと思ったが、とりあえず話を進めるために、膨らまし係を請け負った。

息を吹き込み、五分ほどかけて浮き輪を完成させた。割としっかりとした作りで、大人でも使えるくらい大きい。

「ほら、できたぞ」

「これが……マッシーの正体」

「えっ？」乙姫が驚きの声を上げる。「浮き輪が……マッシー？　どういうことですか？」

「浮き輪を買っていった二人の男は……もともとはただの泥棒だったはず……です。この村に高価な金塊があるという噂を聞いて、下調べするためにやってきたんだと……思います。洞窟に忍び込んでみると、そこには噂通り金塊がありました。今では村の人みんながそれをフェイクだと知ってますが……よそ者である彼らはその事実に気づかず、すぐに金塊を盗み出してしまおうと考えました」

「ふうむ、ここまでは想像通りだな。堀川がただの観光客だったとは思えないし。問題はそのあとだ。彼らの身に何が起きたんだ？」

「金塊は……神輿のお社の中にあって、しかも厳重に鎖で巻かれていて……ここから金塊を取り出すのは一苦労だと、判断したんだと思う……それで彼らは、神輿を破壊するしかないと考えた……」

「銀行強盗みたいになってきたな。神輿が金庫みたいな状況か」

「うん……でも彼らはそこまで対策を練ってきたわけじゃなく……ましてや神輿を相手にする予定なんかなかったから……手元に必要な道具はなかったんだと思う」

「道具って、ハンマーとかバールとか？」

「もしかしたらそれくらいは用意していたかもしれないけど……手作業では簡単に破壊できなかったんじゃないかな……」

「じゃあどうする？　爆薬で吹っ飛ばす？」

「それは……そう簡単に手に入らないし……近場で手に入るものを使って、どうにかするしかない」

「自動車を使ったというのはどうでしょう？」乙姫が云った。「たとえば神輿のお社の一部にワイヤーをくくりつけて、もう片方を車の車体に繋いで、アクセルを踏み込めば……」

「ああ、それならいけそうな気がしますね」

私は感心して云う。

音野も小さく肯く。

「うん……実際にそれで壊せるかどうかはわからないけど……彼らがそう考えたとしてもおかしくはない……と思う……」

「じゃあ堀川たちは洞窟の前まで車で来て、フェンスをどかしたあと、神輿にワイヤーを繋いだんだな？」

「いや、たぶん……そうしようと考えたとしても、洞窟の入り口から、奥の神輿まで届く長さのワイヤーやロープは用意できなかったと思う……せいぜい数メートル程度のものしか……それに普通の車では洞窟の奥まで進めないだろうし……」

「うーん……手際の悪い窃盗団だな。じゃあ、こうしよう。神輿の方を、ワイヤーが届く位置まで運び出す」そこまで云って、ふと私は気づく。「あ、でも堀川たちは二人組だったな。二人だけじゃ神輿を運べないか」

「しかも堀川という人は、右肩を骨折してますよ」

乙姫が云う。確かにそうだった。

「うん……そうなんだけど……でも彼らが神輿をいったん洞窟の外へ出そうとしたのは間違いないと思う」

「いやいや、どうやって？　ニセ金塊を積んだ神輿はそんなに軽いもんじゃないだろう？　負傷メンバーを除いたら、まともに神輿を担げるのは一人だけだぞ？　たった一人で神輿を運ぶのは不可能だろ」

「普通に考えたら不可能だよ……そこで彼らは、ある方法を思いついたんだ」

「ある方法？」

「白瀬が手に持ってる、それ」

音野は浮き輪を指差した。

「浮き輪……？　さっきはこれがマッシーの正体だって云ってたじゃないか。一体どういうことだ？」

「まず……彼らはそこの店で、浮き輪を買った。ちょうど四個……彼らはそれを持って、この砂浜に来たんだと……思う」

「まさか水遊びか？」

「ううん……どちらかといえば……砂遊び……」

「これ？」

私は白い砂を掴み上げる。

「彼らが神輿を動かすために必要だと考えた道具は、車輪……あるいはタイヤ……もしくはそれに近いもの……だった。けれどそう都合よく見つからず……彼らはこの浮き輪と砂を使って、車輪の代用にすることを思いついたんだ……と思う」

「浮き輪と砂で……車輪？」

「あっ、でも浮き輪って、よく見たら輪っかになっていますし、形はほとんどタイヤみたいなものですよね？」

乙姫が興奮気味に云う。

「確かに……でも砂というのは？」

「この浮き輪を車輪として使うなら、タイヤくらいの強度が必要でしょ……？　さすがに空気を入れただけでは、使い物にならない。そこで空気の代わりに入れたのが……」

「これか！」

私は手の中の砂を思わず握りしめる。

浮き輪の中に砂を詰めて、即席の車輪にする……！

「そう……彼らは浮き輪に切り込みを入れて、そこからこの砂浜の砂をぎゅうぎゅうに詰め込んだ……このさらさらとした砂なら詰めやすいし、密度を上げれば強度も得られて……しかも浮き輪のビニールを内側から傷つける心配がない……そして砂を詰めたら、頑丈なダクトテープで切り込みを塞ぐ。補強のために、全体をテープで覆ってもいいかもしれない……」

「またおかしなことを考えたな……」私は呆れ気味に云う。「それで、その即席の車輪をどうするんだ?」

「これを車輪として使うため……輪っかを神輿の担ぎ棒に通す……つまり……二本の担ぎ棒を前後の車軸に見立てて……前輪として二つ、後輪として二つ、通してあげれば……」

「神輿が四輪の車みたいになるってことか」

「うん……もちろん、この車輪にはスポークがないし、とてもじゃないけど綺麗には転がらないはず……それでも神輿を洞窟の外へ運び出すくらいなら、これで充分……とりあえず運び出しさえすれば、神輿を壊しやすくなる」

「なるほど、それなら一人でも運べるかもしれないな。堀川も神輿を担ぐことはできなくても、押すくらいは手伝えるだろう。でもそのあとは? 何が起きたんだ?」

「彼らが思っていたよりも、車輪がよく回ったんじゃないかな……無事に神輿を洞窟の外に運び出すことはできたんだけど、その時にはある程度加速がついていて……気づいた時には、洞窟前の道路を走り始めていた……」

「ああ、そうか。山道で斜面になっているから……」

「走り始めた神輿を見て、彼らのうち片方が慌てて止めようと飛び乗る……でも神輿はもう止まらない。勢いよく坂を下り始めて……その時にはもう、かなりの加速がついていて……止めようとした男は、神輿にしがみつくような形で、飛び降りることもできず……ますますスピードが上がっていく。次第に即席の車輪が壊れ始め……最終的には事故が起きる」

「それが被害者の身に起きた出来事だったのか」

神輿車は坂道を激走したことで、足元から崩壊していく。そして車輪を失った神輿は、つんのめるような形でコースアウト。草むらに突っ込むが、その際に神輿にしがみついていた男は放り出される。なんらかの強い衝撃とは、このことだったのか。

「加速のついた神輿は慣性のまま、たぶん転がるように雑木林へ突っ込んでいったんだと思う。そして最後に木の幹にぶつかって、ようやく止まったんじゃないかな……」

「神輿は泥棒の手で破壊されたのではなく、事故の衝撃で壊れたのか。それじゃあ中にあった金塊は？」

「最初の衝撃の時にはもう、お社の中から屋根を突き破って飛び出していた……と思う。それが神輿にしがみついていた人の頭に当たって、致命傷になった……」

「なるほど……現場に点々と残された痕跡をたどれば、確かにその順番になるかもしれないな」

「あ、あの！」乙姫が前のめりに声を上げる。「それじゃあ道路上に残されていたマッシーの足跡はなんだったんですか？」

「あれも……砂です。現場の周辺からたくさんの砂が見つかったという話でしたけど……道路に残された痕跡も、足跡ではなく砂だったと思います。おそらく……浮き輪に穴が開いて、砂が零れ出たんです。たとえば回転する浮き輪に、一箇所だけ穴が開いていたとすれば、ちょうど穴が下に来る時に多く砂が零れ出ることになります。この状態が、ある程度の距離で続いて、スタンプのように点々と痕跡が残されることになった……のだと思います」

「そ、そうだったんですか……」

乙姫は心なしかがっかりした様子で云った。マッシーの正体を知り、夢から覚めたような気持ちだろう。それは私も一緒だった。

「堀川は金塊を盗み出そうとしていた手前、警察に事情を打ち明けることができなかったんだな」

「うん……現場に残された浮き輪を片付けたのはその人だと思うけど……さすがに砂を全部拾うことはできなかったみたいだね……」

「金塊を持っていこうとはしなかったのか？」

「二人ならともかく一人では、肩を怪我してるし持てなかったんじゃないかな」

「そういうことか……」

マッシーの怪事件の真相は、こうして音野によって解き明かされた。事の詳細は、いずれ岩飛警部に伝えておくことにしよう。

私は湖を眺め渡し、そこに巨大な影を探したが、もちろんそんなものは何処にも見当たらなかった。ただ、何処からともなく風に乗ってやってきた赤い葉が、波打ち際でゆらゆらと揺れているばかりであった。

我々は車に乗り込み、真宵湖をあとにした。

「マッシー探検隊はこれで解散じゃないですよね？」

助手席の乙姫が云う。ついさっきまで意気消沈していた様子だったが、少し元気が戻ってきたようだ。

「もちろんです！　また目撃情報があったら、我々を呼んでください。いつでも駆けつけます」

「……白瀬だけね」

音野が後部座席で呟く。

久々の謎解きではあったが、音野はよく頑張った。むしろ部屋でひきこもっている時より、活き活きとして……いや、それは云いすぎかもしれないが、とにかく今日に限っては、私のお気に入りの音野順だった。やはり名探偵にはミステリが必要なのだ。

「あ、そうだ」乙姫が云う。「さっき現場に行った時に云いそびれちゃったんですけど、近くに広場があったのを覚えてますか？」

「ああ、例の……」

金塊祭で人々が集まっていた場所だ。前回の事件で重要な鍵となった大きな切り株がある。

「ぜひお二人に見せたいものがあるんです。ちょっと寄っていきませんか？」

乙姫の提案で、私はハンドルを切り、再び現場の方向へ車を走らせた。音野が後部座席でナイーブになっているのが、空気を通して伝わってきた。

洞窟へと続く山道の途中で、左へ曲がる。

するとすぐ正面に、広場が見えてきた。

しかし以前と違って、低木の垣根が敷地を囲っており、広場とは呼べなくなっていた。正面に門があり、その上に『金延村自然公園』と書かれている。

「村のみんなで、ここを自然公園にしたんです。正式なオープンは次の春ですけど……せっかくですから、中も見ていってください」

私と乙姫は車を降りた。音野はすぐには降りようとはしなかったが、私がドアを開けると、のそのそと車から出てきた。

「こっちです」

乙姫のあとをついていく。

門をくぐって歩道を少し歩くと、やがて切り株が見えてきた。

「見えますか？　切り株の根元に、兄と音野さんが植えた木があります。もうあんなに大きくなったんですよ。音野さんにぜひ、あれを見てほしくて」

乙姫が指差す先に、小さな葉をつけた幼木が立っていた。前に見た時よりも、一メートルくらいは高くなっているだろうか。まるで我々に挨拶でもするみたいに、風に揺れている。

「春になれば、周りに花がたくさん咲く予定です。だけど私たちが手を入れるのはここまで。あとは自然のまま、見守ることになっています」

一つの真実が風景を変えた。

音野には、この景色がどう見えているだろう。

いずれにしても――

「春が待ち遠しいですね」私は素直な感想を云った。「音野、その時はまた、一緒にここに来よう」

音野は俯《うつむ》いたまま、首を竦《すく》める。

ひきこもりの名探偵を連れ出す理由は一つでも多い方がいい。

かくして、専業名探偵はひきこもる

青柳碧人

他人の小説の解説だが、自分の思い出話からさせてもらいたい。

あれは、講談社B・irthという謎のレーベルからデビューして二年目だったと思うから、二〇一〇年のことだ。まだ塾講師と兼業で小説を書いていた僕を、当時の担当編集者さんが食事に誘ってくれた。

「先輩の作家さんも二人呼んでいます」ということだったのでドキドキしながら店に着くと、すでにテーブルに、眼鏡をかけた気難しそうな男性と、目が細くてクールそうな男性が座っていた。前者は佐藤友哉《さとうゆうや》さん、後者は北山猛邦《きたやまたけくに》さんであった。

二人とも年齢は僕とそう変わらない、当時三十歳くらいだったが、デビュー後十年くらい活躍している専業作家であった。僕もその時点で二冊くらい本を出していたが、とても生活が成立するような印税をもらっているわけではなかったので、「小説の稼ぎだけで暮らしている人間がこの世に本当にいるんだ」と、それだけで圧倒されたものだった。

その会食の席で僕は、当時温めていた次回作のトリックの概要について二人に話した（今では考えられないことだ……！）。いわゆる「館モノ」のトリックだったのだが、その種明かしを聞くなり佐藤さんがフォークを置き、僕の顔を見据えてこう言った。

「青柳さんね、館が動いた瞬間、本が破られるんですよ」

ずいぶんクセのある表現をする人だなと思っていたら、その横で北山さんがこう続けた。

「聞いた限り、すごく新しいという印象は受けないけれど、『●●の誤認』という点は面白いかもしれないですね」

――ちなみにこのとき二人に話したトリックというのは、『浜村渚《はまむらなぎさ》の計算ノート　3さつめ　水色コンパスと恋する幾何学《きかがく》』所収の『「プラトン立体城」殺人事件』に使われたものである。興味のある方は読んでいただくことにして……僕の中でこの会食で得たものはといえば、作家には常に何かと戦っているようなトガったタイプの人と、あらゆることを冷静に分析しているタイプの人がいるのだな、ということであった（本当はもっと多種多様な人間がいることを後にいやというほど知らされることになる）。

僕はこのあと、お二人の作品をどんどん読んでいった。それで、北山さんの『城』シリーズの魅力にどっぷりハマるのである。

『『クロック城』殺人事件』に始まるこのシリーズは、続きモノではなく、それぞれの登場人物も世界線も異なる。しかし、ファンタジックな世界観と静謐《せいひつ》な雰囲気の中でストーリーが展開され、ダイナミックな物理トリックが仕掛けられるという共通点がある。この物理トリックというのがポイントで、マジシャンや舞台装置作家も顔負けの仕掛けの数々から、北山さんは「物理の北山」という二つ名を持っているのだ。昨今ミステリ界では「特殊設定ミステリ」という言葉がよく聞かれるが、北山さんの作品群はそれとは一線を画す、「特殊世界の中で繰り広げられる真正物理トリック小説」というのがおおまかな僕の中のイメージであったし、そこに大いなる魅力を感じたものだった。

さて、ここでようやく音野順《おとのじゅん》シリーズの話になる。

一作目『踊るジョーカー』を読んだとき、僕は今までの北山作品とちょっとイメージが違うな、と思った。世界観が現実寄りなのである。ファンタジックな設定はどこにもなく、舞台は（どことは明言されていないが）そこらへんの町である。

ストーリーテラーは推理作家の白瀬《しらせ》。学生時代からの友人、音野の「誰も気づかないような真実の欠片《かけら》を見つける才能」に目をつけて探偵事務所を開き、音野に事件を解決させてそのエピソードをもとに小説を書いている。――こちらもありきたりとは言えないまでも、そこらへんで起きていてもおかしくないような設定である。

しかしひとたび事件解決の段になると、目からうろこが落ちるようなロジック、さらに、オリジナリティあふれる物理トリックが明らかになり、さすが北山猛邦と思わされてしまう。

二作目『密室から黒猫を取り出す方法』をはさみ、本作『天の川の舟乗り』はシリーズ三作目となるわけだが、今回扱われた四つの事件は「オカルト」というテーマで結びついていたようだ。

第一話「人形の村」は、髪の毛が伸びる人形を扱った事件。依頼者に謎の村に連れていかれ、謎の指令を受け、謎の報酬をもらって帰ってくるという、実話怪談系ユーチューバーが語るような奇譚だが、音野はそこにある犯罪の存在を見出し、すべての不可解さに鮮やかに理由をつけてみせる。

　続く第二話「天の川の舟乗り」は、金塊をあがめる金延村《きんのべむら》の奇祭を軸に、空飛ぶ船にUMAのマッシーと、オカルト好きを小躍りさせるほどのサービス作品。『密室から〜』に出てきたトリックスター、UFO研究会まで絡んで混沌の極みを見せる事件だが、音野が導き出したのは、島田《しまだ》荘司《そうじ》氏の『北の夕鶴2/3の殺人』を髣髴《ほうふつ》とさせる大胆不敵なトリックだった。

　第三話「怪人対音野要《かなめ》」は、イギリスの古城を舞台に、怪人の絡む殺人事件を扱っている。探偵役は音野順の兄にして世界的指揮者の音野要。北山作品には『『瑠璃城』殺人事件』や『人魚姫　探偵グリムの手稿』など、静穏の中にどこか邪悪さが潜んでいるようなヨーロッパの世界観を巧《たく》みに描いたものがあるが、本作ではそれに加えて「まさに！」と目を見張る物理トリックが使われており、北山作品を堪能できる一作となっている。

　締めとなる第四話「マッシー再び」は、タイトル通り第二話から時を経て再び金延村で起きた事件。エルキュール・ポワロが最終作で再びスタイルズ荘を訪れたような旅愁を覚えながら、読者は再びマッシー探しと犯人捜しのWミステリに迷い込んでいく。真実が明かされたときには、「同じ舞台を使ってこんなにも違う物理トリックを！」と叫びたくなることだろう。第二話のラストシーンで味わった苦みが、未来への仄《ほの》かな希望に姿を変える読後感も、見逃してはならないポイントである。

——ここまで書けば解説としては及第点だろう。だが僕はここで終わりにするわけにはいかない。名探偵・音野順についてまだ全然語っていないからだ。

本シリーズ最大の特徴、それは名探偵がひきこもりであるという点である。「世界一気弱な名探偵」というフレーズに惹かれて本書を手に取った読者もいると思うが、その消極的っぷりは想像を超えるだろう。いったい北山猛邦は、どうしてひきこもりを名探偵役に抜擢《ばってき》したのか。その一つのヒントは、「天の川の舟乗り」作中、音野が犯人の目星をつけたシーンに書かれている。

『音野のいつもの癖だが、犯人の名を指摘することで発生する責任を極端に嫌がる。普通に考えれば、他人を殺人の罪に問うということは、重大な責任を負うべき行為だ。音野はそのことをはっきりと自覚し、きっちりとそれを避ける。』（178ページ）

推理小説を読んだことがある人なら誰でも、名探偵が何かのきっかけで犯人と事件の真相を看破したことを示唆《しさ》するシーンに出会ったことがあるだろう。その場で助手に「あいつだよ」と名指しすればいいのに、多くの場合、自信満々に変な理由をつけてもったいぶる。これには、作者側の事情がある。

【ここまでのヒントを拾っていけば、あなたにもわかるはずですよ】と、作者は高らかに宣言したい。だが同時に、【肝のトリックと犯人の名前は、もう少し引っ張りたいんだよなあ……】

という気持ちがあるのだ。その葛藤の結果として名探偵は自信満々のくせにもったいぶってしまい、最悪のケースでは被害者を一人増やしたりする。

音野順は、そういった名探偵ではない。真相をほぼ確信しておきながら、やっぱり間違っていたときの責任を取るのが嫌で、この時点では黙ってしまう。つまり、もったいぶる正当な理由があるのだ。「まあ、ひきこもりなんだからしょうがないよね」と、読者は優しい目でこの名探偵の動向を見守ってしまい、作者はよきタイミングまで犯人の名指しを引っ張ることができるのである。

ただし、これはミステリ作家の技術的な話。

北山猛邦がひきこもり名探偵を生み出したもう一つの理由——それを語るにはもう一つ、僕の思い出話につきあっていただかなければならない。

二〇二三年十月某日、鮎川哲也《あゆかわてつや》賞贈呈式の二次会終了後、僕は数人の作家と三次会を開いた。その席に北山さんもいたのだが、ふとしたきっかけで、冒頭の二〇一〇年の会食の話題になった。北山さんは並みいる他の作家たちに向かって、こう言った。

「実はあの頃、講談社Ｂｉｒｔｈでデビューした他の人たちとも会う機会が何回かあって、そのたびに『いずれ専業になりたいか？』って訊いてたんですよね。ハッキリ『専業になりたい』って答えたのは、青柳さんだけでしたよ」

恥ずかしいことに僕はこのことを覚えていなかったのだけれど、専業になりたいと答えたのは事実だろうと確信できる。塾の仕事が嫌なわけではなかったが、自分の作品を世に問い続けることだけで生きていけたら、という憧れを強く持っていたからだ。

たぶん北山さんも僕と同じで、専業作家という存在に強いこだわりを持った作家なのだろう。

勘違いしないでほしいのは、「兼業よりも専業のほうがエラくてスゴい」などとは微塵も思っていないということだ。医師、弁護士、大学教授……多くの兼業作家が、もう一つの職で培《つちか》った専門知識や業界裏話を駆使して傑作を生み出していることは十分承知している。それでも僕たちは専業作家にこだわりたい。「退路を断つ」というような言い方をする人がよくいるけれど、それもどこか違う。専業作家を選択するということは、「もう小説を書くことでしか生きていけませんからね」という、いわば《生きざま宣言》なのだ。

これが、ひきこもり探偵が誕生した背景なのではないかと思う。

ひきこもりは、職業ではない。

音野順は、医師とも弁護士とも大学教授とも兼業することを選択しなかった作家が生み出した、会計士ともバリスタとも宝石鑑定士とも兼業できなかった、正真正銘の専業名探偵なのである。「誰も気づかないような真実の欠片を見つける才能」を武器に、事件を解決し続けることでしか生きていけない存在なのだ。……その割に、名探偵行為にすらやる気を示さないのは困ったものだが。

いずれにせよ、こういう名探偵を生み出した作者には責務がある。事件をこれからも生み出し続けることだ。

北山猛邦が生み出した奇想天外な事件に、白瀬が無理やりひきこもり名探偵を引っ張り出す
――本当のタッグは、この二人なのかもしれない。

本書は二〇二一年、小社より刊行された作品の文庫化です。

検印
廃止

著者紹介　1979年生まれ。2002年、『「クロック城」殺人事件』で第24回メフィスト賞を受賞してデビューする。本格ミステリの次代を担う俊英。著書に『踊るジョーカー』『少年検閲官』『オルゴーリェンヌ』『「アリス・ミラー城」殺人事件』『月灯館殺人事件』などがある。

天の川の舟乗り
名探偵音野順の事件簿

2024年2月16日　初版

著者　北《きた》　山《やま》　猛《たけ》　邦《くに》

発行所　（株）東京創元社
代表者　渋谷健太郎

162-0814/東京都新宿区新小川町1-5
電　話　03・3268・8231-営業部
　　　　03・3268・8204-編集部
URL　http://www.tsogen.co.jp
モリモト印刷・本間製本

ISBN978-4-488-41917-2　C0193

名探偵音野順、第二の事件簿。

How To Take The Black Cat Out From Closed Room

◆Takekuni Kitayama

密室から黒猫を取り出す方法

名探偵音野順の事件簿

北山猛邦

創元推理文庫

◆

悲願の完全犯罪を成し遂げるべく、
ホテルでの密室殺人を目論む犯人。
扉を閉めれば完全犯罪が完成するというまさにその瞬間、
一匹の黒猫が部屋に入り込んでしまった！
予想外の闖入者に焦る犯人だったが、さらに名探偵音野順
と推理作家で助手の白瀬白夜がホテルを訪れ……。
猫一匹に翻弄される犯人の焦燥を描いた表題作など
全５編を収録。
世界一気弱な名探偵音野順、第二の事件簿。

収録作品＝密室から黒猫を取り出す方法，人喰いテレビ，
音楽は凶器じゃない，停電から夜明けまで，
クローズド・キャンドル